时光从不说谎

罗光太 著

路过心上的经典散文
邂逅一生的悦读，愿你翻过每一页

线装书局

图书在版编目（ＣＩＰ）数据

时光从不说谎 / 罗光太著. —北京 : 线装书局, 2019.12（2022.7）

ISBN 978-7-5120-3743-4

Ⅰ. ①时… Ⅱ. ①罗… Ⅲ. ①散文集—中国—当代 Ⅳ. ①I267

中国版本图书馆 CIP 数据核字(2019)第 169999 号

时光从不说谎

著　　者：罗光太

责任编辑：张　倩

装帧设计：宋双成

出版发行：线装書局

地　址：北京市丰台区方庄日月天地大厦 B 座 17 层（100078）

电　话：010-58077126（发行部）　010-58076938（总编室）

网　址：www.zgxzsj.com

经　　销：新华书店

印　　刷：唐山富达印务有限公司

开　　本：640mm×910mm　1/16

印　　张：19

字　　数：235 千字

版　　次：2022 年 7 月第 1 版第 2 次印刷

印　　数：10001—20000 册

定　　价：49.80 元

线装书局官方微信

在阅读中优雅老去

二十岁时，第一次去凤凰，不为古镇美景，只为能与偶居夺翠楼的黄永玉先生见上一面。

时逢雨季，沱江奔啸，烟波微茫信难求。苦待数日，仍没能等到想见之人。

在清冷的雨丝中独自徘徊，满心失落。无意走进一家书店，里面尽是沈从文先生的文本作品。无处可去，只好在僻幽的角落里翻阅旧籍。而后，一发不可收拾。

回程当日，总觉有重要东西遗落城中，寻思许久，才跑去那条巷子的书店里买了本周身泛黄的《边城》。这本有着深蓝小印戳的《边城》，至今仍安躺于我的书柜里——它不仅使我在未果的行程中找到些许补偿，更让我在之后的时光无比怀念二十岁的自己。

再后来，兴许命里所定，真与书结下了不解之缘。不但自己看书写书，更领着诸多热爱文学的人走上了自己想走的路。

我经常跟学生们说，阅读是写作的命脉，只有不断阅读，才能保持创作角度的新颖和思维的敏捷。然而，阅读所赐予的，又何止是这些？

不管在何时何地，只要手中捧着一本书，心里便会觉得安然。书不但能排遣无聊的寂寞，将岁月的伤痛逐一缝补，还能把心灵淬炼成一块玲珑美玉。

一个爱书之人，必是睿智且沉稳的。遇事不惊，处之泰然。古人所说的“腹有诗书气自华”，便是这意思。

生命本就是一次有限的跋涉。一个经常看书和一个经常沉迷在网游世界的人，心灵绝对是不一样的。前者，往往更能体悟一叶一菩提的真谛。

书本所给予心灵的力量，是不可言喻的。十年寒窗，说的并不是读书人的艰辛，而是意在表述读书人的坚忍和不懈。试问，有多少人可以在寒窗下十年如一日地重复做同一件事情？

正如北大教授曹文轩所说，世间最优雅的姿态，就是阅读。不论静坐还是倾卧，甚至在厕所里，它都是最美的姿态。因为这样的人，通常都会从骨子里散发出一种极具亲和力的书卷气。

阅读人物，通晓历史，可以从他人鉴知自己得失；阅读杂文，百味世事，可在辛言辣语中澡雪精神；阅读情感，温热肺腑，可居书香浓情里滋养心灵；阅读故事，体会人生，可于静谧岁月中倾情流泪……

每一种书，都是风景；每一本书，都是亟待窥破的秘密。

宋朝诗人黄山谷有一句名言："三日不读书，便觉语言无味，面目可憎。"这其中说的，就是每日读书的重要性。

本系列图书，所遵循的就是这个简单的理论。通过遴选当下不同类型的精华文章，给读者送去不同的心灵养分——成长的人生让你懂得如何珍惜青春，成功的智者让你明白如何把握自己的人生，真情的自我让你寻回本真的感动，感悟让你看到世界别样的美好……

为了能找到年度最精华的文章，为了给读者省去寻找的烦琐，我们几乎把本年度的期刊翻了个遍，目的就是为了去其糟粕，取其精华。

我们的宗旨只有一个，就是为这个时代的读者，奉献好书。

但愿我们可以放慢忙乱的步伐，一起在欢愉的阅读中，优雅老去。

一路开花

2018年12月书于云南曲靖

目录

第一辑　我很在乎你

我很在乎你 / 2
城市上空的“菜园子” / 7
记住了，我是你姐 / 12
你不坚强，流泪给谁看 / 17
你的笑容由我守护 / 21
如果我有“月光宝盒” / 26
住在心里的人，远在千里之外 / 32

第二辑　没有梦想，青春该多苍白

将谎言变成事实 / 38
一个人的追梦时光 / 41
不要嘲笑有梦想的人 / 46
生活从来不止一种选择 / 49
没有梦想，青春该多苍白 / 56
那段用行动呵护梦想的时光 / 62
春天来了，梦想还会远吗 / 66

第三辑　时光从不说谎

让我心疼你 / 73
我和我的父母 / 78
时光从不说谎 / 83
爱是无声的天籁 / 88
一个人的操场不孤单 / 93
不想看见你流泪的眼睛 / 98
爸爸成了我的“小跟班” / 103

第四辑　用闪光的汗珠为青春加冕

“废材”也有春天 / 111
青春很短，我不将就 / 117
青春的每个脚印都是诗句 / 124
用闪光的汗珠为青春加冕 / 129
所有吃过的苦都会变成荣光 / 137
不负青春，用汗水装饰我的初三 / 142
奋不顾身地拼搏才是青春该有的模样 / 147

第五辑　两个人的“侠客行”

苍耳先生 / 153

捡空瓶子的秦风 / 158
“萌妹子”的军人梦 / 164
“一根筋”的古清源 / 170
我的“陪读书童” / 175
两个人的“侠客行 / 180
像风一样的少年 / 185

第六辑　蜜而不密的闺密距离

同桌“作小姐” / 191
与“小辣椒”过招 / 196
青春的第一支唇彩 / 201
友情是面不说谎的镜子 / 207
蜜而不密的闺密距离 / 211
我们都有自己的光芒 / 216
将往事酿成最美的琼浆 / 221

第七辑　再也回不去的年少时光

那年青涩 / 227
我很好，那么你呢 / 234
你我之间最好的距离 / 239
怀念与你相遇的 15 岁 / 242
再也回不去的年少时光 / 247

我们之间单纯得像一首诗 / 252
微凉的青春时光，有你相伴 / 257

第八辑　穿过青春斑驳的年华

胖胖的十五岁 / 263
嘲笑中走过的青春 / 268
穿过青春斑驳的年华 / 272
每个人都有甜蜜的回忆 / 277
我还欠他一句“对不起” / 282
寂寞流年里的悠扬笛声 / 287
那段被孤立的少年时光 / 292

第一辑

我很在乎你

人生就是这么奇妙，如果不是父亲再婚，我和苏小康之间不会有任何联系，更不会有这段同行的日子。我很庆幸自己学会了珍惜和感恩……

我很在乎你

一

父亲再婚的对象周姨，居然是苏小康的母亲。真不敢想象，这会是真的。

我和苏小康小学起就是同学，他是班上我唯一不说话的男生。他不仅成绩差、霸道，而且还撕烂过我的作业本，并且把玩具蛇塞进我的书包，害我在课堂上掏书本时当场吓得号啕大哭，我一直怀恨在心。我们从小学同班到初中，彼此间没有友谊。

我最担心父亲了，人到中年，突然多个十几岁的叛逆儿子，有他头疼的。苏小康很不友善，在家里，他只和他母亲说话，当我和父亲是透明人。他这么做时，我也会故意笑脸盈盈地和父亲说笑。当然，每次我和父亲谈笑风生时，我都会顾及周姨，故意冷落苏小康。

周姨对我父亲很体贴，对我也很好。她不仅把一个家料理得井然有序，还烧得一手好菜。在心底里，我喜欢周姨。母亲五年前因病去世后，我和父亲相依为命。他忙工作还要照顾我，家里常是脏衣服成堆，厨房更是油烟淤积。周姨的到来，改变了这一切，也让久违的笑容回到了父亲脸上。如果周姨不是苏小康的母亲，那该多好。

二

吃饭时，父亲找苏小康说话。苏小康爱搭不理。我气不过，大声嚷：“喂！你是聋子还是哑巴？我爸和你说话，你听不见吗？”苏小康抬起头，瞪着我。我不甘示弱地对视。

“小康！”周姨低低地叱喝。苏小康犹豫片刻，还是重新低下头。

“没教养！”我嘟囔着。

“你说什么？再说一遍。”苏小康重重地放下碗，腾地一下站起身。

“怎么，想打我呀？”我也站了起来，刻薄地说，“你要记清楚，这里可是我家。”

“烨烨，这里也是小康家，我们是一家人。”父亲及时责骂我。

苏小康愤愤地说：“吴烨烨，我会记住这是你家。你在同学中说的那些话，我也会记住。我不会赖在你家的，我妈也不是你们家的免费保姆。妈，我们走！”苏小康说话时，眼眶红了，起身就要拉起周姨离开。父亲慌忙劝阻，我一阵心悸。我确实对身边的同学说过这些话，但我当时只是想划清和他的界限随口而出的，我没想到这些话居然会传到他耳中。

“啪！”一声脆响，我的脸上严严实实地挨了父亲一记响亮的耳光。我捂着火辣辣的脸，冲回了房间。那天晚上，父亲一直待在我的房间，和我说话。我背对他，一句也不肯听。

父亲说了苏小康一家的事。他的父亲是一名军人，在一次抗洪抢险时，为了救一个落水的女娃，献出了自己的生命。“他母亲谢绝了部队的照顾，一个人带着孩子……”父亲声音哽咽。他很努力地控制自己，却忍不住抽泣起来。虽然那个被苏小康父亲救起的落水女娃不是我，但我的生命却是一名消防战士冒着生命危险救回来的，那是发生在我六岁时的一场火灾。

想起小学时，苏小康常常穿着破衣服去上学，头发脏乱，我还和同学一起嘲笑他是“民工崽”，也骂他是“野孩子”……陷入往事中，我的泪止不住地流。

三

初三升学考试前，我生病了。周姨整夜陪在医院，守在我的床前。那段日子父亲出差在外，家里煮饭的事全靠苏小康。每天，他都会送饭到医院，但我们没有说话。他离开时，我伫立在窗前，望着他远远离去的背影愣神。

在周姨的悉心照顾下，我很快出院了。那时，离中考只剩一个多月时间。苏小康对中考漫不经心，他不像我那么用心准备。我为他着急，悄悄把复习笔记放在他房间，可他没动过。

一天体育课。不知什么原因，苏小康和程勇打了起来。程勇是校篮球队的，瘦弱的苏小康哪是他的对手，连招架都难。来不及多想，我冲进人群，挡在了苏小康面前：“程勇，你凭什么打人？”程勇疑惑地盯着我说：“吴烨烨，你不是很讨厌他吗？我正帮你出气呢！”

“你管什么闲事？”我愤愤地说，我知道程勇一直对我很好。

“你的闲事，我管定了，我就打这没爹的野种。”程勇说着，又一脚踹到苏小康身上。我拉着程勇的手，拉不住时，狠狠在他手腕上咬了一口。程勇没想到我会咬他，痛得大叫：“吴烨烨，你疯了，咬我？”“你必须马上收回你的话，向苏小康道歉！”我气势汹汹地说。

转身想帮苏小康擦去嘴角的血迹时，他猛地推了我一把，一个趔趄，我重重地摔倒在地。我不解地望着苏小康。他愣了一下，推开人群，撒腿跑出了学校。

四

苏小康很晚了都没有回家。我吃不下饭，一直站在窗前发慌。爸爸出差了，周姨上夜班，家里只剩我一个人。等到午夜，我没有信心再等下去，关好门跑出去找他。我不知道他会去哪。一路走，一路叫着他的名字。一条街，又一条街。公园、河畔，都没找到他。眼泪汹涌而出，我哽咽着叫：“苏小康，你在哪？你出来！”

夜风凉爽，我的心却开始冰凉，我的呼叫那么凄凉和无助。我不知道，苏小康跑去哪了。实在累了，我坐在龙津河畔，搓着疼痛的脚，望着苍茫的河面，禁不住哭起来。

“哭什么，回家吧！”当苏小康突然出现在我面前时，我吓了一跳，随即跑过去紧紧抓住他的手，生怕一松手，他又会跑得无影无踪。

“你，担心我？”他目光闪烁。我低下头，不敢看他。原来他一直躲在家门前的绿化带后面，看见我出门，也听见我在喊他的名字，但他故意不回应我，远远地跟着我，走了一条又一条长街。“现在为什么出来了？”我愤怒地问。

“不想看见你哭。”他说。那天夜里，在龙津河畔，我们像兄妹一样，肩并肩坐在一起，说了一整夜的话。

五

中考后，苏小康去了省技校，学的是烹饪专业。我考上了市里最好的高中。在苏小康去技校的前夜，我们又一次来到龙津河畔。

“我妈在家里全靠你了。我会好好学的，学成后就可以炒几个好菜犒劳你。”苏小康说。

“胸无大志，男孩子怎么会喜欢学煮饭？”我说，心里很替他可惜。

“每个人都有自己的人生，选择做自己喜欢做的事，不好吗？”他反问我。

“好是好，只要你自己喜欢。放心吧，周姨也是我妈，我们会互相照顾的，记得也写信给我爸，他很在乎你的，让他开心些……”说着，我拍拍他的肩膀。

人生就是这么奇妙，如果不是父亲再婚，我和苏小康之间不会有任何联系，更不会有这段同行的日子。

我很庆幸自己学会了珍惜和感恩。

城市上空的“菜园子”

一

奶奶又一次吵着要回农村老家时，爸爸一筹莫展。他使劲挠着脑袋，眉头拧成了疙瘩。妈妈欲言又止，她心虚地望着奶奶，低声问：“妈，是不是我哪做错了？”

“没有没有！你别乱想。我是真住不习惯。”奶奶宽慰着妈妈，还象征性地伸手拍拍她的手背。

见不是自己的错，妈妈暗暗长舒一口气，她瞟了老爸一眼，又把目光转向奶奶，柔声说：“妈，那你到底为什么要回老家呀？你想活动筋骨就到楼下走走吧，小区里有那么多老头老太，你们多接触几次就熟悉了……”

妈妈滔滔不绝地做奶奶的思想工作，她知道老爸的意思是一定得留住奶奶在城里住，回乡下，就她一个老人，能让人放心吗？奶奶不为所动，依然坚持要走。见妈妈没有说服奶奶，爸爸把乞求的目光投向我。他知道奶奶最疼爱我这个孙女了，于是把希望寄托在我身上。

我也不想奶奶回乡下，但我感觉得出，奶奶在城里确实住不习惯，她来这仅仅因为我们在这。奶奶多次跟我讲起她在农村老家种的庄稼，还有房屋背后的菜园子。说起她的菜园子，奶奶总是眉飞色舞，说也说不完。

“爸，奶奶估计是想她的菜园子了，你帮她弄个菜园子，她就不用回乡下了。”我说。一听到“菜园子”三个字，奶奶的眼睛亮了。“菜园子？”爸爸迷惑不解，但随即就明白了。奶奶在农村劳作了一辈子，现在要她突然离开，她肯定是舍不得，也不习惯。

二

在城市里，到哪儿给奶奶弄块地让她种菜呢？爸爸为难了，妈妈无能为力，我也想不出好办法。小区里，那些绿化地肯定是不能挪为私用的。

有一天我回家时，爸爸正忙着运有机土。看见我，他开心地叫：“娟子，过来帮忙。”我飞跑过去，使劲拉起一个袋子就往电梯里拖。好沉呀，我使了那么大的劲才挪动一点位置。“你帮忙看着，我来。”老爸说着，马步一摆，伸出双手，扛起一袋土就往电梯走。

来来回回几次，几袋土都搬进电梯后，爸爸招呼我赶紧进电梯。“爸，你买这么多有机土干吗呢？我们家阳台小，哪种得了这么多花呀？”我好奇地询问。爸爸看着我，眉开眼笑：“你猜猜看！”我盯着老爸，看他的高兴样，我却糊涂了，于是央求他：“你说嘛，我哪猜得到。”“我在实现你的办法，帮奶奶弄个菜园子。”爸爸说着，一脸掩饰不住的喜悦。

我家住电梯房最高层，在二十九楼。下了电梯后，爸爸又一袋一袋把土扛到天台。推开天台门时，我被眼前一排整齐摆放在围栏下的白色泡沫箱吸引了。“爸，你想用泡沫箱给奶奶种菜吗？”我问他。爸爸朝我点了点头。

“你好聪明！”我夸他。“我也是看见别人这么做才想到的。”爸爸如实说。放下书包，我和爸爸一人一边，把袋子里的土一袋袋搬到围栏边。“泡沫箱会有毒吗？”我担心地问。“不会，这些都是全新的，很安全。”爸爸一番话消除了我的顾虑。

我们把袋子里的有机土均匀地倒进泡沫箱里，爸爸还拿出早准备好的小锄头和铲子把土耙平。大功告成后，爸爸若有所思地说：“这下，你奶奶可不会再想回老家了吧？”

果然不出所料，我们把奶奶领到天台，看到那一排装满土的泡沫箱后，她高兴地说：“我又可以种些葱蒜了，还有小白菜。”

看着喜笑颜开的奶奶，我松了口气，这下奶奶没理由再闹着回乡下了吧。

三

奶奶每天都很忙碌，天一亮就往天台跑。

有两个多月的时间，我忙着数学竞赛的事，没多理会。等我竞赛结束，捧着二等奖的奖状回家时，奶奶一把拉住我：“娟子，奶奶带你到天台看看我们家的菜园子，有空不？”

“好呀！”我高兴地答应了。这时才想起，我们家现在有菜园子了。

推开天台门的瞬间，我被眼前绿意葱茏的各色植物惊到了。在围栏一角，十几个泡沫箱里，一株株植物在阳光下正茁壮成长。

奶奶领我走过去，她像一位资深导游，指着一个箱子说：“这个是葱，四季葱，你看这葱叶长得多绿呀！”我还没来得及回答，她又指着旁边一个箱子说：“这箱种的是大蒜，粗壮吧，你看这蒜头。”

奶奶面色从容，如数家珍，她一箱一箱为我介绍她的收获，脸上挂着掩饰不住的喜悦。“这箱是小白菜，水灵吧，你看这叶，多绿呀！”奶奶自豪地说。

看着眼前一箱箱长势良好的蔬菜，我也增长了见识。以前我是葱蒜不分，把所有绿叶子的菜都叫成青菜，哪知道还分“三叶青”“莜麦菜”“生菜”。

“这个紫色的是茄子，我最爱吃，我认得。”我指着一棵长势高大的茄子树对奶奶说。“嗯，不错！我们娟子现在认识很多蔬菜了。”奶奶笑着应我。

“好漂亮的‘灯笼树’呀！”我的目光突然被墙角一株挂满绿色“灯笼”的植物吸引了。枝杆不粗壮，也不高大，但挂了四五个“灯笼”，好看极了。

“是‘灯笼椒’，你爸小时候最爱吃的，用它炒肉片，香着呢！”奶奶纠正我。

我在奶奶的带领下，一箱一箱参观她的“菜园子”。奶奶指指这个，指指那个，仿佛运筹帷幄的大将军，而这片菜园子就是她的疆土。

四

我们家终于吃上了奶奶从菜园子采摘下来的生菜。还别说，那菜叶不仅绿油油的，最重要的是吃起来特别香，脆脆的，口感很爽。虽然分量少，但极大地满足了我们的口福。

“妈，你亲手种的菜就是不一样，好吃！”老爸恭维着奶奶。看见奶奶笑，老爸才会心安。老妈也及时夸奖，乐得奶奶合不拢嘴。“你们喜欢吃就好！”奶奶害羞地说。

“奶奶，你这城市上空的‘菜园子’不得了呀，我们吃的都是‘高空植物’，绿色、有机，很棒哟！”我搂着奶奶的肩，亲昵地偎着她。

奶奶每天早上、傍晚都会独自爬上天台，在她的“菜园子”里松土、施肥、浇水。她做事可认真了，松土时总是小心翼翼，生怕弄断了植物的根茎。她侍弄那些蔬菜就像对待自己的娃娃，不仅用心，连眼神都充满了慈爱和欣喜。

奶奶再也没有提回农村老家的事，她知道自己的儿子为了能让她留在城里享福费尽了心思，她不是矫情的人，只要每天有点事可以忙，只要觉得自己不是个“吃白食”的人，她就会安心而坦然地住下来。

这城市上空的“菜园子”，是奶奶的精神寄托，是她延续自己劳作习惯的工作场所，也是她觉得自己需要留下来的意义所在。我理解奶奶，我懂她。

这小小的“菜园子”也是父母对奶奶的孝心，是他们能够想出来的唯一办法。这“菜园子”联结着我们一家人的心，在阳光下绿意盎然。

记住了，我是你姐

一

妈妈因病离开几年后，爸爸在别人的介绍下认识了兰姨。那一年，我已经十二岁。我懂的事情远比爸爸以为的多。爸爸总当我是毛头小孩，可他并不知道，因为没有妈妈在身边，小女孩的成长是飞速的。

爸爸很爱我，他又当爹又当妈的那几年很辛苦，再加上我的身体从小较弱，动不动就感冒发烧，他没少遭罪。看电影时，看到银幕上演的亲人间感人的片段，我就会热泪盈眶。爸爸对我就是那样，午夜无人的街头，夜雨在路灯昏黄的光线中淅淅沥沥地下着，爸爸骑着摩托车，载着裹得严严实实的我去医院……

我曾自私地以为，爸爸只能对我一个人好，因为我是他的贴心“小棉袄”。我也关心着爸爸，小小年纪，就学会了煮饭、炒菜，还能熟练使用家里的洗衣机、烤箱。爸爸很为我自豪，逢人便夸我懂事。

原以为我们父女俩可以这样相依相伴到永久，没想到，才四年时间，他就接受了别人的介绍认识了兰姨，还带回家来，准备结婚。我感觉到了危机，觉得自己最爱的爸爸要被人抢走了，觉得爸爸的世界里，我再也不是那个独一无二的宝贝。

二

和很多再婚家庭一样，我刚开始也是异常排斥兰姨的到来，觉得是她闯进了独属于我的领地。我使出小女孩的种种小性子，和她作对，把她当成“阴险毒辣的后妈”，连同她带来的儿子付兴，我也当成是“眼中钉”。

付兴刚来我家时才五岁，小家伙长得漂亮，挺招人喜欢，不过，他是兰姨的儿子，我不得不控制住自己对他的喜欢，整日里不给他好脸色。可是才五岁的付兴，哪知道什么呢，他喜欢跟在我屁股后面，像个小尾巴一样甩也甩不掉。

傍晚我在楼下小区玩时，他会在楼上大声喊：“姐，妈妈叫你回家吃饭了。有你爱吃的红烧鸡翅。”有时，我和小伙伴玩“跳格子”，他就在一旁当忠实观众。看见我赢了，他比我还高兴，蹦蹦跳跳地嚷：“哦，我姐最厉害了。”我给他一记“白眼球”，不屑地说：“谁稀罕当你姐。”虽然被我戗，但他依旧喜欢跟在我后面。

我承认，我只是偶尔才欺负他，因为他太可爱了，我于心不忍。如果他不是兰姨的儿子，如果他们不是来抢我爸的，我想，我肯定是会喜欢兰姨和付兴。

兰姨人好，和蔼可亲，炒菜特别好吃，但她闯进了我的领地，抢走了独属于我的爸爸，我一次次告诉自己，不能接受她，更不能喜欢她，我觉得,如果接受她,就是对妈妈的背叛。

三

是我一次次无理取闹,是我一次次挑起“战火”,我希望引起爸爸注意,希望爸爸能够站在我这边,只有这样,我才会有安全感,才会觉得爸爸依旧是我一个人的。

我对兰姨做了很多坏事,我看得出她在隐忍,而且还一如既往地对我好。我觉得她只是因为爸爸,才没对我生气。爸爸也不忍心骂我,他知道我心心念念的只有妈妈。因为他们的忍让,我更是得寸进尺。

有一天,忍无可忍的兰姨终于对我生气了,她严厉地说:“如果你妈妈还在,她会希望看见你这个样子吗?你不是为我活着,而是为你自己。你过好了,你妈妈是不是才放心……”我有点害怕,她第一次这么生气。如果她向爸爸告状,爸爸还会相信我吗?

那段时间,爸爸出差了,而我在学校正好有一场辩论赛。每次辩论赛,参赛选手的父母都会去“观战”,一睹自己孩子的风采。如果家里没人去,那该多扫兴。虽然刚吵过架,但我还是把邀请函放在了茶几上,我知道她能看见,但我不知道,她会不会不跟我计较,依旧代表我的家人去学校“观战”。

期待她来,又不敢期待,怕希望落空,自己更失望。当我在台上,偶然间发现盛装出席的她和付兴时,内心莫名地涌起了想和她握手言和的冲动。

漂亮的兰姨,可爱的付兴,他们的出现为我带来了极高的人气,也使我信心倍增。那次辩论赛的大获全胜,可以说有兰姨和付兴的一半功劳。

四

我后来了解到，兰姨曾是军嫂，她的丈夫是在一次抗洪抢险中走的，那时付兴才两岁。知道这个事情时，我难过地哭了。

其实这四年来，兰姨一直对我很好，她不是“阴险毒辣的后妈”，她也没有抢走我的爸爸，是我自己一直固执地把她排在心门之外。付兴更是把我当成姐姐，总是亲昵地叫我，以我为荣，可我却不让他靠近。

一直以来都是我自己的问题，爸爸虽然多次做我的思想工作，但我却总赌气地说他，找了新老婆后就不要女儿了，搞得他左右为难。因为爱，爸爸一直在隐忍不懂事的我。

如果时光继续，我想，我是一定会接受兰姨的，毕竟日久见人心，她对我的好和关心我已感知。她的真实和善良，她的质朴和美丽，都让我感觉到妈妈的存在。因为她，爸爸不用再操心我、操心家，工作上再创佳绩，又提升了一个台阶。因为她，爸爸比以前更开心了。她在清明节时，陪我和爸爸去给妈妈扫墓，然后又带着我们去给付兴的爸爸扫墓，这个举动让我感动不已，深深折服，觉得她是一个心怀大爱的人。

可是，就在我能接受她，就在我感觉自己离不开她时，她却在一次意外的车祸中匆匆走了。没有告别、没有遗言……什么都没有，她就突然消失在我的世界中，就像她不曾出现过一样。可是付兴弟弟的存在，让我知道这不是一场梦。

五

爸爸的人生中，一连经历了两次痛失至爱。我记得，上次他这样痛哭流涕还是妈妈走时。我知道，爸爸也深爱着兰姨。这一次，我不再嫉妒，因为兰姨值得。

付兴弟弟九岁了，他明白自己的妈妈已不在，就像当初年少的我，面对妈妈的离开痛不欲生。他早没了爸爸，现在又没了妈妈，他该怎么办？面对孤苦伶仃、泪流不止的他，我心疼地把他揽在了怀里。

我是第一次抱他，想把自己身上的温暖传递给他，想让他知道，妈妈不在了，还有爸爸，还有姐姐，他，并不是一个人。

很后悔一直与兰姨作对，那些本该享受温暖亲情的时间，都被我弄得支离破碎。和兰姨生活了四年，因为我的固执和叛逆，我们家没有一张四人的合影。暗夜里躺在床上时，想起兰姨，我就自责，难过得泪水横流。

我虽然早早失去了母爱，但上天又给了我一次机会，只是我自己没有珍惜。好后悔！

面对没有兰姨的家，我觉得好空，就像我的心也被挖掘过一样，空荡荡的，令人禁不住感伤。付兴可怜兮兮地躲着我时，我把他抱在怀里，认真地对他说："付兴，记住了，我是你姐，以后姐保护你。"

我会做到的，因为我是付兴的姐姐。

你不坚强，流泪给谁看

弟弟，虽然我们天天生活在同一个屋檐下，虽然我只是大你几分钟的姐姐，但是我并不了解你，作为姐姐，我觉得我挺悲哀的。看你天天沉溺在自己的世界里，我觉得我有必要开导你。虽然我也有缺点，但是现在，这个家里，你是唯一的男子汉了，可是自从咱们的爸爸出事后，你就只知道流泪，弟弟，你让妈妈以后要依靠谁？

是的，作为龙凤胎姐姐，我一直就有抱怨，凭什么就因为我比你早出生几分钟，我就得当姐姐，事事得让着你，事事得照顾你，其实我也只是一个柔弱的小女生，不是吗？小时候，我们常常打架，那时我们都不懂事，让父母平添了多少劳累？我们一起来到这个世界上，这是多么难得的事，可是我们一直都不知道珍惜。我也有错，因为我一直不想当姐姐，当姐姐就意味着责任，当姐姐就意味着榜样，我曾恨过，为什么不是你来当“哥哥”，这样我就可以有依靠，可以在你面前撒娇了，毕竟大的总要让着小的。

弟弟，爸爸走了，我们全家人都很伤心难过，可是我们再难过又怎么样？事情能够有新的转机吗？如果我们的泪水可以换回爸爸，我宁愿自己的泪流干，可是现在流干了泪又如何？我们都已经15岁了，是该懂事了。我们要一起照顾好妈妈，重新找回快乐，充满信心地生活下去。可是弟弟，你用拒绝所有亲人的爱，漠然面对这个世界的方式来面对我们，让我和妈妈不知如何是好。

你的难过，我懂，因为我和你一样难过。爸爸是我们依靠的"大树"，可是现在爸爸走了，我们应该互相依靠，不是吗？还记得小的时候吗？虽然我们常常打闹，但爸妈不在家时，你也有表现得特别乖巧的时候，你喜欢跟着我，喜欢做和我一样的事情，喜欢我把你当成一个小宝贝一样照顾……虽然都只是游戏，但现在想想，你应该一直都渴望被爱包围，被所有人当成焦点，被捧在手掌心上，可是时间在走，生活在变，我们在长大，我们终有一天也是要承担起责任，照顾我们的父母。就像现在，父亲不在了，妈妈伤心难过，我们当儿女的难道不应该首先坚强起来吗？让妈妈的心安稳一些，让她觉得我们已经长大了，是可以依靠和依赖的孩子，让我们身边的亲人都松一口气，毕竟我们的人生得我们自己走，没有谁可以庇护一生。

还记得小学时候发生的一件事情吗？有一次，高年级的一个男生在路上横冲直撞，最后鲁莽地撞倒了我。身边的小女孩扶起我，拦住那个男生，要求他道歉，但那男生蛮不讲理，扬着脸昂首挺胸就是不肯道歉。我没想到，走在后面的你，见此情形后，会迅速地冲上来，一把扯住那男生的衣襟说："你撞倒了我姐，就该道歉。"虽然那男生比你高了半个头，但你一脸倔强和坚定的神色，毫不畏惧。那男生见你比他小，根本没把你放在眼里，反而想挣脱你的手，两个人推搡着你来我往。我怕你吃亏，就说："弟弟，算了，不和这野蛮人计较。""他做错了，一定要他道歉。"你不依不饶地说。那男生毕竟理亏，又被一群人拦住，而且最重要的是有你在保护我，他最后心不甘情不愿地道了歉，你才放开他。弟弟，你知道吗？你那个时候的样子真的像一个男子汉。回家的路上，你豪气万丈地对我说："姐，以后我保护你，任谁也不能欺负你。"我信，真的，弟弟，我一直相信，你是可以保护我的。可是现在，弟弟，当初你说过的话，你还记得吗？那些话还算数吗？希望你坚强起来，做一个可以保护姐姐的男子汉。

爸爸还在时，也常说，男孩子嘛，要坚强，不能轻易流泪。可是弟弟，爸爸的话，你还记得吗？你从他走后，就常常沉溺于网络游戏，以为这样就可以将自己麻痹，心不会痛楚。你没日没夜地上网，知道妈妈有多心疼吗？你是男子汉了，你长得那么像年轻时的爸爸，可是你有爸爸的风范吗？爸爸遇见问题时，从来不逃避，他曾说过，逃避是最无能的选择，唯有认真面对才能解决。弟弟，你选择了最无能的选择，逃避问题，以为这样事情就会随着时光的流逝悄然改变。真的可以改变吗？爸爸没了，这是你无论如何逃避都改变不了的事实。我们不是需要和妈妈一起面对吗？我们要给她温暖的抚慰，让她那颗痛苦的心不再受伤，让身体单薄的她也有信心面对未知人生的风和雨。

弟弟，你的做法太让我和妈妈失望了，我想九泉之下的爸爸一定更失望。你曾是爸爸的骄傲，但现在，你整天沉迷网络，整天沉溺于自己的忧伤中。生活那么现实，如果你不坚强，流泪给谁看？

我们不需要同情，我们不需要把自己的伤心流露给别人看，我们要自己勇敢面对，我们要让妈妈放心，让她知道，虽然爸爸不在了，但只要我们一家人相亲相爱，努力生活，一定也可以生活得很好，你说，这不也是爸爸最后的遗愿吗？

弟弟，你一直很聪明，我说的你早已都懂，但懂归懂，你要付诸行动。不要再沉迷网络游戏了，那会让你迷失掉自己的方向。把伤心埋藏在心里，把对爸爸的想念也埋藏在心里，不要再动不动就流泪了，我们唯有自己坚强，才是对爸爸最好的敬意。

我想，我们的爸爸也不喜欢我们一家人整天泪流满面的样子吧，弟弟，我们一起坚强地面对生活吧，让我们的妈妈可以因为我们而欣慰。我们是一家人，无论面对什么事情，我们都可以携手一起走过。这世上，唯一的“救世主”就是我们自己。

你的笑容由我守护

一

姐姐和别的女生不一样，她有点胖，走路还一瘸一拐。她从不穿裙子，甚至把头发剪成短短的板寸。从背影看，谁都会把穿着校服的姐姐误认为男生。只是姐姐爱笑，她的笑容明媚而生动，像盛开的六月菊。

那时爸妈上班忙，每天只有姐姐能够陪我。而我也特别听姐姐的话，对她言听计从。虽然姐姐只比我大三岁，但每次在哄我开心时，她总能为我讲好听的故事。

我小时候很淘气，姐姐为了看护好我，没少担心，而且得时时想法子哄我开心。我被小区其他孩子欺负时，每次都是姐姐来帮我解围。只是，她也常常被别人嘲笑，那些孩子学她走路的样子，还一边学一边叫："让开！让开！胖胖的摇船来了。"夸张摆动的肢体动作逗得一群人哈哈大笑，姐姐却窘得满脸通红、无地自容。而那时年幼的我，看见别人笑，也没心没肺地跟着大笑起来，直到看见姐姐哭了，才惊慌地跑到她跟前。

我有点内疚，别人欺负我时，姐姐都会帮我，而她被欺负时，我却在笑。

二

我上一年级时，姐姐已经上三年级。她的功课很好，每天写完作业，还得辅导我。爸妈没空，完全把我交给姐姐，还说只要有姐姐在，他们就放心。

姐姐每天跟我一起上学、放学，班上的同学都认识她，但他们嘲笑姐姐长得又胖又瘸，还叫我让姐姐以后别再到班上来，要不他们会做噩梦。我气不过，和他们吵起来，但他们人多势众，我吵输了，委屈得直抹泪。

因为姐姐，班上的同学都孤立我，把我当成空气。我在班上很孤单，没有人跟我讲话，更没有小伙伴陪我一块儿玩。渐渐地，我就把这股怨气都责怪到姐姐头上，如果不是她，我就不会被大家排斥；如果她不胖、不瘸，大家就不会取笑我。

我再也不让姐姐到班上找我，每天一进校门，我就急急地避开她，生怕别人看见我们在一块儿。姐姐很敏感，她马上就觉察到了我的异常，问我怎么了，我支吾着不敢说，生怕姐姐不高兴。“是不是有人取笑你？你不想和姐姐在一起了？”姐姐问我。面对她直白的质问，我竟无言以对，默认了。

“姐姐让你丢人了，对吗？”说完，姐姐一瘸一拐径自走了。

那以后好长时间，姐姐都没再到教室找我。只是在家时，我的功课还得姐姐辅导，她像什么事都没发生过一样，该帮我背书时背书，听写时听写，不会的题，她也讲解给我听，但除此之外，她不再跟我闲聊。

三

姐姐很忙。妈妈每天上班前，都会先把汤和饭约定好时间，中午我和姐姐回来后，我就躲进房间写作业或玩，但姐姐就得马不停蹄地开始洗菜。

在妈妈的指导下，姐姐早早就学会了煮饭炒菜。她会做很多家务，什么洗衣、拖地、擦洗灶台都不在话下。我从来没有帮过忙，因为妈妈说，男孩子会读书就可以了，但姐姐不同，她是女生还是姐姐，她得会做所有家务活。

面对重男轻女的父母，姐姐并无任何怨言。只是后来，我却觉察到姐姐已经越来越少笑了。她总是沉默着，每天先做家务，然后才开始学习。

去上学时，我们一前一后，姐姐保持着三米左右的距离跟着我。姐姐知道我不喜欢跟她并排走，并不强求，任由我。这样的情形保持了好几年，我也没觉得有什么不妥。直到后来姐姐上初中后，我一个人走在路上，才感觉到突然缺少了什么。那种感觉很微妙，让人怅然若失，似乎遗失了最珍贵的东西。

年长几岁，我更懂事了，我渐渐明白起姐姐的难过，看着她没有笑容，甚至毫无表情的脸，心里就不是滋味。姐姐已经到了爱美的年纪，她也越发在乎起自己的腿疾和不漂亮的外貌。我常常看见她长时间地伫立在窗前，不知她在看什么、想什么，而站在她背后的我，却感觉她的背影那么落寞和孤单。

四

姐姐的成绩不像小时候那么优秀了,她经常在写作业时,会双手捂住脑袋,然后又使劲扯住自己的头发,似乎遇见了什么无法解决的难题。在这种时候,姐姐总是特别烦躁。

而我在姐姐的严格要求下,从小就养成了好习惯,学习势头一发不可收拾,升上初中时,我的成绩已经位居年级第一名。我在学校的名气很大,老师们都很喜欢我,班上的同学更是一群群围着我转。

早操时,我常常会在人群中看见姐姐,她总是一个人。看着姐姐孤单的背影,我会莫名难受。我知道姐姐喜欢热闹,但在热闹的场合,她又总是格格不入,让人嫌弃。

有一天晚上,爸妈都要加班,家里只有我和姐姐,隐隐地,我听到从姐姐房间传来压抑的抽噎声。我走到姐姐房门前,屏气聆听,心里慌乱。姐姐怎么了?想敲门,又犹豫着不敢敲。自上五年级后,我的作业再也不需要姐姐检查了。虽然生活在一个屋檐下,但很少说话。

我一直对姐姐抱有很深的愧疚,因为我对她的嫌弃,姐姐都懂。或许是因为懂吧,她觉得,连自己的弟弟都嫌弃她,别人又怎么可能喜欢她?所以她总是很自觉地把自己孤立起来。

我开始在放学后主动去等姐姐。乍一看见我,姐姐的眼中闪过了稍纵即逝的喜悦,只是很快地又换作一脸的漠然。我们走在一起,姐姐会有意拉开距离。一次下雨时,只有姐姐带了伞。她把伞递给我说:"你用吧!"我看着漫天瓢泼的大雨,诚恳地说:"姐,雨大,我们一起遮吧。”说完，我走到姐姐身边，为她撑伞。

这是我这一次为姐姐撑伞。

五

我要为姐姐做点什么了，每次看见她毫无生气的脸我就会难过。十五六岁的女生是盛开的六月菊，应该阳光朝气，而不是整天阴郁着，像一株蔫了的植物。姐姐小时候那么爱笑，只是后来她知道了别人的嫌弃，笑容就渐渐消失了。

我主动找姐姐说话，主动陪她逛街，主动在雨里等她，主动……我愿意为姐姐做任何事，只希望笑容能够重返姐姐脸上。我不再是小孩了，虽然比姐姐小三岁，但她的忧伤我已经能够读懂。在深夜里听到姐姐压抑的哭泣声，在操场上看见姐姐孤单落寞的背影，我的心都在痛。每个女生都是爱美的，而姐姐却总是被嘲笑和讥讽。

姐姐原本是个爱笑的女孩儿，她的笑容应该由我这个弟弟来守护，就像我们小时候，她守护我一样，我希望姐姐能够开心地生活，无忧无虑地享受属于她的青春岁月。

我决定不再上补习班，要爸妈送姐姐去。家里经济拮据，我们都懂。以前我心安理得地独享父母的偏爱，姐姐也习惯了父母的重男轻女，但后来我觉得，姐姐比我更需要。

姐姐需要更多的爱和关心，需要更多的鼓励和支持，她的笑容应由我守护。

如果我有“月光宝盒”

一

主题班会时，老师别出心裁，问：“如果你们现在拥有‘月光宝盒’，可以有一次穿越时光的机会，你们想回到什么时候？为什么？”

老师的话音才落，大家就窃窃私语，安静的教室顿时嘀咕声此起彼伏。谁心里都有向往的年代吧，会有个想穿越的时间。喜欢古诗词的姚娟毫不意外，第一个举手。

姚娟说，如果她有“月光宝盒”，如果能有一次穿越时光的机会，她想回到唐朝，想要亲眼见一见大唐的盛世，见一见无酒不欢的“诗仙”李白，穷困潦倒的“诗圣”杜甫……

姚娟说话时，眼神晶亮，面色从容，她沉浸在自己构想的世界中，无比激动地说：“就算只是远远地观望，我也觉得了无遗憾了。”姚娟的发言博得了大家热烈的掌声，我们都知道，或许这就是她心底最美好的向往吧。

“如果我有‘月光宝盒’，我想穿越回去当皇帝，随便哪个朝代都行。”最爱逗乐的游锐笑嘻嘻地站起来说。

“那我们跟着你一起穿越回去当大臣吧！”几个和游锐关系好的男生紧接着说。

“如果真那样，你们穿越到哪个朝代，那个朝代的老百姓一定得遭殃了，全是一群不学无术之徒怎么管理国家呢？”号称“纪检书记”的纪小敏义正词严地说。

“呦——看不起人！老师都说了这是假设，又不能当真，你以为这世上真有‘月光宝盒’呀？”游锐阴阳怪气地反驳，他的几个同伙也跟着异口同声地应道：“就是！看不起人！”

“好啦！别争了，大家继续发言吧。”老师发话，大家继续争先恐后地发言，似乎我们手中，真的已经拥有“月光宝盒”一般。

二

“如果真能拥有‘月光宝盒’，我想穿越回我的童年。那时候爸爸妈妈还没有离婚，他们的关系很好，我们一家人生活得很幸福，如果能够穿越回去，我想我一定会很乖，一定不让爸妈离婚……那是我现在连做梦都还会回想起来的往事。”

李军站起来说话时，这个平时对什么事都不在乎的高个男生，竟然眼角濡湿。我们只知道李军是单亲家庭的孩子，但没想到，父母的离婚却是他心底一道无法愈合的伤痕。他并非像我们看见的那样不在乎，或许他只是不想被别人同情吧。

我们都知道拥有“月光宝盒”，能够穿越时光只是一次美好的假设，而流露出来的却是满满的真情。

如果我有一个“月光宝盒”，我又会想回到什么时候呢？我很矛盾。

我既想回到童年，重新享受在幼儿园里无忧无虑的那段时光，也想回到去年和小宇决裂前的那次考试。如果可以，我一定不会为了考满分偷偷翻书，这样小宇就不会向老师举报我作弊，他也不会因此看不起我，与我绝交。我很舍不得小宇这个朋友，但暑假过后，他就转学了，我还没来得及让他看到我的改变。

可是如果“月光宝盒”仅有一次穿越时光的机会，我该穿越回什么时候呢？我仔细回想着，觉得还是最想回到三年前和爷爷奶奶在农村老家一起度过的最后一个暑假。

三

如果我能够穿越时光回到那时候，我一定会好好珍惜和爷爷奶奶共同度过的时光。特别是爷爷，我一定会每天陪着他，无论是去钓鱼还是放鸭子，我都愿意，再也不会只顾自己玩游戏机了。

爷爷奶奶都很爱我，他们用自己的方式表达他们的情感，可我却一直有点看不起他们，觉得他们是农村老人，啥都不懂，更不知道玩游戏机有多快乐。

我记得有一次，爷爷奶奶来城里，住在我家。我家住高层，当爷爷站在阳台，从19楼往下望时，他吓得腿直哆嗦，别提有多滑稽。他甚至对我说：“乖孙呀，过来扶爷爷一把，我这都走不动路了。”我却故意吓唬他，在他身边跳。

爷爷在小区四处闲逛，回家后，他兴致勃勃地对奶奶说：“老婆子，我发现公园里有块地，把上面的草挖掉，我想种些葱蒜、青菜什么的……”爷爷的话还没说完，奶奶就急着接茬：“老爷子，那可使不得。我都听说了，那些草是人家特意种的，你这样会被骂的，千万别！”我在屋里听见后，走出来嘲笑爷爷，说他没素质。

后来，爷爷奶奶就很少来城里，他们说住不习惯、睡不着。爸妈做了几次思想工作，见爷爷奶奶态度坚决也就随他们了。

四

三年前的那个假期，老妈原本是准备给我报几个兴趣班的，但爷爷打来电话，说他们老两口想孙子了，要我回老家陪他们。我听后，一个劲地拒绝，宁愿在城里的兴趣班打发时间，也不愿回到那个没有网络没有 Wi-Fi 的农村。

“你这是代表爸爸妈妈回去尽孝心的，没得选择。”老爸一言九鼎。老妈也在边上给我做工作，说爷爷奶奶那么疼爱我，我怎么可以拒绝他们的合理要求呢。老妈絮絮叨叨，还承诺如果我把爷爷奶奶哄开心了，回来定有奖励。

老爸的强制，老妈的温柔攻势，哪一个我都突破不了，只得就范。不过，心有怨气，回到农村老家后，我整天气呼呼的，一脸不高兴。

爷爷奶奶见到我，喜笑颜开。爷爷开心地说：“小孙子，这个暑假你就跟爷爷过了，高兴吗？”我瞥他一眼，不悦地想，有什么可高兴的？奶奶亲昵地靠过来慈爱地问我想吃什么，我懒洋洋地应：“随便！”

“家里没有随便，想吃什么，得说，我让你奶奶给你做。”爷爷说。见他如此固执，我只好妥协：“那就牛肉面吧，外加一个荷包蛋。”我实在不想再和他们啰唆,从包里掏出游戏机径自玩起来。

爷爷养了一群鸭子,每天都得赶鸭子到河里。他邀我一起去,我懒洋洋地应道:“不去!我在家陪奶奶,太阳那么大,热死了。”爷爷还常常邀我去钓鱼,我也拒绝了,我不想跟他在一起,多无聊呀!还不如我自个儿玩游戏机有趣。

一次次被我拒绝,爷爷很生气,他不开心地说:“小孙子,你爸派你回来陪我,你怎么整天都抱着游戏机玩,这怎么行?”“就行!我人回来就好了。”我低着头应,眼睛一刻都没有离开过我的游戏机。见我这样,爷爷恼怒地嚷:“把你的游戏机收起来。”说着还动手抢。

我机灵地闪开,找奶奶寻求庇护。奶奶一个劲儿埋怨爷爷,说他老没羞,竟然抢小孙子的玩具。有奶奶撑腰,我根本不拿爷爷当一回事。见到他,还冲他做鬼脸,气得爷爷吹胡子瞪眼。

我喜欢吃鱼,爷爷每天出去放鸭子时,都会把鱼竿带上。回家时,总会带回几条鱼来。奶奶手艺好,那些鱼或清蒸、或红烧,美味极了。我知道,奶奶为了照顾我,煮什么菜都是照着我喜欢的口味做,爷爷还说:“小孙子回来了,我的地位就直线下降。”

奶奶指着爷爷笑:“你个老家伙,连小孙子的醋都要吃,羞不羞呀!”

五

爷爷奶奶都对我很好,可那时,我只知道玩游戏机,连话都很少和他们说,更别说陪他们了。我的眼中只有游戏机,脑子里也只有游戏机……

如果现在真的拥有“月光宝盒”,真的可以穿越,我要穿越回那个暑假，我一定不会只顾玩游戏机了。我要好好陪他们，陪爷爷去河边放鸭子、去钓鱼、去挖野菜，陪奶奶聊天，听她唱纯正的客家山歌，用心品尝奶奶的手艺。我希望他们开心，希望不会再有遗憾。我会好好感受他们对我的爱，也要把我的爱传达给他们。

那年冬天，爷爷去放鸭子时，在河边的卵石上滑了一跤，后脑壳磕到大石头的棱角，流了很多血，被人发现时，他已经过世。奶奶因为爷爷的突然离世，没过多久，因为心梗，她也追随爷爷去了。

那是我最后一次和爷爷奶奶共同度过的时光，后来回想起来时，我都好后悔，觉得自己当时太不懂事了，他们那么爱我，而我却一直在嫌弃他们，宁愿抱着游戏机打发时间也不愿意陪他们说说话。

我知道，一切都是假设，这世上没有“月光宝盒”，我也穿越不回去，但我真的很想念爷爷奶奶。

住在心里的人，远在千里之外

一

小时候，我是跟着外婆长大的，父母都在离家很远的城市打工。

上小学时，为了能让我接受更好的教育，父母把我接到了城里。离别的那天，我又哭又闹，抱着外婆不肯松手。外婆泪眼婆娑地哄着我，最后还是一狠心把我推给了爸爸。

城里什么都好，但没有外婆，我过得很孤单。虽然父母对我很好，但长时间的离别还是拉开了彼此的距离。我对他们总有些陌生感，再也不会像在外婆面前时那样撒娇。我在父母面前很懂事，用自己的方式掩藏起了对外婆的思念。

没想到，在我十三岁那年，已经在城里站稳脚根的父母却开始厌倦对方，在一次又一次的争吵后，他们决定分道扬镳。

我偷偷打电话给外婆。她一接起电话，我的眼泪就扑簌簌地滑落下来，哽咽着说："外婆，我爸妈要离婚了，你来接我回去吧，我不想待在城里……”

外婆也在电话里哭，她的抽噎声清晰地传到我的耳畔，我就更加控制不住自己的情绪放声大哭。

二

外婆晕车，在我的记忆中她很少坐车，但为了挽救女儿的婚姻，为了外孙女的幸福，她还是在一个本家堂叔的陪伴下千里迢迢地从农村赶到了我们生活的城市。

外婆的到来暂时缓解了父母的婚姻危机，他们貌合神离地过日子，我却真的很开心。晚上和外婆睡在一张床上，我搂着她有说不完的话，仿佛就像小时候，那些只有我们两个人的日子。

几年时间，外婆明显老了，脸色暗黄，头发花白，连身子也佝偻了。外婆的眼睛很早以前就不好，我听妈妈说她的眼睛是哭成那样的。

原来妈妈还有个哥哥，也就是我大舅。可我没见过他，连照片也没见过。如果不是妈妈告诉我，我根本不知道这事。二十年前，刚从部队退伍的大舅，在返乡的路上为了救一个掉进河里的孩子，而被湍急的河水冲走。因为大舅的意外去世，外公受到严重刺激，疯了，后来掉进村里的一口水井里淹死了。外婆遭受了一连串的打击，每天以泪洗面，把眼睛都哭坏了。

妈妈成了外婆的心头肉。妈妈结婚生下我后，又要外出谋生，就把我送到外婆身边，外婆把所有的爱都倾注到我身上。小时候我不懂这些事，但是外婆对我的疼爱，我都知道。父母给外婆的钱，她总是舍不得用，但花在我身上，她又很舍得。

外婆习惯忙碌，刚到城里时，她很不自在，但为了挽回我父母的婚姻，她努力让自己适应。初来乍到，外婆对装修高档的厨房，陌生的家用电器望而生畏，但是很快，她就在妈妈的帮助下学会了。我夸外婆聪明。她却说："我不学会这些，待在这儿有什么意思呢。"

外婆说话时，表情淡淡的，我不知道她到底是高兴呢，还是不高兴。

三

爸爸对外婆很客气，我能感觉到。倒是妈妈，常惹外婆生气，她们母女俩经常为一些鸡毛蒜皮的小事争吵，气得外婆泪水汪汪。

我很讨厌妈妈和外婆争吵，每次都会帮着外婆："她是你妈，是我外婆，你怎么能这样对待她呢？"

单独相处时，外婆却会一个劲儿地在我面前说妈妈的好，夸她年少时聪明懂事。"你妈这人就是刀子嘴豆腐心，性格又倔，有什么委屈都憋闷在心里，从来不说。"外婆搂着我，手一直轻轻抚摸着我的手臂。

"我妈丁点儿大的事也要和您吵，一点儿都不知道孝顺您。孝顺就是要孝敬、顺从，她做得可不好。我不学她，外婆，我对您好。"我对外婆说。

外婆笑了，她紧紧地搂住我："还是你最乖了！看着你就像看见你妈妈小时候的样子。"

"外婆，我和我妈不同，我肯定不会让您伤心难过的。"

"你妈妈好强，她也有她的难处，你以后要好好对她，知道吗？你一定要答应外婆，对你妈妈孝顺，无论最后她和你爸爸是否能够继续在一起，他们都是你的爸妈。"

我不知道外婆是否已经有所感应,虽然她努力了,但在外婆返回老家半年后,我父母还是离婚了。

我选择了和爸爸一起生活,因为我觉得爸爸的脾气比妈妈好很多。没想到,离婚后,爸爸却带着我去了另一个城市,那里离外婆家更远了。

我很久没有打电话给妈妈,只是非常想念外婆,但外婆在电话中一再告诉我,让我有空时也要打电话给妈妈,说她非常想我。

四

过了很长时间,我才了解到父母离婚的主要原因,原来是爸爸喜欢上了别的人,而妈妈不肯原谅他,她宁愿选择离婚也不想凑合生活。

我试着打电话给妈妈,简单的问候后,我竟找不到更多的话,妈妈也不知道和我讲些什么,最后对我提起了外婆。外婆是我们共同的话题,只有说到外婆,我才有讲不完的话。我想知道外婆过得好不好,身体是否硬朗。

已经有几年没见到外婆了,虽然一直通过电话联络,但我没有勇气回去见她。外婆总是嘱咐我要对妈妈好,但在他们离婚时,我还是毅然选择了爸爸,把受尽委屈的妈妈抛弃了。

爸爸重新组建了自己的家庭,他们还有了可爱的宝宝。虽然继母在爸爸面前对我很好,但我知道,她并不喜欢我留在那个家里。有很多时候,我都想重新回到妈妈身边,但我错过了与妈妈相依为命的特殊阶段。一年后,妈妈也另外组建家庭,还生了一个女儿。

常常在寂寞的午夜,我泪湿枕巾。爸爸有自己的新家了,他们仨才是一家人,而我夹在其中那么突兀。妈妈也有了自己的新家,她不再是我一个人的妈妈。我惶惑不安,感觉自己被这个世界抛弃了。外婆呢,她还会要我吗?我当初没有听她的话,没有安慰过伤心的妈妈。妈妈是外婆最爱的女儿,我却对妈妈并不孝顺。

一直很想回去看望外婆,但又惶恐,我怕我们之间隔着太久的时光已经陌生了;我怕因为没听外婆的话,外婆不再喜欢我、不再爱我了。我有很多的担心和害怕,一直过得郁郁寡欢。我想念外婆,想她时,心会疼。

住在我心里的人是外婆,而她却远在千里之外。

第二辑

没有梦想，青春该多苍白

在夜色迷漫的回家路上，心中渐渐豁然，也终于明白：没有梦想，青春该多苍白，唯有自己过好了，才能更好地爱身边的亲人……

将谎言变成事实

记得是在小学三年级的时候吧，我刚从农村转到县城的小学读书。还在农村时，就听同学讲，城里的学生都很厉害，他们不仅特别聪明，而且很爱看书。我在农村小学也是门门功课都很好的班长，但到县城后，会不会就输给城里的孩子呢？我不知道，心里充满担心。

父亲在县城当建筑工人，每天早出晚归，有时晚上还要加班倒水泥，根本没空辅导我学习，其实父亲也不识几个大字，想帮忙也是心有余而力不足。我从小是个很要强的农村娃，我不想输给城里的孩子，不想回老家时，被曾经的小伙伴嘲笑，所以到县城后，我就暗下决心，一定要好好学习，争取能赢过城里的孩子。

那时刚学写作文。我不会，不知道要怎样写，写些什么。脑子里有许多的故事，但我不会表达。我一直想让父亲帮我买几本作文辅导书，但心知家中拮据，开不了口，还好，这时一个热心的邻居把自己儿子看过的作文书全送给了我。厚厚的一摞，拿到手里时，我感觉沉甸甸的。我如饥似渴般地浏览起来，每天写完作业后，我就看作文书打发时间。许多优美的词汇，我都是第一次看见。在语文考试时，作文题“记一件有趣的事”，正好我在作文书中看过同题材的一篇，凭良好的记忆能力，我一字不漏地默写出来。那是一篇文采飞扬的好作文，老师给了满分。

我原来只是希望作文分不会拖后腿，没想到事情的发展由不得我控制了。我不仅那次考试取得了作文满分，总成绩也是年级第一名。县里的现场作文比赛，我成了三年级的重点人选。比赛时，面对熟悉的作文题，一筹莫展的我只能再一次把作文书上看来的文章默写下来。我只是想完成比赛，不想交白卷被人取笑。回学校后，我再也没提作文比赛的事，因为我害怕被人发现我的作文其实只是默写别人的文章，根本不是我自己想出来的。出乎所有人意料，我又一次轰动了学校，因为那次现场作文竞赛我获得了特等奖，这是学校从来没有过的荣誉，连校长都亲自来找我，对我赞赏不已。一时间，我成了学校的名人，特别是他们知道我只是一个刚转学过来的农村娃时，都把我当成了天才。

面对热情友善的同学和老师无微不至的关怀，我背负了巨大的思想负担，常常觉得自己是一个心怀巨大谎言的坏孩子。我很恐慌，我害怕面对别人或羡慕或赞赏的目光，我变沉默了。没有人明白我面对那么多的荣誉为什么会变得闷闷不乐，心事重重。虽然当年我只是一个孩子，但我明白谎言被揭穿那一天，我将再也没有勇气面对任何一个人。

为了不让谎言穿帮，为了维护自己年轻而脆弱的自尊，我开始变得更努力了，我要把过去的谎言变成现实。虽然我知道自己不是天才，但我亦明白：天道酬勤，勤能补拙。除了认真上课，认真完成作业，我一有空就拼命地看作文书，那成了我上课之外最重要的事情。

我不仅看了大量的作文书，我还开始学着赏析别人的优秀作文。好，好在哪呢？如果换一种思路写，会不会有更好的效果？我还注意别人的写作手法，谋篇布局。没有人会相信，一个小学三年级的孩子，为了让别人相信他真正会写作文，居然学会了用一种带有批判、挑剔的目光去赏析一篇篇刊登出来的优秀作文，取其精髓。

我把别人的写作手法，好词好句消化后，变成自己的东西，然后用到作文中去。我开始写自己真实的故事，写自己心里想的、感觉的，不再默写别人的作文。

我知道我真正长大了，从我第一次在半期考默写别人的作文得到满分，我撒下了第一个谎言的时候，为了不让谎言穿帮，我只有努力将谎言变成现实。

我们的一生中，都曾撒下过这样或那样的谎言，谎言被揭穿的那一刻，该是多么的心灰意冷、无地自容，那我们何不通过自己的努力，在谎言还没穿帮前，将谎言变成事实，这样，心才会安宁。

一个人的追梦时光

尘世间不一样的烟火

“祝贺你呀,杜萍,这次的征文大赛,你又是第一名,刚刚大赛的负责人已经打电话来学校道喜了……”老师一进教室,就向我走过来,边走边喜笑颜开地说。

同学们听到后,稀稀拉拉地鼓起掌来。不过,在掌声中,我也听到了一些不和谐的声音。我没在意,那些冷嘲热讽的话,我早就习惯了。我不是很在乎别人怎么看我。

“我就是我,是尘世间不一样的烟火。”很多年前,第一次听到《我》这首歌时,我就记住了这句歌词,并且当成自己的座右铭。

多年来,我一直在努力追逐自己的梦想。它像暗夜里的一束光,为迷茫的我指明方向。我不担心以后能不能梦想成真,我只在乎,这一路上,我是否全力以赴了。

花一点零花钱,买本自己喜欢的书,我就能在书里阅读别人的人生。那些作家是我喜欢的人，他们的人生之旅让我无限向往，沉溺在他们的故事中，我感觉我就是一个见证者。我会为书里的人焦急，会为他们欢呼，也会在他们经历磨难时潸然泪下。

我有一颗柔软又易感动的心，喜欢用文字记录自己生命中的点点滴滴，或是把某种情绪设置在故事中，让自己笔下的主人公代替自己呼吸。

梦想的种子

性格内敛的我，很多时候，宁愿一句话不说，宁愿把自己关在房间里，只要有本喜欢的书陪伴就行。同学虽多，但他们都有自己的伴儿，只有我是孤单的。

不过，我从不羡慕别人。我独来独往，倒也自在。我不知道要如何与人相处，不知道说些什么才适合。跟别人在一起，我总是诚惶诚恐，一副拘谨不安的样子。

与书相伴就好多了，它总是安静地陪着我，让我从中得到无限的快乐，也让我明白了许多道理。很多人把书比作朋友，我很赞同，在我的成长历程中，书于我就是如此。

记得小学阶段的一次主题班会，老师让大家说说自己长大后的梦想。有同学想当科学家，也有同学想当歌唱家、明星、大老板……每个人都说得很好，轮到我时，我说："我长大后的梦想就是天天有书陪着我。"哄堂大笑中，我的脸涨得通红。我不明白，与书相伴的梦想为什么会被嘲笑？这是天方夜谭吗？

"你是想当图书管理员吧？天天与书相伴。"老师问我。"我不是要管理书，我是要看书、写书。”我委屈地解释。“哦，我明白了，你是想当作家，对吗？爱看书，也想写书，很棒的梦想！”老师说。他的话让我明白了自己的梦想是当名作家。

梦想的种子就是那时候开始萌芽的，老师说，无论什么梦想，都要用自己的行动去努力兑现，只有这样梦想才不会终归是梦。

我退出了文学社

久远以前的一次主题班会，很多同学说出了自己的梦想后就忘记了，可是我忘不了。我觉得老师说得对，只有用实际行动兑现，才是呵护梦想最好的方式。

可是身边的同学见我一有空就拿着书本看嘲笑我是“书呆子”，一个女生还不屑地说即使将来我成了作家，写的书，她也一定不看。打击人的方式很多，无论哪一种都挺伤人。可是我挺住了。或许被打击习惯，就没当一回事。毕竟梦想是我自己的事，跟别人无关。

习惯了寡言少语，习惯了我行我素，我的书包里，总有喜欢的课外书陪伴，即使被排斥，我也从不感觉孤单。内心的日渐强大连我自己都没有知觉。

上了初中，因为作文成绩好，老师推荐我进了校文学社。在那里，我了解到许多自己以前并不知道的事，原来学生也可以给杂志社投稿，可以写厚厚的书。我知道了一些年轻的作家，喜欢上了安宁、蒋方舟、潘云贵……他们的书成了我忠实的朋友。我在他们的书中，看见了多姿多彩的青春，看见了清丽脱俗的文字，看见了感人肺腑的情谊。

我曾以为在校文学社我找到了一群志同道合的同路人，可是进社团没多久我就退了。我不习惯他们一次次要我表明立场、表述观点，为了一个社长的位置，他们明争暗斗，还要我选择站队、投票，我厌烦拉帮结派。

我退出了文学社，继续自己一个人的追梦时光。

我珍惜每一次机会

因为成绩不错，学习自觉，父母从不干涉我的事。每个周末是我的上网时间，网络的便捷为我打开了一个全新的世界，我在里面如鱼得水。

我的网名成了我的笔名，或许穿上“马甲”后，觉得没人认识我，自信心爆棚。我把自己的文章匿名贴出来任人点评。无论送花，还是砸蛋，我都认真看每一条点评，有时还真能看见一些真知灼见，让自己长了见识。不过，我一般潜水，不吭声。

我认真对待自己写的每一篇文字，稿件写好后，会先修改几遍才投。我很幸运，投稿的第一篇文章就被选用，题目还上了封面推荐。第一次收到样刊时，我欣喜若狂。那天夜里，我还做了个梦，梦见自己写的故事拍成了电影，好多人在看。

我留了家里的地址，班上没人知道我在给杂志写文章。只是在学校里，看见有同学在看刊登有我文章的杂志时，心里就会莫名紧张。我不知道大家会不会喜欢我的文章，不知道如果他们知道文章作者是我后，会不会不再买这本刊物，但禁不住又有些得意，无论他们喜不喜欢，他们都不会知道文章是我写的。

我的作文不错，有比赛时，老师就向学校推荐我去，后来又把一些征稿消息告诉我，让我试着投稿。我很珍惜每一次机会，毕竟被人认可是件开心的事，我也没有辜负老师的期望，用一本本获奖证书回报他的厚爱。

我成为焦点

“杜萍呀，老师要谢谢你，因为你，我又一次被校长表扬了。”老师说。

“本来就是你的功劳。”我害羞地低语。

老师还告诉大家，我不仅要去领奖，还能获得一笔三千元的奖金时，大家惊叫起来。望着同学羡慕的眼神，我不好意思了。喜欢独处的我，实在受不了自己成为焦点。

那个曾经说即使将来我成了作家，她也一定不看我写的书的女生，现在成了我的同桌。她也喜欢看书，在她订的几本杂志里，就有我写的文章刊登在里面。

听见老师一直在表扬我，她凑过来不屑地说：“你都获奖了，怎么不给杂志投稿？估计没戏吧。那些征文没什么含金量，除非你能写出像安一心那样的小说，我才佩服。”她在我面前说过几次，她只喜欢安一心的文章。

我笑笑，没应声，心里却乐开了花。她怎么会知道呢，她一直特别喜欢的作者安一心其实就坐在她身旁，正整日里被她嫌弃。我还把她写进了故事中，只是不知换了名字后，她有没有感觉到那个人物跟她特别像。

写作是我自己的事，梦想也是，一个人的追梦时光虽然有些孤独，但我走得很坚定。

不要嘲笑有梦想的人

杨安民是我的初中同学。

平凡、本分、成绩垫底的他在班上默默无闻，就像隐形人一样，明明在眼前，也会让人视若无睹。同学两年，我都没有和他说过几句话。

临近毕业的最后半年，我们同桌了三个月时间。我不喜欢他，也看不起他，觉得他笨。那时面对呼啸而来的中考，大家都争分夺秒，根本无暇顾及其他。

在最后“兵荒马乱”的冲刺阶段，老班为了增强大家的自信心，也为了让大家更明确自己的人生目标，召开了最后一次主题班会：我的理想。

毕竟要初中毕业了，大家说到理想时，都有些难为情，再不会像小学时那样天真，一开口就是要当科学家、文学家、画家，讲一些遥不可及的宏大梦想。

我们先是谦虚，然后闪烁其词，面对未知的人生，都不很明确自己真正的理想，但因为成绩还不错，比较有底气，说出的理想都比较让人钦慕。

大家轮番而上，掌声阵阵。

轮到杨安民时，他才站起来，窃窃私语的教室里突然就传来一阵喧闹的哄笑声。我明白那些笑声的内容：杨安民成绩那么差，能混到张初中毕业证书就不错了，他还能有什么理想呢？让他讲理想简直就是浪费时间。

杨安民应该是听懂了那些嘲笑声吧，他的脸倏地涨得通红。但他犹豫了一下，还是坚定地走上了讲台。心里紧张，他的声音有些哆嗦，他说："我以后、以后要开一家、一家属于我自己的汽车维修店。"他把"汽车维修店"几个字讲得铿锵有力。

"呃，看不出来，杨安民同学理想蛮远大的，想当大老板呀！"

"杨老板，那以后我们找你修车，有没有打折呀？"

各种嬉笑声伴着此起彼伏的调侃很快就将杨安民淹没了，根本没有人相信，默默无闻的"隐形人"杨安民以后能当老板，会开起一家属于他自己的汽车维修店。

"我说的是真的，我喜欢修车。"杨安民在大家的嘲笑声中再次肯定了自己的理想。但没有人理睬他，谁都当他在做白日梦。一个成绩垫底的学生还想当汽修店老板？他以为当老板是那么容易的事情吗？

主题班会结束后不久，中考也接踵而来，我们在嘲笑杨安民的时光里结束了初中岁月。

中考后，我听同学说，杨安民考得很差，只能读技校。意料之中的事，我没有一点惊讶。

我考上了重点高中，三年后参加高考，成绩不大理想，只上了一所二本院校。四年后大学毕业，考研不中后就开始马不停蹄地找工作。在忙碌的生活中，与以前的老同学渐行渐远。

在日渐烦琐的生活中，我们早已遗忘了自己最初的理想，每天都是为了生活而工作。其实在青春年少时，我们都曾有过自己的梦想，只是未来那么遥远，我们没有勇气说出口，害怕被人嘲笑。

没有想到多年以后，我会在杨安民的汽车修理店里与他相遇。看见他时，我们彼此都愣住了，过了一阵才相认。他热情地与我相拥，然后招呼我到他的会客厅说话。

我们聊起了青春年少时的岁月，聊起了曾经的梦想。他说，他初中毕业后去技校学汽车修理，后来就先在别人的汽修店里打工，并且一直在筹备资金、积累经验。

“我一直没有忘记自己的理想，并且在付诸行动，三年前，我终于开起了自己的第一家汽修店。”杨安民平静地说，他的目光坚毅、充满自信。

眼前的杨安民让我疑惑，他就是以前班上那个平凡、本分、成绩垫底的“隐形人”吗？

如今，杨安民已经开了三家汽车修理连锁店，经营得风生水起，生意红火。他说他的第四家店也在筹备中了。在他说话时，我的思绪却开始游移，久远的往事又浮现在眼前。

那时我们都在嘲笑他的理想，觉得他是在做白日梦。然而，在流逝的岁月里，经过多年的努力打拼，当年的同学中唯有他一个人实现了自己最初的梦想。

有梦想的人是值得尊重的，而能够一步步脚踏实地去实施自己梦想的人更值得尊敬。看着眼前的杨安民，我想到了自己，意识到自己是该重拾梦想了。

生活从来不止一种选择

一

林萧雅是实验高中一年级的学生，班上的同学都称赞她是“运动会专用品”，因为她的爆发力特别好，身材修长，步间节奏快，蝉联了三次市中学生运动会的100米、200米冠军，是校长钦点进入实验高中的体育特长生。

实验高中是省重点中学，升学率在全省名列前茅。因为有着许多特长生夹在其中，在其他领域也时常有学生获得不错的成绩。用班上同学的话说，林萧雅能进实高，全凭她那双飞毛腿，校长指望她在省运动会上争金夺银，为学校争光。林萧雅自己也是这样想的，她都规划好了，跑步是她的天赋，她要靠着这双腿跑进体育大学的校门。

然而天有不测风云。林萧雅在运动会前期的训练中不仅拉伤了腿部肌肉韧带，而且脚跟腱撕裂，医生宣布她再不能进行激烈运动，要不，以后会留下残疾。林萧雅傻了，她的“飞毛腿”再也不能跑了，她还是林萧雅吗？校长和老班一脸惋惜，但他们还是宽慰正沉溺于痛苦中的林萧雅，让她听从医嘱，安心治病。

二

班上的同学轮流在放学时到医院陪林萧雅，给她补课，讲笑话给她听，大家想尽一切办法逗她开心。可是林萧雅想不开，这个“运动会专用品”再也不能发光发亮了，她凭什么再留在实验高中呢？其实不想走，但她感觉自己留下了，也只能是实高的负担。她的文化成绩一般，在特长班里，也就中等。

细心的班长卢月看林萧雅整天眉头紧锁，唉声叹气，知道她一定有心事，于是循循善诱，终于让她说出了心里话。“卢月，你知道的，我们能进实高，凭的是我们的特长，但现在，我的特长没有了，我的高考还有戏吗？”林萧雅难过地说。

卢月听了，心也随之纠结起来，是呀，特长班的学生，如果没有了特长，凭什么赢过别人呢？她静默地想着，一时也没有主意。空气在一瞬间似乎凝固在两个人中间。

“林萧雅，要不你继续画画吧！”进来的是杨洁如，她刚听到了她们的对话。杨洁如小学时和林萧雅在同一间画室学过几年的画画，如果后来林萧雅不是身体条件好，被体育老师选去练短跑，估计现在还和她一起画画呢。杨洁如清楚地记得，当年林萧雅画画很有天赋，常被画室的老师表扬，那时，她还很不服气呢。

杨洁如提起往事，林萧雅才记起自己确实在很小的时候学过几年画画，后来练了短跑，画画就被搁在一边了，只是偶尔依旧会信手涂鸦。

林萧雅的心动了，她想，或许上帝在关上一扇门的同时，又为她打开了另一扇窗。

三

林萧雅找到了自己前进的方向，脸上又重新绽放出笑容。还在医院，她就让杨洁如帮她准备好了各种素描书和画具。她如饥似渴地大量阅读各类绘画技巧的书籍，她说她要把以前损失的时间补偿回来，她还对着石膏像画了很多的素描作品。

出院后，林萧雅在杨洁如的陪同下，一起去画室报了名。她决定一切重新开始。

林萧雅投入了巨大的热情，腿伤的阴霾一扫而空。当然，她也没有忘记文化课的努力。画画、学习，林萧雅过得充实而自信。班上的同学见林萧雅重拾快乐，也为她高兴。

“你画的是什么呀？乱七八糟的。”一天在画室，林萧雅在画画时，一个还是小学高年级的学弟，站在她边上看了一阵后说。

“去去去！有你小孩插嘴的地方吗？”杨洁如不悦地把那小男孩赶走。

林萧雅愣住了，她停下笔，看着自己画了半天的素描作品不语。这是一幅她自己很满意的画，却被一个小学弟说成“乱七八糟”，她的心乱了。

“别理他，那小屁孩懂什么呀？林萧雅你是最棒的。”杨洁如安慰她。其实经过几个月的时间，杨洁如已经知道，林萧雅当年的绘画天赋已经在流逝的时光中湮没了，她心里急，但她又不能如实告诉林萧雅，怕在她的伤口上再撒上一把盐。她要的只是重拾自信，杨洁如对于自己提议林萧雅重新学画画感到后悔过，但她没有退路了，只能自欺欺人地安慰自己。

“萧雅，我记得你当年漫画画得好，老师说你很有创意，要不，你主攻漫画？”杨洁如说，她退了一步，语气里也少了以往的坚定。

林萧雅默默地注视着自己的画，思绪游离。素描？漫画？是呀，记得当年的老师是曾夸过自己的漫画很有创意。要不，就主攻漫画吧？林萧雅想，刚刚被打击的自信又慢慢复苏。

漫画或许真的更适合林萧雅吧，她看着自己笔下生动的画面，也觉得自己更适合学漫画。那个时候，美少女漫画家夏达的故事正被宣传得如火如荼。或许几年后，我也会成为第二个夏达，林萧雅美美地想。热情一发不可收拾，除了学习，她把所有时间都用来创作漫画。

卢月见到林萧雅如此拼命的势头也为她高兴，毕竟想做好一件事，热情的心态是非常重要的。但杨洁如却又开始担心，凭她多年学画的经验，她知道林萧雅走的是一条死胡同。说还是不说呢？杨洁如矛盾不已，是她提议情绪低落中的林萧雅重新学画画的，也是她提议她主攻漫画，现在又再告诉她，她不适合漫画，她会不会以为我在捉弄她呢？杨洁如如坐针毡，她犹豫了很久，还是把心里的想法告诉了卢月，让她帮忙拿主意。

卢月相信杨洁如的判断，大家的出发点都是为了林萧雅好，但否定别人梦想的话，怎么说出口呢？

杨洁如考虑了很久，她怀着一颗为林萧雅负责的心，推心置腹地与林萧雅进行了一番谈话，结果不出意外，两人不欢而散。林萧雅觉得杨洁如开始小心眼了，一定是害怕自己在画画上超过她，所以百般挑剔，一会儿让她画素描，一会儿让她主攻漫画，现在居然让她不要再画了。她想好了，自己就走创作漫画的路，一直走下去。自从明确知道自己再不能在跑步上取得辉煌后，画画是她最后能够找到自信的地方。

四

卢月见杨洁如的说服工作出师不利，犹豫时，突然想起自己的舅舅，他可是省里的大画家，要不，请他帮忙看看林萧雅的画，这样更有说服力。

在卢月的努力下，林萧雅同意和卢月一起去找她的舅舅。其实林萧雅也正需要一个专业人士来肯定自己的画作，其实，听了杨洁如的话后，她的自信心还是有些动摇了。她知道杨洁如没有恶意，但是自己的人生选择一次次被更改，让她感觉特别茫然。以前，她以为自己一定能凭着这双腿跑进体育大学的校门，但后来脚受伤了，她以为自己完了，是杨洁如建议她重新画画，让她找回了自信，可是在她以为自己真的可以在画画中找到出路时，杨洁如却又打破了她的美梦。这种不着力的彷徨让她六神无主，心里烦躁不安。

林萧雅特意选了几张自己很满意的漫画作品，跟着卢月去找她的舅舅。为了得到最真实的评价，两个女孩商量好，只说是她们同学的作品。

卢月的舅舅慢慢翻阅手中的画稿，半晌，他问："这真是一个高中生的作品？"卢月点头说是，林萧雅却是屏住呼吸，心跳骤然间快起来。"她是不是刚学漫画呀？一点功底都没有，如果你不说，我还会以为是小学生的涂鸦之作呢，没什么水准。"卢月的舅舅说完，又继续盯着画稿。

林萧雅的心瞬间拔凉拔凉的，这可是她最得意的作品，却被说成小学生的涂鸦之作，而且他还一眼就看出我刚学漫画……林萧雅难过地闭上眼。

“倒是漫画的配文写得不错，很有些意思。卢月，你这同学的文字感觉很好。”卢月的舅舅微笑着说。

“文字感觉？舅舅，你觉得我这同学有写作的天赋吗？”卢月惊喜地问。

“有没有写作天赋我不知道，但从这几张漫画上的配文来看，她的文字感觉很到位，风趣幽默，看了让人开心。”卢月的舅舅说。

林萧雅也听见了，她抬起头，呆呆地望着卢月的舅舅，脸上充满了喜悦，心里却依旧忐忑，她张着嘴，嗫嚅着，却不敢问。倒是卢月兴奋地大叫：“萧雅，我舅舅说你文字感觉很好，要不，你以后往这方面发展？”

“叔叔，我真的没有画漫画的天赋吗？”林萧雅艰难地问，她一定要听到答案才死心。

“仅从这几张画作上来看，潜力不大，作为业余爱好无可厚非，但想走专业的路就难了。艺术的东西，仅靠努力是不够的，一定得有天赋才行。倒是上面的文字显示了不俗的功力。”

听完卢月舅舅的话，林萧雅愣住了。这些道理她明白，但一时也有些迷惑。自从脚受伤后，她一直兜兜转转，不知自己该选择哪条路。

五

回学校的路上，林萧雅默不作声，她突然很讨厌自己的不坚定，每次遇见一点困难就想打退堂鼓。脚受伤不能跑步了，她想学画画，素描不成，她选择了漫画，可是现在漫画不成，她又开始做起作家梦。一次次改变初衷，这是一个追求梦想的人该有的态度吗？

在卢月的抚慰下，林萧雅说出了此时心里的想法。她说："卢月，像我这样一改再改初衷的人，是不是很不应该？"

明白林萧雅心里所担心的问题后，卢月反倒是放心了。她真诚地说："萧雅，生活从来不止一种选择。就像你当初说的，上帝关了你一扇门后，他自然会为你开启另一扇窗。既然你不能再跑步，而画漫画只适合你当成业余爱好，那为什么不在写作上试试呢？付出同样多的努力，如果有天赋作为基础，是不是可以取得更大的成就呢……"

在卢月的开导下，林萧雅的心思一点点明晰起来。同样是梦想，为什么不试试呢？无论如何，努力才是第一重要，当然找到了方向，就可以事半功倍。

突然想到杨洁如，林萧雅的脸莫名地涨红起来，她知道自己得去找她了。拨正一个人的方向需要莫大的勇气，但杨洁如做到了，虽然出力不讨好。想着大家对自己的关爱，林萧雅心里暖暖的，她迎着灿烂的阳光，一路走得欢快。

没有梦想，青春该多苍白

网吧被逮

赵栎精疲力竭走出网吧时，正碰上前来“搜人”的教导主任。虽然赵栎眼尖想逃，但他快，教导主任更快，素来有“恶魔”之称的逮人高手，岂是等闲之辈。

连同赵栎在内，“恶魔”这次逮住了七名逃课学生。押着一群人回学校后，他又一次展开凌厉攻势，动之以情，晓之以理，循循善诱劝导这群不听话的学生。

赵栎站在靠墙的角落，目光荒芜地盯着荧亮的日光灯，耳畔是“恶魔”抑扬顿挫的说教声。他当然懂得沉迷网络的后果，可是怎么样呢？他的人生已经一团糟。

父亲的背叛伤透了赵栎的心，他不想再做一个听话的乖孩子，他要用自己的堕落让父亲后悔。想到精神抑郁的母亲，想到她婆娑的泪眼，赵栎心里一阵抽搐。

写完保证书走出学校时，天已黑。赵栎漫无目的地在街头溜达，他不想回家，待在空荡荡的家里只会让他想哭。母亲生病后送去精神病院了，而父亲已重组新家。

路遇韩菲

“家是温暖港湾……”一家音像店传来的这句歌词，猝不及防地传到赵栎耳朵时，他不由自主地停下脚步，眼中的泪止不住地涌出。

好一会儿，对着街边的橱窗，赵栎发觉后边有人在看自己，立即抹去泪痕，转身。

“你干吗跟着我？”赵栎看清来人后，愤然地问。

来人是韩菲，赵栎的同桌兼班长。

“我刚好走到这，没闲工夫跟你。”韩菲说。

韩菲挺烦赵栎，他爱逃课，害她每次因为这事被老师批评，说她没负起责任。可是那么大一个人了，自己的行为还要别人来负责吗？韩菲不明白。

“没跟着就好。”赵栎说。

热闹的街道人来人往，赵栎觉得自己的影子很孤独，突然想有人陪自己说说话。

见韩菲要离开了，赵栎急切地说：“有空吗？一起走走。”

“叫我吗？”

“嗯！一起走走可以吗？”赵栎请求。

韩菲刚才已经看见了赵栎在流泪，但她想不通，这个看似叛逆无羁的男孩，怎么会在街头泪流满面呢？

走了一会儿，韩菲突然听到赵栎的肚子传来咕咕声，于是说："赵同学，还没吃饭吧？"

赵栎确实饿了，可身无分文，只好窘迫地硬撑："吃过了。"在女生面前，他要维护自己的面子。

"可是我还没吃饭，要不，你陪我去吃一点？"韩菲用乞求的目光望着赵栎。

"班长开口，哪有不答应的道理。"赵栎暗自高兴，但一会儿后，他又尴尬地说，"不过今天得你请客，我是陪你的。"

韩菲笑着答应。

一碗清汤粉的温暖

走到街角的清汤粉店门口，远远就闻到了一股浓郁的香味，赵栎情不自禁地咽了一下唾液。

韩菲表现得更是急切，她深嗅一口，说："好香呀！我最爱清汤粉了。你呢？"

"我也是。"赵栎说，其实现在吃什么他都觉得倍儿香。

"老板……"韩菲叫来老板点东西，掏钱时，突然大叫一声，"糟糕！我只剩十五元了。"

买两碗清汤粉都差一元，吃什么呀？赵栎第一次懊悔自己不该把钱都花在网吧。

韩菲想了一下，对老板说："给我们煮十五元钱的清汤粉，装在大碗里，行吗？"

老板应允。很快，一大碗热气腾腾的清汤粉就端上来了，赵栎忍不住就舔舔嘴，他太饿了。韩菲利索地盛了一大碗的粉条和肉皮，递给赵栎说："帮个忙，多解决一点，我得保持身材。"

赵栎没客气，接过碗，吃得喷喷香。

韩菲看了眼狼吞虎咽的赵栎，嘴角绽放出一抹笑意。

如果青春没有了梦想

一碗清汤粉拉近了赵栎和韩菲的距离。

两人信步穿行在热闹的街道，在飞扬的歌声中，韩菲显得兴致勃勃。

"赵同学，你有什么梦想吗？"韩菲不经意地问。

"梦想？我这种人还能有什么梦想。"赵栎说。

赵栎的冷漠让场面霎时变得尴尬起来。韩菲明白刺到了赵栎的伤处，但思忖片刻，她还是继续说："你是哪种人？为什么不能有梦想？梦想难道专属于谁？"

"有些事，你不懂。"赵栎淡淡地说。

"赵同学，我很笨吗？"韩菲噘噘嘴，一脸不服气。

"你是班长，哪会笨。我才笨。"赵栎见韩菲不高兴了，赶紧圆场。

"我确实不知道你经历了什么事，但这和梦想有关系吗？每个活着的人都应该有自己的梦想，都应该靠自己的努力去追逐梦想，而不是为自己找借口。"韩菲说。

沉默了一阵。赵栎决定向韩菲敞开心扉，那些压抑在心底的痛苦早就想找个宣泄的出口，他相信韩菲能够理解自己。

"赵栎，你真棒！如果我是你，可能会把事情处理得更糟，你那么爱你妈妈，真好！"韩菲说，她终是明白了眼前这个男生为什么会突然在街头泪流满面。

韩菲的理解和宽慰让赵栎很受用,他们都感受到了彼此的真诚。

“青春是我们的,梦想也是……如果青春没有了梦想,该有多苍白呀!”韩菲发自肺腑地说,她多想帮助赵栎走出家庭变故的阴霾。

一起守秘哟

临分别前,赵栎的情绪受到韩菲的感染,也变得快乐起来。

他看了眼身旁青春洋溢的韩菲,问:“你很幸福吧?你爸爸是不是特别好?”

“是很幸福,我爸爸我觉得好,可能你觉得不好。”韩菲说。

赵栎愣了一下,不明白韩菲的意思。

见赵栎发呆,韩菲笑了起来:“告诉你一个秘密,你得帮我保守,要不,我在学校可就混不下去了。”

这么严重?赵栎不知道韩菲会说出什么事来。

“你们眼中的‘恶魔’就是我爸。”韩菲说。

“什么?‘恶魔’是你爸?”赵栎情不自禁地嚷起来。

“小声点,你怕别人听不到呀?我从来都不敢声张。”韩菲笑着说,“你知道他的严厉,我的日子过得也没你想得那么舒服,不过,我很充实,因为我有梦想,我只是在为自己的梦想努力,和爸爸无关。”

赵栎怔怔地盯着韩菲,很难想象,在“恶魔”的身边生活,韩菲还有多少自由。

“‘梦想是我们最好的伙伴,只要心里有梦想,你就不会孤单。’这句话是爸爸以前送我的,我现在送给你。”韩菲说。

走远几步，韩菲又转过头来："赵栎，你得帮我保守秘密哟！"

赵栎伸手比了个OK的手势，笑着说："没问题，我们一起保守秘密。"

赵栎走在夜色迷漫的回家路上，心中渐渐豁然，他读懂了韩菲的善意，也终于明白：没有梦想，青春该多苍白，唯有自己过好了，才能更好地爱身边的亲人。

那段用行动呵护梦想的时光

一

读中学时，我是一个默默无闻的人，成绩中等，再加上性格内向，平时寡言少语，很多教过我的老师，根本都不知道我的名字。

会记得我的名字的老师中，一定有陈礼老师，如果连他都忘记我了，我猜想，别的老师更记不得我。在校园里，中等生永远是被人忽略的那群人，不好不坏，不吵不闹，既得不到老师的欢心，也不至让老师焦头烂额，久而久之就淡忘了。

我是中等生，在学校是个可有可无的存在。但在那时，我却有了自己的梦想——当一名作家。我一直都不愿意自己被别人忽略掉，一直都希望有朝一日，所有人都能够注意到我，欣赏我，为我欢呼。怀揣着自己小小的梦想，我繁复而平凡的生活才有了一点点的亮色。

或许正因为有了梦想，爱看书的我更加如痴如醉，沉浸在书的海洋中尽情遨游。也只有这个时候，我才会觉得自己是闪光的，并非一无是处。

我的语文成绩一般，每次只有作文能得高分。陈礼老师教语文，他一次次在作文课上表扬我，还把我的作文当成范文，复印后贴在“学习园地”供同学翻阅、学习。年少的我小小的虚荣心得到了大大的满足，对梦想的热忱无限放大。

二

“你的作文写得好，但如果语基和其他科的分数也能上去的话，就太棒了！”陈礼老师在一次闲聊时，诚恳地对我说。

我有些感动，立即向他保证，我会努力的。只是学习的事那么难，特别是数学，我天天勤快刷题，连睡眠时间也挤压了，但还是老样子，停留在七八十分。我所有科目都很均衡，从没上过九十分，也没低过七十分。

老师曾开玩笑说我是班上成绩最稳定的人，永远保持在七八十分的行列。我不知在当时，他是夸我呢，还是批评我。不过老师的话，我却一直记得。

我经常参加学校组织的作文比赛，每次都能获奖，只是很少得一等奖。我觉得自己还是缺少了点天赋，不够聪明，因为每次写作文，想写好，我都得绞尽脑汁。写得很吃力，却得不到最高的一等奖，我格外沮丧。

有一次市里组织现场作文竞赛时，我原本信心满满，觉得陈老师一定会选派我代表学校去参赛。可最后的名单出来时，里面没有我的名字。我傻眼了，愣在原地半天没有动。我非常绝望，觉得自己再怎么努力也实现不了远大的梦想。作家？那是两个闪耀的字眼，岂是我这样平凡的人可以抵达的？

于是我决定放弃梦想，不愿再做白日梦。

三

放弃梦想的同时，我对学习的热情也骤然下降。我不再狂热地喜欢看书，不再认真安静地听讲，作业也开始应付了事。

接连几天的晚自习，我跟着班里一个同学逃课了。我们跑到市里最繁华热闹的地方逛街，还跑进偌大的电玩游戏厅疯狂玩耍，直到放学前才匆匆爬墙溜回学校。

被陈礼老师逮个正着的那天晚上，月光如水，冰凉而美丽。老师大声叱喝，把我们骂得无地自容。很多同学在围观，他们嬉笑着，一脸嘲弄的表情。我羞得没脸见人，但在泪水将要滑落的时候，我又使劲仰起头，尽量不让泪水滴下来。

陈老师训我的话絮絮叨叨讲了一大堆，我已经记不大清，大致的意思是，要我珍惜青春时光，不要做对不起父母的事，不要自暴自弃……但临走时，他对我说的最后一句话，我却清晰地记得。

“好好珍惜你的写作天赋吧，别浪费了。”陈老师对我说。

这或许只是老师随口鼓励我的一句话，我却当真了。一直到今日，我都自信地觉得，我是拥有写作天赋的人，唯有坚持不懈地努力写，才不会浪费上天的恩赐。

四

陈老师的话对我影响很大，甚至可以说，改变了我整个的人生轨迹。

如果当年我早早就放弃了写作，放弃学习，现在的我根本不知道会在哪儿，做些什么。我不会闲暇时就看看书、写写文章，过得逍遥自在。我也不会认识那么多跟我一样热爱文学创作的同路人，更不用说我能当个撰稿人，能出版书。

那时，我家的经济条件并不宽裕，但我勇敢地把老师的话告诉了父母。爸爸听后爽快地说："你需要我们做什么，我们都愿意。"妈妈也在边上感慨："儿呀，那你一定要好好努力，别浪费了天赋。"那天夜里，我哭了，流的却是感动又幸福的眼泪。

我没想到父母那么支持我，他们的爱让我对未来充满了无限的憧憬。我让父母送我去学校边上的补习班，我想先把成绩提高。我知道写作需要很多不同的知识，我只有先打好基础才行。我还开始订杂志，到图书馆办了借书证。

那几年里，我每天忙忙碌碌，不是在看书，就是在刷题，要么在构思文章。我不敢浪费时间，也没时间虚度，每天的安排都很紧凑。

虽然我从来都不是最优秀的那拨人，特别是在学校时，我只是中等生，是最容易让老师遗忘的那拨同学，但我从来没有忘记努力。

我一直清晰地记得老师对我说的话，他让我不要浪费写作天赋，我怎么能不听呢？我在珍惜，从那时一直到现在。而这段用行动呵护梦想的时光，无疑是我生命中最璀璨绚丽的一段旅程。

春天来了，梦想还会远吗

一

走在落叶纷飞的街道，我的心情就像冬日里没有阳光的午后。

“这次征文比赛，我们学校取得了建校以来最好的成绩……”校长在早操后宣布了省征文比赛的结果。

我信心满满地等待着荣誉的降临。我以为就算没得一等奖，二、三等奖肯定有我一份。我的作文一向都是班上最好的，老师多次选我的作文当范文在各班朗读。

可是直到晨会结束，鼓励奖也颁完了，我始终都没有听到我的名字。我杵在原地，泪水何时滑落，我都不知晓，只感觉到心在一阵阵抽搐。

“走呀，杜。你还站在那干吗呢？”同学叫我。

我却毫无知觉。

“她没得奖，估计心情不好，我们走吧。”

同学三三两两都离开了，只剩下我，仿佛被这个世界遗弃，孤独、无助、茫然。我的梦想呢，还有追逐的必要吗？

二

屋漏偏逢连夜雨。

可能是征文比赛没获奖影响了心情，更影响了期末复习时的状态。我感觉那段时间整个人昏昏沉沉，做什么事都提不起兴致，书也看不进去。

去拿成绩单时，老师特意留下我。他问我怎么了，我不知如何回答，就一直低着头不应声。见我这样，老师也不再追问，拍拍我的肩，让我回家好好总结。

同一条街道，路旁高大的树，枝杈光着，只有零星几片黄叶在寒风中摆动。冬日暖阳透过树梢洒下一地斑驳，酷似一幅幅线条明暗、光怪陆离的抽象画。大自然的奇妙让人无比赞叹，它随意投下的几道光影也是一幅画，而我精心打造的作文却惨败连连。是不是我太刻意了，有心栽花花不开？

坐在椅子上，思绪如云。我感觉自己真的垮了，别人在进步，而我却失去了学习的热情和动力。我知道这很可怕，可我要如何才能重新起程，找回过去昂扬的斗志呢？

回到家，我把成绩单递给父母时，心里已经准备好要迎接一场暴风骤雨。从第一名退到第十六名，我自己都接受不了，何况一向以我为荣的父母，他们能不愤怒？在他们眼中，我是名优秀学生，是个乖孩子，从来不用他们操心。但这次，我让他们失望了。

等了一会儿，毫无动静。我好奇地抬起头，正碰到爸爸注视的目光。他久久地盯着我，却什么也没有说。倒是妈妈先开口："一次考不好没关系，争取下次考好就行。马也会有失蹄的时候，虽然你很优秀，但偶尔考砸一次也没什么。"

"爸，你有什么说的，我听着。"我低声说，想知道他的看法。

"找出原因，学会自己分析……这次虽说考砸了，但于你也有收获。"爸爸说。

完全出乎意料，父母居然没有责骂我。但他们越是这样为我开脱，我心里越难过。

那天夜里，我第一次失眠了。

三

妈妈见我情绪低落，于是安慰说："你一直顺风顺水，但能在年轻时经历一些挫折，对你以后的人生其实大有帮助……我们相信你一定可以处理好这事。"

面对父母的宽容和信任，我心怀感激。或许，我真的不必如此伤怀。一次征文比赛没获奖，就可以阻止我对文学梦的追逐吗？如果我因此放弃了，我都会看不起我自己。谁的梦想不是在一次次的失败和挫折中越走越近，曙光的降临总得经过暗无天日的长夜。梦想，如果能轻轻松松就实现的话，那这个梦想还有多少意义？

追逐梦想的过程，那些艰辛、磨难的日子，那些无畏的付出，流过的汗水，或许才是梦想的意义所在吧。

沉寂几天后，我决定重新起航。寒假生活，我安排得满满的，除了学习，我还安排大量的时间看课外书、看电影、听歌。每天晚上，我都空出两小时练笔，把书里学来的写作知识融入我构思的新文章中。

我觉得我会越挫越勇，但没想到，春节时，家族里的人欢聚一堂，有人开始询问到各家孩子的学习成绩。在以往，我是所有人赞不绝口的好榜样，但这次，我风光不起来了。

有人问我妈我的成绩时，我窘迫地低下头，耳朵却竖了起来。

“还行，我家孩子一直都很努力。”妈妈轻描淡写地说。

悬着的心，终是安稳着陆。我很感激妈妈的话，她没有让我在众亲戚面前丢人。

四

安然打电话给我时，我欣喜若狂。我们是好朋友，自她转学走后，我们已经有一年没见面了。她这次回来过春节，第一个就打电话联系我。

我把安然邀来家里，两个人有说不完的话。

看见我写字桌上摆放整齐的稿纸，她笑着问：“你依旧在坚持你的梦想吗？”我肯定地点头。“有梦想挺好的，我们只需要一如既往地努力就行……”安然说，然后又告诉我她几个月前脚扭伤，错过了一场很重要的舞蹈比赛。

看着她面露遗憾，我感叹地说：“太可惜了。你那么喜欢跳舞，而且跳得那么好，如果不是脚扭伤，你去参赛肯定能得奖。”

“是呀，真是难过。”安然轻叹一声。

我拉过她的手，捧在掌心中，忐忑地问：“你还坚持吗？”

“那当然！脚好后，我就开始恢复基本功的训练。都说‘台上一分钟，台下十年功’，我不能荒废呀。梦想哪是那么容易就能实现的？无论遇见什么困难，我都不会轻言放弃……”安然平静地说。

听安然这样说，我也说了自己的事。安然一直都知道，我有个文学家的梦想。以前，我喜欢写作，安然喜欢跳舞，但这并不影响我们的友情。

“你父母说得对，每个人都会面对挫折，但只要一直坚持，跨过去就好了。梦想是我们自己的事，足够努力、足够坚持，实现梦想的概率总会大一些。”

听着安然的话，我的信念更坚定了。

五

新学期开始，我斗志昂扬地展开全新的生活。暖融融的春天已经悄悄地到来了。

走在路上。在冬天已经落光叶子的路旁树，那光秃秃的枝杈正萌发着一片片新绿。叶片很小，在和煦的春光中，一簇簇、一丛丛，闪着绿光，煞是好看。树下几株不知名的杂草，有小小的黄花盛开，在风中摇曳。春天真的来了。

我一扫过往的阴霾，再不受坏情绪影响，积极而果敢地面对将要面临的问题。已经发生的事情，我不想忘却，无论如何那都是我的经历，但我也不会沉溺其中，过去就过去了，未来的每一天都是崭新的，我要认真对待。

文学梦依旧是我的坚持，我会在学习之余，多看书，多借鉴别人的经验，在不影响功课的情况下，多练笔。我也会继续参加各种征文比赛，无论能不能得奖，我都将全力以赴。我觉得，喜欢文学可以是一辈子的事，这个梦想，我愿意用一生的时间去追逐。

就像这暖融融的春天，要想看到百花盛放的美丽、看到绿意盎然的葱茏，我们就得先经历严寒。冬天过去，春天来了，梦想还会远吗？

第三辑

时光从不说谎

我相信时光从不说谎，因为我们是一家人……

让我心疼你

一

妈妈的头痛病又犯了。她蜷缩在床上，一脸蜡黄，那袭她最得意的飘逸长发此时像海藻一样纠缠在一起，使她整个人看起来特别憔悴。

如果爸爸在，妈妈肯定不让我进她的房间。我知道她特别爱美，这样的状态和病容她绝对不想让我看见。但没办法，爸爸出差了，暂时还回不来，妈妈只能由我来照顾。

一直以来，我和妈妈水火不容。她自己爱漂亮，就整天要求我也要这样、那样，烦都烦死了。我的性格比较像我爸，做事拖拉，粗枝大叶，对穿着也不讲究，但妈妈不允许我这样。她说，女孩子要有女孩子的样，要温柔、细腻，要漂亮、干净。

小时候，我要穿短裤，但她规定我只能穿裙子；我要学架子鼓，她不许，非得我学小提琴。她说要培养我的优雅气质。可我不喜欢，我只想简简单单。我的毛躁在妈妈眼里，是她最不能容忍的坏毛病。

进去妈妈房间，看着躺在床上无精打采的她，我的心虫噬般难受。妈妈的眼神那么无助，她一只手捂住头，另一只手无力地垂到床边。

看见我进去后，她垂下眼睑，不看我。我知道，妈妈最惨淡的一面被我窥见了，那是她很不愿意的。以前她走出房间时，总是光鲜亮丽。

“妈，我帮你煮点粥吧，然后再陪你去看医生。”我走到妈妈的床边，握起她的手说。

妈妈扭过头不理我。我知道，妈妈难为情，几天前，我们又吵了一架，她的气还没有消，虽然现在生病了，但她被我照顾，一身的不自在。

“对不起啦！妈，那天是我错了，我不该顶嘴的。”我拉住她的手，摇了摇，希望她能原谅我。

妈妈有时候就像个大小孩，非得我先认错，她才会开口说话。我慢慢把她搀扶起来时，站在她身后，眼泪就猝不及防地悄然滑落。

二

妈妈生病了，是很严重的病，头痛只是表面的症状。爸爸说妈妈得了严重的脑萎缩，她不肯去医院。原本爸爸一直保守着这个秘密没有告诉我，但现在他觉得我长大了，是该学会心疼妈妈的时候了。

在爸爸那里，我知道了很多我曾经并不知道的事情。妈妈以前是一名舞蹈演员，爸爸就是看了妈妈的演出才喜欢上她的。爸爸说，妈妈的舞姿很美，在舞台的聚光灯下像一只舞动的精灵。

爸爸告诉我这事时，我开始还不相信，家里找不到一张妈妈的演出照片。

“所有和舞蹈有关的东西都被你妈妈烧掉了，包括她所有的演出照片和获奖证书，她说她不想看见了又想起，让自己一直沦陷在记忆中走不出来。但你妈妈却从来没有走出来过，她一直活在她美好的回忆里，却让现实生活中的她痛苦不堪……”爸爸说。

原来当年妈妈怀我时，吃了很多苦。作为舞蹈演员，妈妈每天都吃得很少，但怀上我后，妊娠反应强烈，为了我能够得到足够的营养，她只好拼命地吃东西，吃了吐，吐过后再吃。

生我时，妈妈又大出血，最后晕厥在产房里。九死一生后，我们母女终于安全出院。我逐渐长大了，妈妈的体形却再也没有恢复回去。我不知道是药物的原因，还是我的原因，变胖的妈妈再也没有机会重新登上舞台。她开始负责剧团的服装、道具，后勤工作让妈妈彻底失去自信。

妈妈把目标放在了我身上，她希望我能继续她的梦想。但我从小就不听从她的话，小小年纪就知道和她唱反调。我身上没有一点她的影子，我不爱跳舞，不爱小提琴，不爱穿裙子，不爱长头发，所有妈妈喜欢的，我都坚决不喜欢。看她生气时，我就偷着乐。我从来没有想过，年少的我曾经怎样伤害过妈妈的良苦用心。

三

记得上小学时，有一次学校要搞文艺会演，妈妈不知从哪得到消息，她跑到学校央求老师让我参演。妈妈的热忱打动了老师的心，虽然我不是校舞蹈队的，但老师还是决定帮我安排一个角色。她们让我演一棵树，我不想，但妈妈却是一脸感激地接受了。

妈妈帮我设计了很多动作，但我都不接受，我说：“我演的是树，树只要一动不动就可以了。”但妈妈并不这样认为，她觉得树也是千姿百态的，风起时，枝叶婆娑起舞一样有自己独特的美。

我看着身体已经臃肿的妈妈扭起腰时，笑趴在沙发上，嘲笑她的腰像大水桶。我是故意的，我觉得她什么都不懂，还老爱在我面前逞能。其实，如果我有机会见过妈妈在舞台上光芒万丈的表演，如果我能明白她的心愿的话，我当时定不会嘲笑她那么胖。那是妈妈的大忌，她最怕听到的话。

妈妈果然在我的笑声里僵住了。我当时以为自己赢了妈妈，却从不曾想过，我是那么残忍地伤害了她。

在爸爸告诉我所有事情之前，我总是以和妈妈对着干为荣。她要我穿裙子，我自己偏把长裤剪成短裤穿；她为我买的漂亮发卡，我从来不戴，还转送给其他人。妈妈希望我是一个漂亮的贤淑女子，而我偏偏向往成为一个假小子，整天大大咧咧，连走路的样子都学男生。

我不知道，妈妈是不是被我气病的，她所有放在我身上的希望都落空了。我伶牙俐齿顶撞她，常把她气得哑口无言……

想起一件件我曾经做过的事，想起一次次我曾那么深地伤害过爱我的妈妈，我的眼泪就控制不住。

四

爸爸说，妈妈的病时轻时重，有时她会一个人关在房间里几个小时，就那么呆呆地坐在床上，目光疲倦。爸爸还说，妈妈经常说到我时，说着说着就流出眼泪。她害怕我真的讨厌她、烦她。她现在就像个孩子，需要关心和照顾。

爸爸临出差前，第一次对我说了很多话。爸爸的语气很沉重，我能感觉到他身上的压力，一直以来，他不仅要照顾好妈妈，还要瞒着我，不让我担心。

我不能原谅自己竟然粗心到从来没有发现妈妈的状况是那么糟糕，她和其他人不一样的言行，我都理所当然地认为那是她最烦人的表现，把气她当成自己的乐事……

我把妈妈搀扶起来后，拿起一把木梳，轻轻替她打理那袭长发，就像小时候她替我梳头一样。我的动作很轻，怕自己不小心弄痛了妈妈，但泪水依旧在眼眶打转。

这是我第一次心疼妈妈，还好，还来得及，我还能为妈妈做很多事情。

我再也不想拂妈妈的心意了，她对我的好，我要全盘皆收，只有这样，妈妈才会更高兴。她要我留长头发，我准备留了；她要我穿裙子，我也不会再拒绝。我的小提琴已经拉得很好，我很期待能够在妈妈面前展现出我淑女的一面，我知道这是妈妈希望看见的。

只要妈妈能够快乐起来，我愿意尝试所有我曾经不愿意做的事。妈妈安好，便是我的晴天。我要学会心疼她，就像她曾经爱我那样。

我和我的父母

一

老爸在一家国营单位上班，混了二十年还是个普通职员。我知道，他喜欢阅读和写作，对钩心斗角的职场无能为力。

老妈也上班，工作比较忙碌，回家后常喊累。老爸就会在她瘫坐沙发时，为她端上一杯凉白开，任她唠叨。老妈发泄完后，精神一振，仿佛换了一个人般进厨房煮饭。老妈常说，看见大家喜欢吃她烧的菜，再辛苦也值得。

老妈眉飞色舞炫耀她的厨艺时，老爸就微笑着望她，那表情有满满的欣赏，还有仰慕，他会深情款款地说："真的不错！"我很受不了他们这样，于是大煞风景地嚷："肉麻死了！"

其实，我很喜欢看见老爸这副表情，如果他对我也能这样一脸慈爱就好了。只可惜，我们是父子，他在我面前总爱摆出一副高高在上的"家长威信"，让我不敢造次。

二

偶然的机会里，我从外婆那听说，老爸和老妈居然相识于网络，然后网恋。

“这么浪漫呀！”我不禁感叹。

真没想到，老爸这么古板的人，竟然也有这么浪漫的往事。他在我面前总是一张“扑克脸”，让我不寒而栗。很难想象，总教训我太无聊才网聊的他在与老妈网聊时都会说些什么。花言巧语肯定不是他擅长的，不过，也很难说，毕竟老爸是业余作家。

老爸常有文章发表。他写小说居多，偶尔也写游记和散文。“我手写我心”这是老爸常说的，他文章中的那些浪漫情怀或许才是老爸内心真实的世界吧。

外婆还说，老爸以前喜欢唱歌。这个我确信，在我的记忆中，老爸单独带我玩时，曾教过我唱《亲亲我的宝贝》。我渐渐长大后，就没听过老爸唱歌了，如果不是外婆提起，我倒忘了这事。现在的老爸在我眼中，多是不怒而威的，或许父子间就是这样吧。有时，我会羡慕别人家“多年父子成兄弟”的亲密关系。

我和老妈亲昵一些，毕竟她是陪在我身边时间最长的人。小时候，我所有的秘密都会告诉她。老妈会很认真地听我说话，然后煞有介事地跟我讨论。从老妈那里，我知道作为男孩不是长得帅就可以，男孩要有责任心要有担当。

或许老爸就是这样的男人吧，老妈希望我长大后也能成为这样的人。

三

表面无忧无虑的我其实也有自己的烦恼，可能就是别人说的，“青春期综合征”。

我15岁了，有自己的想法、自己的朋友，我想按照自己的意愿行事，时常都想逃脱父母的掌控，但我感觉到，父母还是希望我事事都听从他们的指派。其实有时候，父母的话也是对的，但我渐渐地就是听不进去，觉得他们不够了解我，读不懂已经不再是小孩的我那些细密、绵长的心思。我需要被重视，被当成大人的那种“尊重”。

因为他们的误解，我会很生气。记得去年生日，我早早策划好，要和同学一起过，因为我喜欢的女孩答应我，那天她会应约前来。我的生日正好在周末，朋友们帮我一起安排，我们准备到郊外烧烤，然后一起做游戏。我还想好了，晚上在家和父母一块儿过。

只是当我向父母提出我的想法时，我的话还没说完，就被老妈打断了，她提出周末回外婆家。“我都和朋友策划好了，怎能轻易爽约呢？”我努力争取。“你多久没看见外婆了？你个白眼狼，你外婆对你最好了。”老妈一急，就开始训我，说我不爱外婆。

事实根本不是这样，我只是计划白天和朋友出去郊游、烧烤，晚上在家或是去外婆家，我都可以，老妈怎能说我不爱外婆呢？还骂我“白眼狼”，太过分了。我不依不饶地和她顶撞。老爸不说话还好，他一开口，更是火上浇油。他竟然说：“听你妈妈的话，你们一群孩子自己去烧烤，多危险呀，万一把山烧着了怎么办？”

“爸，你说什么呢？我们又不是几岁的小孩，我们会照顾好自己的。

我的朋友早就经常出去玩了，只有我去哪你们都要跟在身边，一点自由都没有。”我辩解。

“你什么都不会，我能放心让你出去吗？还自己烧烤？你能烤熟吗？别吃生肉吃出病来，到时别人的父母就全来找我们的麻烦了……你能负责吗？”

老妈见老爸声援她，气势骤然高涨，一起讨伐我。他们的问题把我吓着了，但我心里委屈，我不是小孩了，我只是想单独和朋友出去玩，有那么难吗？

四

不知道从哪天开始，我和父母渐渐有了隔阂，我不愿再把心事告诉妈妈。

有一次，老妈和我讨论我的未来。我对自己的未来充满幻想，我有许多要做的事，我甚至想出国。在我沉浸在自己的世界里，向老妈描绘我所憧憬的宏伟蓝图时，她不经意地插了一句：“你的计划里，怎么都没有我和你爸呀？”“我说的是我的未来，又不是你们的，我总不能一辈子待在你们身边吧？”我如实说。

没想到，老妈一下就火了：“我和你爸的计划，你从来都是第一位；你的计划里，却没有我们。”我没留意到老妈已经怒火冲天，继续说：“妈，你太狭隘了吧？你们有你们的生活，我也该有我的生活。我是你们的孩子，但不是附属品……”

“我就说你是只‘白眼狼’，现在还得靠我们养你，你就计划着以后抛弃我们……”老妈说话时，脸上居然挂着泪珠，一副伤心欲绝的模样。

见她这样，又听她骂我“白眼狼”，我赌气地说：“是你要跟我聊我的未来，现在又生气了，还骂我，你怎么这样难侍候呀。你的计划里，又有多少是属于外婆的？我从来没有说不要你们，只是我的未来就该是属于我自己。”

在我们争执时，老爸回来了。他一见我们脸上气呼呼的表情就知道情况有异，于是凑过来问。我添油加醋把事情说了，临了还追问一句：“我们每个人不是都应该有自己的生活和未来吗？”老爸点头附和，这一下却捅到马蜂窝了，果然老妈大发雷霆。

“我们是一家人，彼此的未来和生活都是紧密关联的，儿子，你妈也是因为爱你，而不是想干涉你，去吧，给她道个歉，看你把她气的。”老爸说。

我知道他是想缓和气氛，但他没想到，我已经不是那个他让我道歉我就会道歉的小孩了。我拒绝道歉，冷哼一声，把自己关进房间。

老妈气了一整天。老爸悄悄把我叫出屋外，与我展开两个“男人”间的对话。老爸说了很多，他把我当成“大人”让我很开心，我渐渐认同他的观点。很多时候，我们当孩子的，总希望父母能够了解我们，但我们又有多了解他们呢？

“无论对谁，包容和理解是最佳的相处方式。”这是我在一本书上看见的，我想，我们和父母之间，也应该遵循这条原则。

时光从不说谎

一

拿到成绩册后,我看一眼分数就乐了——数学59分。

我知道父母看见这分数,定会大发雷霆。果不其然,看完我的成绩册后,刚刚还眉开眼笑的父母瞬间笑容凝固。老爸瞪起眼,老妈则坐在旁边,开始抽噎。

“知道自己数学差就得下苦功,你下了吗?”老爸咄咄逼人。我大声争辩:“我的语文不还是第一名吗,为什么只针对数学?”

父母不可思议地看着我,平时我从不会顶撞他们。他们一直都把我当成温顺的孩子,以为我还会像过去一样任他们数落。可是我长大了,我也有自尊,他们怎可这样骂我?

“你们知道现在的数学有多难吗?”我委屈道,原本想挤出几滴眼泪博取同情,但折腾了半天,硬是没挤出一滴泪,只好在表情上下功夫。

老爸静默了片刻,说:“我们不是要骂你,但你居然考不及格,你说,如果你是父母,你的孩子考不及格,你会生气吗?”“我保证不生气,骂人是最没用的。”我说。

“说得轻松,你这是在暗示我们不会当父母,还是想告诉我们当父母不合格?”老爸无奈地摇摇头。

二

我的数学是比较差,但考个及格小事一桩,但我偏偏不想考及格。想想这半年来,自从国家宣布可以生二胎后,他们整天都在干吗呢?我都上初中了,他们还想生二胎,更可怕的是,他们想给我生个弟弟。看他们神神秘秘的样子,我就生气。

他们从不承认自己重男轻女,还曾说“生男生女一个样”,但事实胜于雄辩,他们用他们的实际行动告诉我,因为我是女娃,所以他们还想再生个儿子。

看着小区里那些中年妈妈我就来气,她们身后跟着自己的大娃,小心翼翼地保护着自己肚子里的宝贝。孩子狂奔、爬树、撒野,她们不闻不问,她们用心感受心律的跳动,享受清风拂面的凉爽,沉溺在又一次当妈妈的美妙遐想中。

父母曾主动提起生二胎这话,不过,我没等他们说完,直接拒绝:“这事不用商量,如果是想征求我的意见,我不支持,如果你们坚持要生,我也没办法。”

我的态度很明白,我不支持他们生二胎。

“我们觉得你太孤单了,如果有个弟弟或是妹妹,你以后有什么事,可以有人商量。”妈妈试图说服我。“是呀,国家的政策,我们得响应和支持。”老爸打着官腔。可惜这是在家里，而我也不是他的手下，不必把他当成领导，于是反驳说：“你们想生就生吧，既然决定了，何必假惺惺地征求我的意见。我的意见有用吗？”

这半年来，他们只想着生二胎的事，再不像过去一样对我好。实在想不出其他办法了，我只好出此下策，把最不擅长的数学故意考砸，想引起他们的重视。

三

父母果然急了。

老妈先到房间找我，她事无巨细地嘘寒问暖。其实老妈原来一直这样，但自从他们想生二胎后，她整天忙着调养身体，寻药问医，却把我忽略了。

老妈走后，老爸又进来和我沟通。我的一声吼看来效果不错，向来不主动道歉的他，居然第一句话就表达他的歉意，说他骂我错了，希望我能原谅他的简单粗暴。

我看着他，无所谓地往床上躺：“你们以前不这样，但现在你们确实是无视我的存在，不尊重我的意见，对我已经不如从前有耐心。我知道你们想生二胎，特别是想生个儿子，可是我怎么办？我是不是很多余？我是你们的负担吗？”

我把所有埋藏在心里的担心全都宣泄出来，我已经快承受不了了，这半年来，我总是忧心忡忡，父母真的不爱我了吗？他们就那么想要个儿子吗？我一直努力学习，就连最讨厌的数学也不放弃。我得到了很多荣誉，他们曾以我为荣，可是现在一切都变了。

班上很多同学都在讨论父母生二胎的事，大家的意见基本上都是反对，毕竟老二的到来，年纪差那么多，得宠是必然的，我们在家里失去地位也是必然的。

“天地良心，我们怎么会不爱你？你一直是让我们骄傲的女儿，怎么会多余？”老爸急切地辩解。可能是我的话说得比较严重，他有些慌了。

“我承认，这半年来，我没有认真辅导过你的数学，我还以为你自己能够搞定，我向你保证，以后再忙，我都不会忽略你的学习，特别是数学……”老爸诚恳地说。

他的真诚我能感知。我看着他，那些梗塞在心里的厌恨渐渐消融。

四

我没把故意考砸数学的事告诉他们，这是我的秘密。

老妈对我亦母亦友，晚上她陪我睡时，悄悄告诉了我很多女孩成长中要注意的事，她也和我分享她的少女时代，她喜欢过的影视明星。

我枕着她的手，轻声问：“妈，你们是不是真的很想再生个孩子，特别是想生个男孩？”在黑暗中，她贴着我的身体，另一只手环抱着我：“我能说真话吗？”“可以，我想听真话。”我说，心里莫名有些失落。

“生二胎，确实是我和你爸的想法。过几年，你要读大学，你走后，家里就只剩我和你爸，如果有个小的在家，我们就会忙碌，日子也会更充实。你长大后，会有自己的朋友，以后会结婚嫁人，但我们不可能一辈子跟着你……如果有一天，我们离开了，在这个世界上，除了你的丈夫、孩子外，还有一个和你同父同母的至亲亲人，希望是个男孩，是因为男孩更能保护姐姐……”

听着妈妈的话，我泪湿眼眶。我从来没有想过，如果有一天，我离开家到外地读书或是嫁人后，他们会有多孤单，女儿再孝顺，也不可能天天陪伴在他们身边。突然想起很多电视上看过的画面，那些老人在晚年有多寂寞。

五

老爸的工作一直很忙，但是后来，他再忙也要抽出时间陪我运动、陪我聊天。自从数学考不及格后，他也反省了自己的过失，一有空就陪我研究奥数题，这是数学得高分的法宝。

看他这样尽心尽力，有一天我问他：“爸，你的改变这么大，是不是有什么阴谋呢？”

老爸拍拍我的脑袋，笑着说：“傻丫头，你爸还能有什么阴谋呢，当爹的对自己女儿好，不应该吗？”

“应该是应该，不过我觉得嘛，你还是很期待再生一个，对吗？”我直截了当地问他。

老爸的脸涨得绯红，他探寻的目光望着我，希望得到一个答案。我看了他一眼，很肯定地说：“我想明白了。生二胎是你们自己的事，你们的人生你们自己做主，无论弟弟还是妹妹，我都欢迎。我相信时光从不说谎，你们过去、现在爱我，以后对我的爱也不会因为老二的到来而改变。”

“对，时光从不说谎，我们对你的爱永远不会改变，因为我们是一家人。”爸爸掷地有声地说，他坚毅的目光给了我满满的信念。

爱是无声的天籁

一

我临出门去学校，爸爸又像往常一样站在房门前指手画脚地“叮嘱”我。

我边穿鞋边不耐烦地应道：“好啦！我知道了！”然后头也不回地往外走，任身后的老爸干瞪眼。

我已经“听”不进爸爸的话。小时候觉得他与众不同，那时妈妈还在，她常对我说：“你爸爸是这个世界上最好的人，而且长得那么帅，真幸运，他居然被我遇上了。”

印象中的妈妈很美，喜欢穿五颜六色的漂亮衣服，但现在，我只能在相册中看见妈妈灿笑如花的容颜，她在我六岁那年的一场车祸中丧生了。

那场车祸也毁了爸爸的英俊相貌，在他脸上留下一道蚯蚓般的长长伤疤，从眉梢一直延至嘴角。这道伤疤让高大魁梧的他走在人群中显得那么突兀，从别人惊骇的眼神中，我能感觉到害怕。别人看他牵着我的手时，那眼神总是惊讶中夹带着可怜。我讨厌这种被人可怜的滋味，仿佛我是一只落入怪兽手中的小猫。

爸爸天生聋哑，他的世界从来没有任何声音。妈妈生前是特殊学校的手语老师，唇语也相当厉害。我还知道一件事，妈妈曾是爸爸的唇语老师。

二

我很幸运，我是一个健康的女孩儿，外形出众，嗓音清亮，个头高挑。从小到大，我都是同龄人中最显眼的，因为个高，也因为漂亮。

爸爸是学油画出身的作家，他平时都在家里工作。妈妈生前专门为爸爸准备了一间工作室，爸爸就在里面画画、写作。小时候，我常陪着爸爸在里面看书，跟他学画。如果不是那场车祸，我想我们家会非常幸福。

那场车祸带走了妈妈，改变了爸爸的容貌，也改变了他的性格。他变得胆小、黏人、“啰唆”，好像我一出门就不会再回来，每次都要“嘱咐”半天，让人烦不胜烦。

我理解爸爸担心我，但我已经不是小孩子了。可能是车祸后遗症吧，他总有许多担心，整天忧心忡忡。真怀念有妈妈在的日子，她肯定会支持我独自闯荡。妈妈自己就是个挺独立的人，大大小小的事情都能自己拿主意，果断行事。

我的性格像妈妈多一些，喜欢挑战，喜欢独立，喜欢我行我素，但摊上一个事事关心过头的爸爸，真是烦人。而且最重要的是，他脸上的伤疤很丑,跟他走一块儿,常被人在背后指指点点。

记得我上一年级时,有次爸爸到学校接我,他的样貌吓坏了学校的小朋友,连同我一起被大家孤立起来。他们说我是“怪兽”的女儿。爸爸不会说话,我们一直用手语交流,有时急了,我就一边比画一边嚷嚷,爸爸听不见,但他从我的手势和说话时嘴唇的颤动能够明白我说的话。这样的场景被别人看在眼中,显得十分怪异,也招来很多家长的同情。

“这么漂亮的女孩居然是个哑巴的孩子,太可惜了。”

“是呀,他的样子很丑,倒是女儿长得水灵灵的……”

种种议论夹杂着叹息,那声声叹息,听在我耳中,好似一根根针,刺得我心难受。

三

我很奇怪,妈妈走了多年后,爸爸为什么不重新找个合适的女人再结婚。

我试着和爸爸“交谈”,暗示他可以过他想要的生活。爸爸很聪明,一点即通,他指着自己脸上的伤疤,比画着告诉我:“我现在这样子,谁会喜欢呢?”爸爸的眼眸晶亮,闪烁着丝丝柔情,或许他又回忆起曾经幸福的往事了。半晌,他突然醒悟过来,指着我又比画了半天,问我是不是喜欢上什么人了。

我脸红了,因为被他猜中心事,但我狡辩说没有,毕竟还只是单纯的好感,离“喜欢”尚有距离。爸爸看着我,表情瞬间变得严肃,他想了想,又开始比画,告诉我:“一定不能早恋!要不,我会很生气。”

“爸,你怎么这样呀?我只是关心你嘛,从小到大,你一个人当爹又当妈，既要挣钱养家，又要照顾我，你那么辛苦。我都长大了，你得过好一点的生活……”

我絮絮叨叨，一来掩饰心事；二来我确实是想关心爸爸，希望有个人陪在他身边。

爸爸愣愣地看着我，仿佛要把我看穿，过了一会儿，他再次比画起来：“你是个漂亮女孩，你一定要把握好自己，学会自尊、自爱、自重……”

“爸，你瞎比画什么呀，什么自尊自重的？我很正经，你放心。”说完，我气呼呼进了房间，还重重关上门。太气愤了，老爸怎么这样呀，一点不晓得我的心思。

沮丧地躺在床上，望着床头柜我们全家幸福的合影，我又开始想妈妈了，如果妈妈还在，她一定会理解我，我只是被人喜欢上了，而恰好我也对那个男生有好感，仅此而已，我们之间的关系单纯得像一首诗，哪是爸爸想的那样，还给我上纲上线，太过分了……

我越想越生气，禁不住嘤嘤哭泣起来。

四

有一天放学路上，我隐约感觉背后有人在跟踪我。走过街道的拐角处时，我躲了起来，一会儿就见他急匆匆地边跑边四处张望。

“找什么呢？爸。”我一下拦住他。

爸爸有片刻的迟疑和尴尬，他嗫嚅着又在比画，告诉我他只是路过。

“路过？你当我白痴呀，明明就在跟踪我。我都告诉你了，我没早恋。”我生气地跑了。

回到家，我把自己关在房间，连灯也不开，一直躺在床上哭。

爸爸来敲门,我置之不理。

不知什么时候我睡着了,醒来时已是半夜,肚子饿得咕咕叫。轻轻打开门,我蹑手蹑脚走到厨房,想找点东西填肚子。路过书房,我看到门下的缝隙有亮光,于是轻轻推开门。

爸爸在里面,也不知他待了多久,困得趴在桌上睡着了,而眼角还有濡湿的泪痕。爸爸哭了?在我记忆中,妈妈离世时,他哭了很久,后来再也没有流过泪。因为我吗?

我站了一会儿,想叫醒爸爸时,突然注意到桌上有一张写满字的信笺。好奇心作祟,我偷看了,原来是爸爸写给妈妈的信。

"孩子长大了,可我不知道要如何与她沟通……她建议我再婚,可我心里装不下别人,孩子也是担心我老了没人照顾吧……她应该有喜欢的男生了,可现在不是谈恋爱的年纪……我劝她,可能把话说重了,孩子接受不了,跟我闹脾气……我感觉好累,如果你还在,一切都好办了,我脾气太急,和孩子说不拢……"

爸爸的信写得很长,信笺上的字被泪水浸染得有些模糊。拿着泪痕斑斑的信笺,我的泪汹涌而出。

我知道我的行为伤害了爸爸的心,他只是想关心、保护我,但我却狠狠地拒绝了。我对他的嫌弃,或许他也懂吧,但他还是视我为珍宝,他的爱是曲无声的天籁,但我一直没有在乎……想着,愧疚不已的我更是止不住泪流满面。

一个人的操场不孤单

一

读初三时，为了避开老是吵架的父母，我决定到学校住宿。

当我把这一想法告诉老妈时，她先是一愣，然后久久地盯着我，眼泪突然止不住地滑落。我吓了一跳，老妈可是个厉害人物，每次和老爸唇枪舌剑，她总是胜利者，现在居然哭得像个受尽委屈的小孩，我真是意想不到，于是轻声安慰她："我只是住校，每个周末都会回家的，又不是不回来了。"

"是不是妈妈做得不够好，让你想离开？"老妈拉着我的手，急切地询问。

"没有啦！我只是想学着独立，而且初三作业多，时间很宝贵。再说，你们不是希望我多锻炼吗？学校有操场呀，方便。"我说。

其实我没告诉老妈实话，在家里，我最烦的就是听到她和老爸吵架。每次他们一"开战"，我就特别惶恐，没心思学习。很多时候，我都想不明白，以前家里境况不好时，一家人其乐融融，而现在日子好过了，他们反倒经常吵架。老爸每次吵输了就采用“冷战术”，而老妈呢，总为些鸡毛蒜皮的小事挑起“战火”，弄得家庭纷争不断。

老爸下班回来时，老妈还在泪眼婆娑地劝我不要住校，可这次，我真是铁了心。我希望我不在家的时候，他们能够反省一下自己的言行，还我一个充满欢乐、温暖的家；另一个重要原因，是我确实想锻炼一下自己的独立能力，事事依赖父母，我怕日后一事无成。

老爸听完老妈的哭诉后，语气沉重地问我：“你都想好了？”

我思忖片刻，点点头说：“嗯，想好了。”

二

住校的第一天夜里，我就久久不能入眠，毕竟以前从来没有离开过父母独自在外过夜，连去亲戚家过夜也没有过。我想父母，想他们会不会又吵得不可开交，想着想着泪水就流到嘴里，咸咸的，有些苦涩。

父母爱我，他们为我所做的一切我都明白，我也爱他们，但我讨厌他们吵架，我害怕他们吵着吵着，有一天分道扬镳。有部电影里面的一句台词让我印象深刻：“再好的感情都经不起吵，吵多了就会淡。”当主人公面对破碎的家庭说出这句话时，我感同身受，泪水涟涟，我不想成为单亲家庭里的孩子。

天刚蒙蒙亮，就有同学起床，床板的吱呀声惊醒了我。躺在床上，我一时不知身在何处，内心一阵恐慌，蒙眬的睡意瞬时跑得无影无踪。

同学拿着书本去教室晨读时，我却独自去了操场。晨曦下的操场空荡荡的，微凉的晨风扑面而来。我绕着操场奔跑，脑海里又浮现出在家时老妈催我晨起的场面，她总是那么急促地敲门，然后大声叫："起床啦！要迟到啦，赶快起来吃饭！"我睁着惺忪睡眼打开房门，老妈又急急地把我往卫生间推，"去去去，洗把脸人就清醒了！"她每天总是精力旺盛，和懒洋洋的老爸完全不搭调。

"萍萍，你的早餐。"熟悉的呼叫传来，我惊讶万分，四处张望。

"萍萍，我在这儿，围栏外。"我寻着声音传来的方向望去，发现围栏外老妈正兴冲冲地朝我挥手。

我赶紧跑过去，望着一头大汗的老妈不解地问："妈，你专程跑来给我送早餐吗？""不是专程，你知道我有晨跑的习惯，现在只是改变一下路线而已，一举两得，多好啊！"老妈说。我知道老妈爱锻炼，但从家里到学校少说也有两千米，她这一来一回，得多累呀！

我突然想到，老妈怎么那么肯定我会在操场上呢？我道出了心中的疑惑。

"你自己说的，学校有操场，方便锻炼，所以我就过来看看你到底有没有锻炼呀！"老妈乐呵呵地说，然后很开心地表扬我，"不错，第一天你就没有食言。"

看着老妈一脸的笑容，我心里暖暖的。这时，老妈又急急地说："今天早餐是你喜欢的花生浆和牛肉包子，跑完步要休息一阵再吃，我先走啦！"不等我道谢，她就跑开了。

三

我学习成绩好，但体育太差。有一次体育课，老师让我们跑800米，我居然晕倒了！事后，我下决心锻炼，但又一次次被自己的各种借口拖延。老妈硬拉我起来晨跑过几次，每次我都冲她发脾气、耍赖，她最后只好作罢。

身体日渐丰腴，我终于在搬进学校宿舍后开始实施晨跑计划。第二天、第三天……每个被惊醒的早上，我都咬着牙起床，踏着薄雾跑进大操场。我知道老妈一定会在操场外的围栏边等我，给我送美味的早餐。

几天后，那个比我还懒的老爸居然也加入了晨跑的行列，而且他是陪着老妈一起跑来给我送早餐。

望着满头大汗的父母，我特别高兴——那是我想看到的画面，父母一起锻炼，并肩奔跑。虽然操场上只有我一个人，但我一点也不孤单，因为有父母相伴。

周末回家时，老爸把我单独叫到了阳台上，他开门见山地问我搬去学校住宿的真正原因。我犹豫了一下，然后还是直言不讳地说了出来。无论如何，他们是我的父母，我不想隐瞒。

"真如我猜想的一样。"老爸轻声说，他的脸泛起红晕，"萍萍，你放心，我们会处理好这件事的。"

那天晚上，家里的氛围很好，我们一家人坐在一起吃饭，老妈说话变得柔声细语，也没再挑老爸的刺，老爸也表现得不错。望着笑容满面的父母，我感觉很幸福。这是我想要的温暖，我希望这样的场景一直存在。

四

一个人晨跑渐渐成为我的习惯，而父母也坚持每天跑来送早餐。我们三个约定好了，除了下雨天，都在操场上见。尽管我在里面，他们在外面，但那短暂的见面时间于我却是弥足珍贵的，因为我由此知道，父母都很好,他们不再吵架了。

每一天我都精神抖擞,坚持晨跑提升了我的毅力,身上的赘肉不知不觉少了,我再也不害怕上体育课。

经历了一年的住校时光之后,我确实比从前更独立,学会了谦让和包容。最让我开心的是父母也学会了包容,每次周末回家,我再也没听到他们吵架。和睦的家庭氛围让我信心倍增,觉得自己所付出的一切努力都充满了意义。

当收到重点高中的录取通知书时,父母比我还高兴。我望着喜笑颜开的父母,心里感慨万千:谁都会有缺点,但能够为了自己所爱的人努力改变,这是多么伟大的事。

因为有爱,我们变得宽容、豁达;因为有爱,只有我一个人的操场并不孤单——我知道父母会永远陪着我,我从来都不是一个人……

不想看见你流泪的眼睛

一

我是个吊儿郎当的学生，成绩差，纪律不好，父母为此不知被老师叫到学校多少次了。以前觉得无所谓，反正我常被老师训，他们也常被老师传唤，大家都习惯了。

虽然父母经常教育我，但我就像那水浸的牛皮，浸了三斤半，没浸也三斤半。爸爸打过我，打得我皮开肉绽，但我好了伤疤忘了疼，依旧三天两头地犯错挨骂。

我从不担心我的未来，爸爸虽然常打我骂我，但他很会挣钱，殷实的家境让我对未来毫不在意。我以为我可以一辈子在父母的庇护下生活，根本无须奋斗。

在我上初中后，突然有一天，爸爸因身体不适被送进了医院。看着家里人来人往，看着他们阴郁的脸，泪水横流的奶奶，我莫名地开始害怕。妈妈告诉我，爸爸的心脏出了问题，要动大手术，要花很多钱，以后的日子可能就不如从前了。说完,她深深地叹了口气。

我再无知,也知道事态的严重。爸爸是家里的顶梁柱,如果他倒了,谁撑起这个家?

二

我对医院没有概念,从小皮实,连感冒、咳嗽都很少。爸爸住院后,我开始走进充溢着浓浓消毒水味道的医院,才进门诊大厅,心倏忽抽搐起来。

来来往往面容惨淡的病人,高高吊起的输液管,闪着冷光的玻璃瓶。我还看见一个刚从车祸现场送来的伤员,他浑身都是血,一只折断的手臂露出了骨头。他被推走后,过道上就留下了一滴滴的血迹。

一阵晕眩,我差点就呕吐出来。我的心不由得开始悬着,我担心爸爸,他到底怎么样了?他会好起来吗?虽然他打我时,我会恨他,但在医院里,我一点都不恨他了,我希望他好起来,生龙活虎的,还能揍我。

去到爸爸的病房,推开门时,我看见爸爸正安静地躺在床上,眼睛闭着,面容苍白,身上盖着白垩色的被子,床头柜上,一台显示屏正嘀嘀嘀地响着,起伏的波浪线看得人眼花缭乱。我怯怯地走过去,站在爸爸跟前,想开口唤醒他时,泪水却先滑落。我呆立着,第一次这么近距离地看着爸爸,原来爸爸并不是铁打的身子,他也会生病、会疲倦。

奶奶进门时,脚下一滑,不小心把脸盆摔在地上。咣的一声脆响惊醒了爸爸,他一睁开眼就看见我。妈妈去扶奶奶,让她歇着。我蹲在爸爸床边,哽咽着说:“爸……”其实我有很多话想对爸爸说,但开不了口。爸爸慈爱地看着我:“小宇,你来啦!”他从被子里伸出插着管子的手,轻抚着我的头，还帮我拭去脸上的泪痕。

我突然止不住地抽噎起来，很伤心，我不知道爸爸是不是被我气出病来的。前几天，我还和他顶嘴，他想打我时，我跑得比兔子还快。

“爸，对不起！你是不是因为我，才生病的？”我问。

爸爸咧开嘴，笑了一下，又轻摇一下头，宽慰我：“不是你的原因，是爸爸年纪大了，平时疏于锻炼，一些器官出了问题。不用担心，会好的。”

爸爸生病后，全家人都忙碌起来，我也主动申请，每天帮爸爸送饭到医院。

三

在爸爸住院的日子里，我心里一直很难受，就像横亘着什么看不见的东西，让我吃不下，睡不好。过去没心没肺、吊儿郎当的日子突然就消失不见，我深沉了，皱着眉头，想了很多过去不曾想过的问题。

奶奶说我是家里的第二个男子汉，说我已经长大了，要学会助爸爸一臂之力。

过去，我认为爸爸是一棵擎天的大树，他无所不能，有他在，我什么都不用担心。可是爸爸也会辛苦，也会生病，我还在送饭给他吃时，偶然看见他偷偷地流泪了。

那天傍晚，妈妈在单位还有一些紧急的事需要着手处理，奶奶在医院陪爸爸，我放学回家后才开始做饭。做饭这事得感谢妈妈，是她在暑假里强迫我学会的，当时我还老不情愿，向她提了很多要求才勉强跟她学。没想到，这么快就派上用场。

去送饭时，夜幕已经降临。我穿行在人群中，心里有一种豪迈感，特别是我看见和我年纪相仿的孩子，像我过去一样在街头游玩时，我突然感觉自己长大了。

我觉得奶奶说得对，我是男子汉了，要学会理解父母，学会分担父母的压力。

我从来不怀疑父母对我的爱，也正因为这样，我才理所当然地认为，有他们在，我根本不用考虑自己的未来，父母会挣钱，我不愁自己的明天。可是当我看见躺在病床上虚弱的爸爸时，我害怕了。爸爸并非无坚不摧的，他也会老，也会有烦心事，他在商场上叱咤风云，却要因为我的过错常常跑到学校去接受老师的批评。

走进病房时，房门虚掩着，透过门缝，我看见爸爸愣神地仰望着房顶的日光灯，不知想到了什么，眼泪就流了出来。我吓傻了，第一次看见爸爸流泪，心里涌起了无以名状的恐惧。是爸爸的病很严重，还是他很痛？

进退两难时，奶奶从外面回来了。

听到奶奶的声音，爸爸迅速抹去脸上的泪水，面露微笑地望着我们，就像什么都不曾发生。可是我无法当作什么都不曾发生，我小心翼翼地喂爸爸吃饭，帮他擦去嘴角的汤汁，又伸手摸了摸爸爸已经瘦削的脸庞。我很想把爸爸抱在怀里，想告诉他，不用担心，儿子已经长大，我会照顾好他，也会照顾好家里的每一个人。

四

无须誓言，无须承诺，和爸爸的眼神对视，我知道他相信我。

我的变化连我自己都能觉察，身边的人更是感受到了。我第一次明白“一夜长大”的含义，第一次感受到被人需要的幸福。

我依旧不喜欢医院的消毒水味道，但我却是每天都会去医院，给爸爸送饭，陪爸爸说话，帮他擦身、洗脸、洗脚，做所有我力所能及的事。我开始认真学习，开始学着做个乖孩子，开始学着去理解父母。

我不再理所当然地认为，父母生了我就要养育我；不再耍小性子，以伤害父母的心为乐。过去的种种行为，都让我感觉自己好幼稚，可是谁又没有经历过那样一个幼稚的阶段呢？我能够自省、能够改正，我感觉自己还是“有药可救”的，我的人生一定不会一团糟。

我的父母是我很好的榜样，他们积极向上、乐观进取，我是他们的儿子，我也可以这样的。以前妈妈说我，除了长相，性格方面一点都不像他们。那时，我是那么不屑他们的陈词滥调，可是现在，我有多珍惜，我希望所有认识我们的人都知道，我的父母有一个跟他们一样优秀的儿子，我会为这个希望尽最大的努力。

一夜长大，只因为我不想看见爸爸流泪的眼睛。他原本是那么坚强的男子汉，我希望他永远不要再为我而流泪。我会长大，也会长成像他一样的真正的男子汉。

爸爸成了我的“小跟班”

“长不大”的老爸让我头疼

爸爸长得年轻，快奔四十的人了，穿着比我还“潮”，再加上那张保养尚好的“娃娃脸”，乍眼看见，谁都以为他还是个年轻的大小伙。他要的就是这个效果吧，每次别人夸他“身材好”“年轻”之类的话时，他都乐得合不拢嘴。

我挺烦自恋的老爸。一个人稍微注意一下自己的形象，保养容貌、身材，情有可原，毕竟爱美之心人皆有之，可过分了，就让人接受不了。特别是作为他唯一的儿子，我实在受不了他在我面前自称为“不老男神”时的表情。快四十的人了，他还在我这货真价实的“小鲜肉”面前卖萌、嘟起嘴么么哒，我就要发狂，大叫：“老妈，你看看‘老腊肉’又在恶心我了。”

老妈早已习惯爸爸的各种扮嫩行径，微笑着说：“你就原谅他吧，你正年轻，看见你，他的心就刺痛刺痛的。”“岁月不饶人，他再怎么折腾，也回不到二十岁了，毕竟他家儿子都老大不小了，他就只能是‘老腊肉’。”我故意当着老爸的面对老妈说，视而不见他忧伤的眼神，还下狠手，再往他的伤口撒上一把盐。果然，老爸清澈的眼神瞬间暗淡。

我窃笑不已，昂首挺胸伸伸懒腰，再酷酷地猛甩一下头，朝气蓬勃地对老妈灿笑，露出一副乖巧可爱的神情说：“妈，我们街舞社团这个周末有活动，你有空来看看吗？”我热情邀请老妈。家里的财政大权都在老妈手里，我的活动资金需要她的支持。

“我没空，倒是你爸有时间……”老妈说了一半，停下来看我一眼。我明白她想说什么，马上接过话茬：“那算了，他就甭去了，到时别人又以为他是我哥。”“长得年轻是我的错吗？”老爸不服气地争辩。

我懒得跟他争，争输了他又要扣我的零花钱。面对这个不服老的老爸，我真是没辙了，他心态年轻，长相年轻，一直都把自己当成二十几岁的大小伙，明明老妈买给我的玩具，他玩得比我还爱不释手。

有个“长不大”的老爸，我真是头疼。他不仅和我争玩具，还争宠，我真是受够了。

抢走我风头的老爸

小的时候，我其实挺喜欢老爸，觉得有他陪自己一块儿玩很有趣，毕竟那时是小屁孩，唯他是从，把他说的话当成圣旨，每天跟着他，就像是他的小跟班。

我长大后，有了自己的同学、朋友，我就不喜欢跟他玩了。他再霸占我的玩具，让我当个旁观者时，我就更不愿意。我的思想比较独立，可能是受老妈影响吧，小的时候起，很多事情我都是自己解决，不会找老爸帮忙。我对人对事都有自己的想法和判断力，不愿意听他的指挥、派遣，更不愿“袖手旁观”看他折腾我的玩具。他没感觉到我的长大，还像小时候一样指挥我时，我不听，他就生气，还说我不够朋友。

最让我受不了的是老爸还会跟我争宠。老爸是独子，爷爷奶奶一直把他当成“大孩子”宠着，就连事事起主导作用、一马当先的老妈，也惯着他，还说什么“我家有两个孩子，一大一小都是宝”。这是啥话呢？他明明是家长。

我有时觉得很奇怪，老爸这样“没长大”的人，他在单位如何与同事相处呢？他又如何管理他们部门的二十几号人？想想都替他担心。可是让我想不到的是，他的上司、下属对他的评价都很高，说他工作能力强，很有亲和力，是单位的核心人物。爷爷奶奶以老爸为荣，妈妈更是觉得自己嫁对人，常常在她的朋友圈晒幸福。

老爸对父母孝顺，对老婆好，这点我毫不怀疑，毕竟他也离不开他们的“宠”和“惯”，可是单单我对老爸意见很大。我的个头和老爸差不多高，相貌在外人眼中是“出自同一个模子”，但他太爱扮嫩了，本身又长得“嫩相”，害我总被别人当成他的弟弟。我有时在想，如果老爸真有个弟弟，那我的这个亲叔叔又会长成何种模样？他和老爸站在一块儿，会有压力吗？可是世间没有“如果”，一切的压力都只能我一个人扛。

记得上高中后，有一次老爸有事到学校找我。他离开后，我们班女生不约而同跑来问我：“刚才那人是你哥哥吗？好帅呀！”看着她们一脸的花痴样，我气恼地嚷：“那是我爸，年纪很大了，还帅什么帅？没看见帅哥在你们面前吗？”“你是很帅啦，不过和你爸比还是稍逊一筹啦！”一个女生说。

我幼小的心灵受到严重创伤，这群肤浅的女生，难道看不出我风华正茂青春无敌吗？不过一切的错，都得怪老爸，他好好的跑来学校干吗呢？一下子就抢走了属于我的风头。

爸爸竟然要加入我们街舞社

我和一群喜欢跳街舞的同学自发组织了一个街舞社团，由于学校态度不明朗，我们只能在校外找了个练舞的场所。老爸倒是挺支持我的，音响设备还是他和另一个同学的父亲提供，我们自己合伙出场地租金。

可能是我成绩还可以吧，老爸从来不干涉我喜欢做的事。他说跳街舞好，爱跳舞的人显得年轻，更重要的是可以锻炼身体。他的支持我很开心，可是他去了我们街舞社团后，我就后悔让他去了。

大家又一次把他当成我哥了，还有一个同学竟然说："能不能让他也加入？"我第一个反对，让他加入？这算怎么回事呢？他来是监督我，还是想打入组织内部，让我在他面前根本保不住自己的秘密？

我的反对惹恼了老爸，他居然一个星期都不搭理我。我也懒得搭理他，几天里形同陌路。一个星期后，老爸绷不住了，又主动示好。我摆出高姿态，他问一句，我答好几句。

"你的同学都很热情邀请我加入，你为什么反对呢？"他质问我。

"物以类聚，人以群分，你找你同年纪的人玩呀，干吗要来凑热闹。"我生硬地说。

"我就是想和你一起跳舞呀！"老爸继续努力。

"我不想，我们之间有代沟。"

"你就这么狠心拒绝我？不心疼？"老爸扮出可怜状，但我习惯了，不吃他这套。我又不是爷爷奶奶,更不是老妈,得处处宠他、惯他。我是他儿子,他得宠我、顺我才对,于是我平静地说:“我没什么好心疼的。”

老爸见我态度坚决,也不再多说,但他竟然打电话给我的好朋友兼街舞队队长浩子,让他来做我的思想工作。老爸这招让我恼怒万分,都说“家丑不可外扬”,他倒好,还刻意打电话。虽然浩子是我好朋友,但我不想让别人知道我有一个“长不大”的老爸,害怕被人嘲笑。

“小宇,你真幸福,有一个愿意陪你的父亲,让他加入吧。”浩子说。

我拒绝了,还有些生气。浩子是“坐着说话不腰疼”,如果他也有个总长不大的老爸,他还会这样说我吗?他不知道我有多烦,我最讨厌听的话就是别人误会他是我哥,难道我长得太着急了?明明我正是早上八九点钟的太阳。

幸福的“不老男神”

老爸的好奇心之强,平常人根本难以比较。他喜欢新事物,社会上流行什么,他玩什么。我玩的网游,他肯定也要玩,我在网上淘来的衣服,他也要穿。牛仔裤、白T恤、运动鞋是我的最爱,当然也是他的最爱。

似乎从小到大,我喜欢的东西,老爸也会喜欢,我学过的才艺,他多少也会一些。我学写毛笔字时,他每天陪着我一起写,偶尔我想偷懒,他却是不依不饶,非得写足半个小时,还一笔一画找出我不认真的“罪状”。其实他写的字,也不见得有多好。

我从二年级开始跟一个山歌剧团的老师学吹竹笛,老爸也买了一支,他说他小时候就喜欢,还学过一点点,想要重温一下。他让我当他的“小老师”,我一口答应了。我每次上竹笛课回来,他都会虚心请教,让我把老师课上教的内容教给他。看他学得那么认真，我小小的虚荣心得到了大大的满足，于是每次上竹笛课，我都特别专注，担心哪个地方没弄懂无法讲述给他听，那些指法我更是练得得心应手，要不没法胜任“小老师”一职。教竹笛的老师夸我有天赋，其实我哪有什么天赋呀，不过是为了教好老爸，我才勤学苦练。

后来我学其他才艺时，老爸也是兴趣满满，他总爱问东问西的，害得我无论学什么东西都不能掉以轻心，要不被他问个哑口无言时，该有多尴尬。老妈最得意这样的情形，她总是颇有兴致地看我们父子俩对话，看我们一起练书法、吹竹笛，还美其名曰：“花一个人的钱，培养出两个艺术人才。”

我年少时，还挺喜欢老爸陪着我学才艺，可是上初中后，学业压力大，我渐渐就烦了。他想学，自己去学就好了，干吗老让我教，我又不是老师。我向浩子诉苦时，他一脸羡慕地看着我说：“你爸真好！”我可没觉察出来。倒是浩子的爸爸，很有家长的做派，他总是不苟言笑，让我感觉高深莫测。

“你真是身在福中不知福，你爸把你当兄弟，多好呀，你有什么可烦恼的？他想和你一起跳街舞，你多幸福。为什么不让他加入呢？别人误会他是你哥，说明你爸年轻，你应该为他骄傲呀！”老爸不知用什么收买了浩子，他总是隔三岔五地就来开导我。

“别扭呀！他一点老爸的样子都没有。你不知道，他还在我面前自称是‘不老男神’，多肉麻呀，明明就是‘老腊肉’了。”我如实对浩子说。

“我真希望我爸也能像你爸一样，知道吗？我一直有多羡慕你，羡慕你们父子俩的关系，不像我爸，整天板着脸，就像全天下只他一个人当父亲一样，有什么架子好摆的……”浩子喋喋不休。

看浩子的眼神，我知道他是真羡慕我。仔细想想吧，老爸除了爱扮嫩，爱黏着我外，其实倒也是个有趣的人，不过，他和其他人的老爸相比，真是特立独行，让我有些适应不了。

跳街舞的事，如果我不答应让他加入我们社团，我估计他还得跟我闹，搞不准又会弄出什么花样来。算了，他爱跟着我玩就让他跟吧。小时候我是他的“小跟班”，现在嘛，就让他当我的“跟班”好了，谁叫他是我的特立独行的“老腊肉”爸爸呢。有他的陪伴，我想我的人生一定更加精彩。

第四辑

用闪光的汗珠为青春加冕

我希望用汗珠为青春加冕，希望能够努力走好人生的每一步，让每一个脚印都扎实踏在地上，留下鲜明的印迹，纵然人生平凡，也要留下些许的精彩……

“废材”也有春天

一

“阿太，等会儿自习课时你笔记借我。”课间，彭俊很热乎地凑过来说。

我瞟他一眼，有些不屑，也带着疑惑地反问：“你是要借笔记？确定不是作业吗？”对这个同桌，我太了解他了，他是名副其实的“废材”，不爱学习，只想着玩乐。自习课从来都是他抄作业的“黄金时间”，就像他自己说的，课外时间玩都不够，哪还有空写作业。

“是笔记。你的笔记是全班最翔实的。”彭俊由衷夸奖。

“你倒识货。只是以前，你不是只借作业去抄，抄完了事吗？怎么今天有兴致想看我的笔记了？”我不明白他葫芦里卖什么药。

“今日不同往日，你可不能用老眼光看待新同志哟！”彭俊笑着说，一脸认真的表情。

我丈二和尚摸不着头脑，这彭俊搞什么呢？才过了一个暑假，他似乎变了，连眼神都和过去不一样。以前的他，一到上课，永远是一副睡不够的模样，表情困倦，眼神惺忪。除非铃声响了，他才能“满血复活”，一出教室就像一匹活力四射的野马满操场驰骋。

二

其实一开学我就感觉到彭俊的改变了。

首先是他的发型，短短的板寸可不是他的风格。他曾因为学校要求男生理板寸头和老师闹过一次又一次，在他眼中，板寸头是世界上最丑的发型，不堪入目。

其次是他的服装，校服在他那里，永远只是被扎在腰间的装饰。彭俊爱美，人人皆知，追求时尚的他，哪能听话地整齐穿上毫无个性的校服。他曾说，全校男生都穿成一个样子，不仅仅是丑的问题，还扼杀个性。

最重要的是他对我的态度，那简直要用“刮目相看”来形容了。在以前，他根本不把成绩优秀的我当回事，偶尔我劝说他要好好学习，他反倒嘲笑我脑子有病，多管闲事。我们同桌，我向来主张“井水不犯河水”，把他当成空气，视若无睹。他也一样，曾不屑一顾地说过，看见我认真学习的样子就烦。

我怎么都想不通，彭俊这样玩乐至上的“废材”，他竟能心平气和而且一脸微笑地主动向我借笔记看，而不是拿过我的作业本随便抄一抄。

太阳从西边出来了吗？我怔住了。

三

“阿太，能麻烦你教教我这题怎么解吗？我想半天了，没想出来。”彭俊凑过头来，把手搭在我的肩膀上，轻声细语地问。

我浑身顿起鸡皮疙瘩，还是习惯他过去咋咋呼呼地叫嚷，这样温文尔雅、彬彬有礼说话的彭俊让我云里雾里，感觉身边像换了个人。

我不经意地拂去他的手，说：“哪题？拿来我看看。”对于教彭俊解难题，我是毫无压力。他眼中的难题能难到哪去？果然，一看题目，我就禁不住笑了，说：“这题也叫难呀？书上的例题就有，不过条件换了下而已。”

彭俊的脸居然红了，没想到这没心没肺的家伙，有一天也会脸红。看他面红耳赤的模样，我不好再逗他，而且我也担心万一真把他惹怒了，对我自己也没好处。他可是个难缠的家伙，如果成心要找我麻烦，岂不是不妙？于是我换了口气：“没事，我讲解给你听吧。”

我深入浅出，抓住解题要点，彭俊一下就听懂了，他开心地叫：“哇！阿太，你真厉害，我想了半天没理解，经你一说我瞬间就明白了。谢谢你！”他谢我？真是破天荒呀。以前就算我帮他再大的忙，他也觉得理所当然，何曾有过一句“谢谢”！

“不客气！”我笑着说。

“阿太，你能不能收我为徒？我有不懂的就问你。”彭俊诚恳地问我。

“我们是同桌，你有不懂的，只要不打扰我上课，我都可以教你。”我说。我说的是真心话，同桌一场，我早希望他能“洗心革面”，好好学习。既然他主动了，我当然答应。

四

彭俊上课认真，回答老师提的问题，更是踊跃举手。老师见他积极性高也就顺水推舟，常常叫他。还别说，这家伙没让老师失望，每次回答都对了。有一次，题目有点难，他居然也答对了。老师听完，对他赞不绝口。

"奇怪，这学期彭俊变了，他是受了什么刺激，还是吃错药了？"

"对呀，我早就看出来了，他变得和过去完全不一样。那天我收作业，他居然都是自己做的，不像过去，老抄别人的。"

"他的样子也改变了，你看到没有？他现在也留板寸头。"

……

大家窃窃私语，都在感叹和疑惑彭俊的改变。

"这叫逆袭，怎能说是'吃错药'？就算过去我是'废材'，也该允许有个春天吧？再说了，我同桌是谁呀？他会教我，我现在可是他的好徒弟。"彭俊大言不惭。坐在边上的我，听后，却是脸热辣辣地涨红起来。

"对，只要肯努力，'废材'也有春天。你们看看，我们彭俊就是表率。"老师说。

我都替彭俊脸红，可这家伙却乐得像朵花。他一点都不在意别人的议论，更不在乎别人或许带有嘲讽的笑声，依旧喜不自禁。

"师傅，这题用这种方法解是不是也行？"课间，彭俊拿着练习册过来问。

我看了看题目和他的解题步骤，真不错，这家伙学会举一反三了，而且字迹工整。看着"焕然一新"的彭俊，看着他考得一次比一次好，我终于是知道了什么叫“逆袭”。

五

我一直很疑惑，彭俊到底经历了什么？怎么突然就从一个“废材”洗心革面成长为一个孜孜不倦、勤学好问的五好少年？

他一直叫我“师傅”。他说，如果不是我的帮助，就算他想努力，也很难进步。他的真诚，我能感知。但我不需要他的感谢，只想知道，他到底经历了什么。

见我执着，彭俊笑着说：“师傅，其实我没什么特殊经历啦，只是暑假跟着父母出去一趟，去了很多城市，看见了很多努力生活的人，还去了很多高校，感受到了不一样的牵引力……我想成为他们中的一员。”

他还告诉我，在上海最大的图书馆，他看见墙上有这么一幅字：不努力的每一天，都是对生命的辜负。可能别人都熟视无睹，但对他来说却像是一记生命的重锤，敲醒了他浑浑噩噩的年少无知。

“那幅字似乎就是为我写的，我过去不思进取不是浪费生命是什么？我不想再辜负生命，不想多年后回忆起自己的读书生涯只是一片空白。我也想感受一下当‘学霸’的滋味，我也想赢，想成为一个努力的人，而不是‘废材’。”彭俊平静地述说。

他像是陷入了往事，说话时，嘴角上扬，眼神晶亮。

“很棒哟！只要足够努力，‘废材’也有春天，你证明了这点。”我笑着为彭俊鼓掌。

人的改变真是件令人奇怪的事，有的人可能得经历一场什么重大的事件，而有的人却是因为一个让自己热血沸腾的场景或是一句触动心扉的话。

无论如何，努力起来总是好的。

青春很短，我不将就

拼命读书的黎想

黎想是永远的“班一”，就是在年级七百多人中，他的成绩也是名列前茅。我的成绩也不错，但和黎想比，那就差远了。可我并不羡慕他，看他那么拼命地读书，我就觉得累。

为什么非得考第一呢？难道只有第一名才脸上有光？难道考试是青春唯一紧要的事吗？我一直觉得，青春应该是绚丽多姿的，成绩当然重要，但除了学习，我们还应该有自己的爱好，要涉及许多的事情。比如我钟爱的街舞、架子鼓、滑冰，还有画画。

老妈常说我斗志不高，没有必胜的信念，做什么事都会保留几分力气。我承认，我确实如老妈所说，好胜心不强。我觉得凡事差不多就行，何必都争第一呢？

老妈说过我几次，可我无动于衷，还反驳她：“第一名只有一个，干吗人人都要盯着它呀。”我真的不愿意像黎想那么拼命读书，总考第一又怎么了？在我眼中，他的青春是灰色的，单一无趣，一点都不绚烂。我宁愿凡事将就，也要开心过活。

我的不屑，黎想应该是心知肚明的，他也曾嘲讽我，说我凡事“半桶水功夫”，从来没体验过为一件事情全力以赴的畅快感。看他说得一脸激昂得意，我努努嘴，没兴致跟他争。

道不同不相为谋，我和黎想虽是同桌，但关系疏远，平时都是“他走他的阳关道，我过我的独木桥”，彼此“井水不犯河水”。

黎想也会跳街舞

学校艺术节前，我们街舞社团的团长谢晖准备排个节目，想在晚会上一鸣惊人。其实我知道，学校所有社团的人都在跃跃欲试，准备大展身手，一举夺下第一名的奖励基金。

谢晖是同年级的同学，我没想到，在街舞社团开会讨论时，他竟然把黎想邀来了。我很纳闷儿，黎想来干吗？他会跳街舞吗？我喜欢街舞，跳得也还行，不过，对那些高难度动作，我没太多兴趣练，很累，也担心受伤。对于黎想的到来，我有些不屑。他不就是成绩好，跟跳街舞有什么关系呢？难不成排个舞蹈还要运用到数学公式来演算？

大家各抒己见，谢晖总结大家的发言后，黎想说：“队形变化很重要，既要有整齐划一的团体动作，也要发挥各人所长……”

看黎想说得头头是道，我轻蔑地嘀咕：“你会跳吗？说得跟真的一样。”声音虽轻，但周围的人还是听到了，特别是谢晖，他奇怪地反问我：“你不知道黎想会跳街舞吗？前年市里的街舞大赛，他可是少年组个人秀的第一名。如果不是奥数老师不肯放他走，这街舞社团的团长就是他了，我这次请他来，就是希望他能帮助大家一起排舞，提高舞技。”

我半信半疑，和黎想同桌那么久，我都没听他说过他喜欢跳街舞，更不曾见过。眼见为实，我只相信自己的眼睛，于是会议结束后，我有意挑战黎想。

拼舞是大家互相较量最好的方式。黎想也有意在我面前表现吧，听到我要挑战他，欣然同意。音乐响起后，他率先走到舞蹈室的中央，一开场的 TOPROCK 做得生动流畅，紧接着做了个 SLIDES，然后他倒立且旋转，随着身体重量的移转，又由一只手换到另一只手做动作，直到脚着地为止。

我不甘示弱，一上场就利用背部做旋转的表演，所有的重量平衡在背的上半部，脚缩起来尽量靠近身体。这是我会的最难的一组动作。掌声响起时，我力气不够了，整个人摔了下来，黎想却是重复了一遍我的动作。还别说，相同的动作，他做起来炫多了，我心悦诚服。

黎想的街舞确实跳得很酷，那些我怎么都学不会的动作，他轻轻松松就完成了，而且他的身体轻盈飘逸，看得我热血沸腾。

真没想到，在我眼中的“书呆子”，居然是深藏不露的“舞林高手”。

黎想说他习惯全力以赴

我故意和黎想套近乎，想让他教我几招。

“嘿，哥们儿，你跳街舞几年了？”“六七年了。”“现在怎么不跳了？”“现在时间紧，我只有周末去跳。”黎想说。还好他不计前嫌，要不我尴尬死了。见他兴致高，我凑过头去，央求他告诉我秘诀。

“秘诀？多练就成了，没什么秘诀。”黎想说。

我可不大相信,觉得他藏着掖着不愿告诉我,于是不快地哼:“怕我超过你呀,都不告诉我。”“你超过我的可能性不大,我太了解你了。”黎想说。

我一听就火了,他什么意思,把我看扁了,于是不满地嚷:“凭什么我就超不过你,成绩没你好我承认,但跳舞,你都没再练了,可我还在跳。”黎想笑了起来,他打量我逗乐:“那些动作可没那么容易学。”

他说的是实话,可我不爱听,撇撇嘴露出不屑。黎想却是拍拍我的肩:“你很聪明,也有悟性,但你吃不了苦,凡事将就,单单这一点,你就超不过我。”我被黎想堵得哑口无言,我们同桌,他太了解我了,我就是那种怕吃苦的人,做任何事都习惯将就。

黎想告诉我,他原来练“大风车”动作时,受过两次伤,也摔倒过无数次,但每一次失败后,他就总结经验,这样下一次再练习时,就能做得更好。

“我习惯全力以赴去做一件事,不光傻练,还得多思考。或许你说的秘诀就是那些我在脑子里贯通的动作要领吧,下足了功夫能力就上来了。”

黎想说得很诚恳,可我却没心情听。

将就怎能精彩

为了能够在舞台上精彩呈现,我们街舞社团的成员每天放学后就集中在舞蹈室排练。由于有黎想帮忙,谢晖很快就排好了《夜惊魂》。这支舞最大的亮点就是舞蹈结束前,有黎想和谢晖配合的一连串高难度动作。

他们根据我的特点，在个人秀部分，给我安排了30秒的表现时间，但也要求我抓紧时间把技术动作练到得心应手。开始练时我充满热情和信心，但重复的动作，一遍又一遍，我好烦，而且觉得自己已经练得差不多时，我就开始在一旁休息。

黎想见状，走过来要我跳一遍给他看。我照做了，完成最后一个动作时，我得意地问他怎么样，黎想说还不错，但有几个动作手的位置不对，而且脚的高度也不够，要我继续练。

我已经很累，而且觉得烦，于是说："我基本上都能跳下来了，反正那些动作别人也看不懂，将就着就行。""将就？你又是这种态度。"黎想恼怒地应我。围观的人很多，我觉得黎想是故意批评我，于是不快地应他："又不是什么国际大赛，只不过在学校表演，那么认真干吗？""你老毛病又犯了吗？你总是这样将就，对得起自己钟爱的街舞吗？"黎想说。

我愤愤地转身，没再理他。不就是一场学校表演，有必要"鸡蛋里挑骨头"吗？我觉得他就是想在人前表现，而且以打压我为乐。他学习上全力以赴我理解，跳街舞不就图个快乐，何必把自己弄得这么辛苦，这有何乐呢？

谢晖来后，黎想开始和他排练最后部分的配合动作，那些动作很难，一个人跳都容易失误，两个人配合，还要照顾到对方，常常顾此失彼。他们已经练习了一段时间，但都没达到最好的效果，于是不断磨合、改进。

他们满脸汗水，背上的衣服都湿了。谢晖累得气喘吁吁，说："黎想，要不我们换个简单点的动作将就一下，毕竟时间不多了。""将就？谢晖，你怎么也这样说？将就怎能精彩？既然要跳，我们就得把最精彩的部分表演出来。”黎想反驳。“大不了我们不争第一名。”谢晖说，看来他是真累了。

黎想很失望，他看了我一眼，又把目光转到谢晖脸上，说：“如果你们都只想将就，那我现在退出，我可没有将就的习惯。得不得第一名不重要，但我们对待事情的态度很重要。”黎想说完，转身要离开。

大家赶紧拦住他，好说歹说，承诺全力以赴才把黎想劝住。

青春很短，我不将就

黎想不愿搭理我了，但我就是想逗他开心。我对他充满了好奇，这个学习上那么拼命的人，没想到跳起街舞来一样不要命。

“黎想，你为什么那么好胜呢？凡事都要争第一名吗？”在他终于不再盛怒时，我赶紧问他。他瞥我一眼，赏了我一记“白眼球”，愤然地说：“你以为我像你那么功利吗？自己付出努力就只为争第一，我可没那么想，我只是觉得，既然选择做了，既然是自己喜欢做的事，就得全力以赴呀，做最好的自己，把自己最好的展现出来，至于结果并不重要，也问心无愧了，不是吗？”

“那你什么事情都那么努力吗？怪不得你总得第一。”我赶紧奉承他。

“你错了，我也不是总得第一，只是对于我要做的事，我都会很努力去做而已。有句老话不是说‘谋事在人，成事在天’吗？不就是这个道理。做事的态度，付出多少努力在于自己，而事情的结果由不得自己，它有很多其他因素，也有偶然性。不过，尽全力了，自己不会有遗憾，其实结果也不至于太差。”黎想侃侃而谈。

他说的，我懂，只是我很难理解，黎想真的做任何事并不问结果，而只在乎过程中自己付出的努力吗？我想，所有努力的人不就希望有个好结果，这难道不对吗？黎想什么逻辑呢？而他凡事都那么努力，不累吗？

我把心里的疑惑问他。黎想禁不住笑了起来，他说："累？当然累，不过，既然是自己选择的，又有何可抱怨，你觉得我们的青春很长吗？有多少时光可以被你蹉跎呢？我不愿意将就，至少在我还有能力不将就时，我希望把我想做的事，做到我自己能力的最好。"

听完黎想的话，我终是明白了他的想法和初衷，脸莫名地微微泛红。他是一个有想法的人，他所有的努力就是想对得起自己的初心，至于结果，并不是最重要的。他活得积极而努力，只是不想浪费自己的青春时光。

就像黎想说的，青春其实没有我们想象得那么长，如果凡事将就，将就着将就着，青春就过去了，当我们蓦然回首时，我们对自己走过的路，做过的事会有多少遗憾？我觉得我该改改自己的懒散，学着全力以赴去对待一件事，我不想在将就中把自己的一生将就过去。

青春的每个脚印都是诗句

一

华立韦又逃课了，他还怂恿我跟他一块儿走，说是去上网吧。我摇头说："还是你和他们去吧，劝不住你我已经很失败，更不可能跟你一块儿逃课。"

"算了，你是好学生，我就不拉你下水了，以后考试还得靠你。"说着，华立韦带着两个同学匆匆跑出教室，朝离教学楼很远的操场西边的围墙跑去。那儿有他们藏好的爬围墙的垫板，他们每次逃课到校外都从那溜出去。

我在四楼的教室窗户看着匆匆跑在操场上的三个人影，心里有点疑惑，我虽然劝过他们别逃课，但我从来没有及时汇报老师，这样做到底对还是不对？华立韦不爱学习，喜欢逃课到校外玩，但在班上，他虽然会欺负其他同学，但一直对我很好，所以每次考试，我都会有意让他抄一些答案，保证可以及格。

班上的同学都很反感找老师打小报告的人，我总会莫名担心，如果我去汇报老师了，华立韦他们几个会不会讨厌我？

“校长在追他们。”后排的同学突然大叫一声，所有人都往窗户看。真的，正准备溜出围墙的华立韦他们正被校长追着。只是校长年迈，跑得慢，等他跑到围墙边，华立韦他们早就逃之夭夭了。

二

校长亲自带着几个教导处的老师，一个班一个班清点人数。各班班主任闻风后，早就急匆匆跑回教室，看看自己的班级是否有逃课的学生。

当班主任进教室时，我就知道大事不妙了。果不其然，老班看到班上少了三名学生后勃然大怒，他使劲地拍着黑板擦，把讲台桌拍得啪啪响。

作为华立韦的同桌，又是班干部，我也被牵连了，老班问我怎么不及时汇报。我低着头，默不作声，其他同学和我一样谁也不吭声，老班正在气头上，谁出声谁倒霉。连班长都被一起批评时，大家更是屏住呼吸，生怕弄出一点动静引火烧身。

老班这次真是气极了，他脸色铁青，怒目而视，威严的脸上鼻尖红红的，那道八字胡却抖动得厉害。训了好一阵后，老班的声音有些嘶哑了，他疲惫却又严肃地说：“小宇，下午他们来学校后，你让他们直接来找我。”

我心虚地看了老班一眼，深深点头，低声说好。我知道，老班这次估计也要挨校长批了。以前也是这样，只要班级出事，班主任都有连带责任。

我悄悄给华立韦发短信，把校长的巡查和老班的发火都说了。我确实不知道要如何做才好，逃课肯定是不对的，也不知道他们会不会因此被开除了。虽然我没逃课，但一样担心。在我陷入纷繁的假设和自责中时，校长怒气冲冲地推门进来了。

老班赶紧走过去，在校长开口前，先检讨了自己，说三个逃课的学生是自己班上的，然后低下头等待校长的责备。校长严肃地环视了教室一圈后，说："今天逃课的三个学生，下午叫他们来找我。"老班的脸一直阴着，走到教室门口，我看到他深深地叹了口气。

三

中午放学，我走出学校不远，华立韦他们三个逃课的同学就在一棵树后面叫我。他们犹如惊弓之鸟，眼神中写着惊惶，脸色也有些苍白。

"怎么样？校长来教室时发火了吗？"华立韦急着问。

"校长都快爆炸了，哪能不发火。老班看来是既生气又失望，他让我转告你们，下午到学校后直接去找他，校长也让你们去找他……"我如实相告。

"怎么办呢？这次玩完了，可能会被开除。"另两个同学紧张地嘟囔着。

华立韦一时无语，他六神无主地皱起眉头，双手不停地挠着脑袋，似乎想从头上挠出一个解决问题的好办法。

"要不你们现在主动去认错，估计校长还没走，或是直接先去找老班，看看要如何解决？只是以后，再不要逃课了，影响确实不好。"我建议道。

“找校长认错？”华立韦重复一句，他眉头紧锁地思考着。平时主意很多的他，这次看来也是无计可施了。

“听你的，这是唯一的办法了。”华立韦考虑半晌，终是一锤定音。他带着两个同学急匆匆进了学校。

四

我才吃完午饭，华立韦的电话就打过来了。

还好，他们选择主动去认错，而且态度诚恳，并且保证下不为例，被老班和校长轮番批评后，终是以一次“记过”结束了这件事。

或许这是最好的结果，我为华立韦他们高兴，无论如何，没有被开除就算是万幸了。当然这事也给了华立韦他们一次深刻的教训。

“小宇，你是对的，我应该听你的劝。谢谢你！”华立韦说。

听他这样说，我的脸倏地涨红，热辣辣的，还好隔着话筒，华立韦看不见，要不，我该有多难为情。我是劝过他，但我担心得罪人，还是选择了“明哲保身”，如果我早把这事汇报老班，早些制止华立韦他们逃课，那就不会造成现在这样的局面。

“你不知道，被校长追着时，我们就担心死了，说是‘丧家之犬’也不为过……老班说得对，他说青春其实没有自己想象得那么长，玩着玩着一切都玩完了。人生的路是由一个脚印一个脚印累积而成的，而青春的每个脚印都是诗句，走过了就不会再重来……”华立韦絮絮叨叨。

“青春的每个脚印都是诗句”，多美的语言呀，我没想到，老班在盛怒的情况下还如此诗意。

五

华立韦收敛了，他的改变让人刮目相看。他不仅没再逃课，而且上课也认真了，最最让我觉得了不起的是，他考试时不再抄我的答案。他说，就算不及格也不能抄袭了。因为老班告诉他，抄袭和偷没有什么区别，都是不劳而获。

“其实去网吧玩游戏也没什么意思。”有天课间聊天时，华立韦对我说。

“你真的都想明白了？”我逗他。

“嗯，真的，想明白了。老班和校长都对我说了很多。”华立韦一本正经。

“那以后，我们一起努力。学习上的事，需要我帮忙的，说一声，我愿意帮你。”我真诚地对华立韦说。我觉得，真正的好朋友是应该帮助对方，让他变好，而不是包庇他，纵容他犯错。

我和华立韦的友谊算是真正建立起来了，在以前，我更多的是不想得罪人，以“明哲保身”来作为自己的原则，仔细想想，这样的做法其实是错误而自私的。我真诚地接纳了华立韦，把他当成自己真正的好朋友。

我一直谨记着老班对华立韦说的话——青春的每个脚印都是诗句，我希望自己能够努力走好人生的每一步，让每一个脚印都扎实踏在地上，留下鲜明的印迹，纵然人生平凡，也要留下些许的精彩。

我想华立韦也是已经明白这些了，他的改变就是最好的证明。

·用闪光的汗珠为青春加冕

一

春天来临的时候，游米一直想养一只猫，抑或是一只小狗也行，她觉得自己太孤单了。爸爸在国外做工程，已经有一年多的时间没回来，妈妈是私人医院的护士长，天天忙得不可开交。她总是一个人上学，一个人写作业，连个说话的人都没有。

她在电视上看过，常有好心的女孩会在公园里捡到流浪猫或流浪狗，于是她也常常在傍晚带着一袋面包和火腿肠到附近的义和公园，希望能遇到流浪猫狗，然后偷偷养起来。可是她去了很多次也没遇见，那些面包和火腿肠就被饥肠辘辘的游米解决掉。

游米想不通，爸爸妈妈那么努力挣钱干吗呢，一家人连见个面都困难，钱再多有什么意义？爸爸说，他只身在国外做工程，只是希望能让一家人过上好日子。可是游米觉得，以前家里就很好了，是她喜欢的好日子，可爸爸为什么还要抛妻弃女去那么远的国家？妈妈也是，医院做得好好的，说什么到私人医院收入多，虽然累，但值得。值得什么呢？游米看见妈妈每天回来都一脸疲倦，累得坐在椅子上都能睡着，她很心疼。

大人的世界，游米懂，但又不懂。那些简单的幸福、唾手可得的快乐，明明随时都可以拥有，为什么要等挣到很多钱后才行呢？游米在公园认识曾植后，问过他这个问题。曾植说大人的世界总是在明争暗斗，谁挣的钱多就说明谁有本事，所以他们全都在拼命挣钱。

“就连离开家人，一年不见面也可以吗？”游米愤愤地问。曾值黯然地点点头。后来游米和曾植熟悉后才知道，原来曾植的父母也在国外打工，他和爷爷奶奶一起生活。

二

曾植是游米在义和公园认识的朋友，他们同龄，都读初三。

第一次遇见曾植的时候，游米有些沮丧地坐在公园长椅上，她一直没有等到流浪猫狗，那些面包和火腿肠颓败地躺在她的身边。而曾植在这个时候背着书包，手里拿着一沓资料，念念有词地走过来，在她身边坐下。而游米惊叫起来：“你差点坐到我的面包了。”曾植看她一眼，不乐意地说：“是你占了我的位置，我天天来都坐这。”

游米是个急脾气，她没有等到她的流浪猫狗已经一肚子气了，坐个长椅，还被人说成占了位置，于是没好气地说：“这里是你家呀？那么多椅子你不坐，偏偏天天你都坐这？鬼才相信，你肯定是想和我套近乎。”

曾植随口应她：“你哪来的自信？”游米可不是好惹的女生，她听出了曾植的弦外之音，愤然道：“你什么意思呀？我很丑吗？你这么没眼色，连话也不会说。”

“哦！”曾植被游米一顿吼，倒是支吾起来。不过被惹恼的游米可没有放过曾植的意思，她喋喋不休地质问：“你干吗一来就坐这？是不是窥探我很久了？”曾植没再理睬游米，他转过身继续叨念。“你读什么呢？跟你说话都不理人，什么意思呀，你这人怎么这样。”游米见曾植背对她，火气一下冒出来，我游米有那么丑吗？还懒得看我了？我在班上，怎么说也算中等之姿。她拍了拍曾植的肩膀，直到曾植再次转过头来，说：“你念什么呢？平时不用功，临时抱佛脚，有用吗？”

“妹子，你话好多，我很忙，别打扰我，拜托！”曾植瞥游米一眼，又把目光盯在手里的资料上。游米看了看这个与他年纪相仿的清秀男孩，成心作弄他。你想背英文，我偏要打扰，看你能怎么样？看他身上的校服，游米知道他们同在一所中学。

被游米打扰，曾植干脆收起资料，起身要离开。“你站住！我的话还没说完。”游米叫住他，“你叫什么名字？”“谁和谁套近乎呀？我可没空和你闹，我很忙。”说着，曾植就离开了，连头也没回，气得游米一个劲儿地跺脚，她想清楚了，回学校后，定要把他揪出来。

三

全校两千多人，不认识曾植以前，就算在校园里擦肩而过也不会注意，但认识他后，又是另外一回事了。当游米在操场上逮到正和同学打球的曾植时，她开心地嚷：“我找了你几天了，你肯定就是那天在公园临时抱佛脚的人，还不快告诉我你的名字。”

曾植也认出游米来，他叹气不已：“你说说，这是谁套谁近乎？”

一群不嫌事大的男生围过来起哄。曾植的脸微微泛红，游米可是不管不顾，她说：“你叫什么名字？初几的？”“大姐，查户口呀？”“什么叫‘临时抱佛脚’呢？”几个男生争着逗乐。哄笑声中，游米扛不住了，她虽然直性子，当被一群男生包围，还是沉不住气。

“我是曾植，初三的。”曾植见围观的人越来越多，赶紧报出名字。

“曾植？”游米重复着，不经意地偷偷多瞄一眼，原来他就是传说中的学霸呀，心里莫名地雀跃起来。但她佯装镇静，故作大方地说：“哦，你叫曾植，我知道了，以后见。”游米说着，匆匆挤出人群。她心如鹿跳，脸涨得绯红，一出人群就狂奔出操场。

男生们在她背后起哄，学着她说的话，怪声怪气地叫嚷逗得大家哈哈笑。游米没敢回头，她只听见曾植不悦地叫：“你们乐什么呢，赶紧打球！”

走远了，躲开人群，游米又悄悄返回来，藏在树背后，她远远地观望着在球场上生龙活虎的曾植，心里充满了温暖。游米的成绩还不错，但和第一名的曾植比，还是有距离的。以前她曾听别人讲过曾植的故事，讲他得了多少奖，曾在外宾来校时，全程用英文陪同……

傍晚放学后，游米早早往公园走。只是她在公园转来转去，就是找不到与曾植相遇时坐过的那张椅子。公园的椅子全都一样呀，可是曾植怎么就认定那张椅子是他天天坐的呢？

晚上写完作业，游米呆呆地坐在书桌前，双手捂住脸，一直在回想与曾植相遇的过程，很懊恼自己对他太凶了。“我留给他的印象肯定糟透了。”她喃喃自语。

“女儿，该睡了。”不知什么时候，妈妈已经回来。游米看着妈妈疲惫的身影，走过去，轻轻抱住妈妈的身体说：“妈，你辛苦了。”妈妈惊喜又诧异，不明白女儿这是怎么了。

四

接连几天傍晚，游米都去了公园，但没遇见流浪猫狗，也没再遇见曾植，她很难过，觉得肯定是自己太唐突，把曾植吓跑了。

周末清晨，游米带上要背的政治资料前往公园。第一次模拟考就要来了，她得好好复习。只是，她手里拿着资料，却一个字也看不进去，一副心事重重的样子。

突然看见不远处的小坡上，有个男生。她以为那人是曾植，于是飞快地跑过去。男生背对他，正埋头看书。“曾植！”游米大叫。听到叫声，男生抬起头来，疑惑地看着她。原来不是曾植，认错人的尴尬让游米脸红了，她匆匆转身走开。

“你在找我吗？”树丛背后突然站起来一个人时，游米吓了一跳。那儿还有人呀，居然是曾植，游米的心怦一下就狂跳起来。她窘迫地说：“你怎么躲在这个角落呀！”

“我每次来都喜欢坐这，你忘记了？”曾植笑着说。

游米却是一点印象都没有了，公园椅子那么多，又都一模一样，她真记不住到底是在哪张椅子遇见曾植的。不过，看见曾植，她的心情瞬间就愉悦起来。

“你又要来抢我的位置吗？”曾植逗她。“这儿又不是你家，你能来，我也能来。”游米说。只是话一出口，她就后悔了，明明盼着他出现，怎么一见面就和他斗嘴。

曾植摇摇头，笑了，却不再说话。游米有点难为情，但她还是鼓起勇气说：“我很高兴认识你，我们同校，又都是初三的学生，缘分哟！”

曾植晶亮的眼眸露出笑意："你叫什么名字？""游米，游泳的游，大米的米。"游米赶紧介绍自己，手还比画起来。

曾植看着眼前率真可爱的女生，觉得很有趣。他笑着说："我知道了，游米。认识你我也很高兴，虽然我们算是'不吵不相识'，但我们毕竟认识了。"

游米点头，他微笑。游米心里升腾起棉花糖般甜滋滋的味道，心里美死了。她居然和学霸曾植成为朋友了，要是被班上那群崇拜曾植的女生知道，她们不知会有多羡慕她呢。

两人你一句我一句，气氛渐渐融洽，游米站在曾植身旁，一直偷偷打量他。曾植的眼神那么清澈，五官俊朗秀气，特别是他微笑时，嘴角上扬，简直迷死人了。

五

和曾植熟悉后，游米才知道，为了保持第一，曾植付出了很多努力。他每天的时间都安排得满满的，从不浪费。

"我还以为你们学霸都是靠着聪明的脑袋，随便学学的。"游米说。"聪明的人很多，学习方法也很重要，但努力是基础，谁都不可能轻轻松松就考第一。"曾植说。游米相信曾植的话，她知道从初一的第一次月考开始，他就一直保持全年级第一名的战绩，要知道，整个年级有九百多人，十八个班，而他们所在的中学又是全市最好的，竞争一直很激烈。

关于曾植的传说，游米以前听过很多，大家都把他形容成一个天才，只是每一个天才，都会在背后默默付出努力。就像曾植自己说的，偶尔考第一可以靠天赋，但要长期保持第一，仅靠天赋是不行的。听着曾植的话，游米很后悔自己以前浪费了那么多时间。

他们天资聪颖，还那么拼命，我这样平庸的脑袋怎么能抱着侥幸混日子呢？游米决定以后都要好好规划一下自己的时间了。只是，她又很心疼曾植，觉得他给自己的压力太大了，犹豫一阵后，游米还是把心里话说了出来："你一直考第一，万一哪次退步了，怎么办？"

曾植咧嘴笑了起来："你是担心我的承受能力吧？其实也没什么，我只在乎自己是不是尽力了，名次不是我追求的唯一目标。"

六

游米还是常常到义和公园，那儿空气好，那儿总能够遇见曾植。

后来她知道曾植家其实离义和公园挺远的，就很奇怪，他为什么不去他家附近的公园呢？义和公园并没什么特色呀。难道是因为我？游米想着，脸不觉涨得通红。可又想到，她认识曾植前，他就总去时，突然就泄了气。"肯定不是因为我。"她自言自语。

心直口快的游米藏不住心事，她问了曾植。"这个公园有很多美好回忆……"曾植说。

原来他以前也住这附近，后来家里买了房子，就搬走了。小时候，他的父母常带他来这玩，现在他的父母都在国外打工，他和爷爷奶奶生活。

听完曾植的话，游米觉得他们是同病相怜，不过，她比他又幸福一些，毕竟妈妈还陪在她身边。

"大人们为了多挣钱，很努力工作，我也要努力，用闪光的汗珠为青春加冕。我希望在父母回来时，能够送给他们一个最好的礼物，那就是我的成绩单。”曾植自信地说。

“我也要像你一样，以前我总抱怨我爸，觉得他一个人跑那么远干吗，钱多钱少有什么问题呢？一家人开开心心在一起才是最重要的。不过现在，我觉得大人们跑那么远，并非只为了单纯地挣钱，或许还想体现自己的人生价值吧，他们那么努力地拼搏，就是给我们树立榜样。我们的人生也要努力拼搏，实现自己的价值。”游米感慨而言。

“对呀，一起加油吧！”曾植伸出手，期待地望着游米。这个率真的女孩无意中闯进了他孤单的青春，他觉得这一定就是游米说的“缘分”。他们都是愿意用自己的努力，用自己闪光的汗珠为青春加冕的年轻人。

所有吃过的苦都会变成荣光

一

“哎哟！我又胖了，快上九十斤了，我要减肥。”吴宇桐经过药店门口时，迅速踏上摆放在路边的台秤，看一眼上面的数字后就惊叫。

卢红瞟一眼，不乐意了。她恼怒道：“你故意的吧？要我们表扬你身轻如燕吗？”“好啦！你明知道她在逗乐我们，还上她的当。”我宽慰卢红，其实也是在宽慰自己。

我们仨个头差不多，可吴宇桐还不到九十斤，而我却超过一百一十斤了，卢红比我还惨。跟吴宇桐的杨柳细腰比起来，我和卢红都算“水桶腰”了。

吴宇桐明明瘦得像竹竿一样却喜欢成天嚷嚷“减肥”，也不知她是不是故意气我们。就像卢红曾经说的，一个瘦子在胖子面前哼哼着减肥，定是不怀好意。明明很瘦了，还嫌胖，那叫我们这些真正的“胖子”情何以堪？

“我要管理好自己的体重,这叫对自己负责。”吴宇桐认真地说。

“你得先管理好你的学习,那才是你最该负的责任。”卢红接茬。她是“哪壶不开提哪壶”,明知道刚发的数学试卷,吴宇桐的成绩又不理想,她却故意这样说。

不出所料,刚刚还朝气蓬勃的吴宇桐顿时就蔫了,她嘟起嘴,瞪起眼嚷:“坏人!故意败坏我的好心情。”说着,整个人趴在我肩上来寻求温暖。

我拍拍她的背,说:“卢红说得没错,既然你有能力管理好你的体重,为什么就不能同时兼顾好你的成绩呢?你可不是轻言放弃的人哟。”

我觉得很奇怪,我们仨的成绩以前不相上下,后来不知怎么的,吴宇桐就掉队了。

二

卢红说吴宇桐的那些话,其实早在我面前叨念过。我知道卢红是为了吴宇桐好,可这样直截了当说出来,太让人难堪了。

我一直没想明白,吴宇桐虽然整天和我们在一块儿,可她的心思我却渐渐不懂了。我还搞不懂我们仨的身材怎么就呈现出这么大的差异,记得以前,我们是一样重的。

吴宇桐爱美,迷恋银幕上万众瞩目的大明星,她效仿她们的表情、举止。很多男生背地里评价说吴宇桐有明星气质,这事后来被吴宇桐听说后,乐得她好几天都合不拢嘴,直在我们面前夸那些男生有眼光。

看着在我面前吵吵嚷嚷的她们,我会心地笑着。这两个家伙,整天“针尖对麦芒”,喜欢互黑,如果不是感情基础好,早就分道扬镳了。

只是逗乐的事，逗多了就会发生矛盾。

记得以前有一次，我们仨像往常一样约好去看电影。影片是卢红选的，内容比较沉闷，出来时，吴宇桐就说："好难看的电影，什么片呀，真是浪费钱，一个当红明星都没有。"其实我也不喜欢这种风格的电影，看得人郁闷，但我没说，因为我知道，这是卢红最喜欢的一个剧作家的作品。

听到吴宇桐说话，我急忙想去拦她，但来不及了，我看到卢红正怒目而视，她愤懑地说："你懂欣赏吗？是不是看不明白？你的眼中除了当红明星，你还能看明白什么？"卢红的话说得很重，吴宇桐按捺不住，立即还击："就你懂欣赏，就你明白。"

见俩人真吵起来，我一手一个拉开："吵什么呀？好好说话。都是好姐妹，别出口伤人。"被我劝阻，两个家伙就像"斗鸡"一样，互相怒视，谁也不服谁。

我好说歹说，状况才止住，不过最后她们还是不欢而散。

三

前车之鉴。我赶紧宽慰起吴宇桐，同时也肯定了卢红的话，要不，她们俩又得闹僵。每次她们吵得不可开交时，我就像个"调解员"，得费尽口舌才能平息她们的怒气。

这两个家伙，心情好时，喜欢互黑，玩得不亦乐乎，谁也不拿对方的话当一回事，但心情不爽时，鸡毛蒜皮的事也就大了。面对两个同样口齿伶俐的人，我不得不练就一副好口才。

"我知道你们都是为我好，希望我能迎头赶上，但我也不知道怎么了，对学习毫无兴趣。上课时，我满脑子浮现的都是那些我喜欢的大明星。”吴宇桐如实说。

她可怜兮兮的样子低眉顺眼，我于是安慰她：“没事，先整理好自己的状态，找出问题的关键，你肯定行的，毕竟你的基础好。而且卢红‘学霸’可不是个‘摆设’，只要你有需求，她定当全力以赴地帮你，我也会义不容辞。”

“是呀，你的需求，我全满足。”卢红义气地说。

“你看到的只是明星光鲜的外表，但你了解过他们背后吃过的苦吗？为了一场戏、一句台词、一个表情，明星们可能得花很多时间去学习和准备。都说‘台上一分钟，台下十年功’，这话肯定是有道理的，对不对？”我循循善诱。

“要想人前显贵，定得人后受罪，所有人都一样，明星也不例外。你最喜欢的杨幂，一路走来，她吃过多少苦，你不都知道吗？那些她曾吃下的苦现在不都变成了荣光……我们也该如此。你效仿她们就得效仿她们吃苦的精神。”卢红说。

卢红的话打动了吴宇桐的心，其实我也感动了。事实就是如此，这世间哪有人随随便便就会成功，所有闪耀的荣光都是曾经吃过的苦。

四

吴宇桐变了，她不再幻想那些远在天边的明星，她知道，她迷恋的只是她们身上的荣光，她效仿的只是她们的一颦一笑，但她弄错了方向，她应该学习她们吃苦的精神。

“我一定好好学习，天天向上。我相信，我现在所有付出的努力，吃下的苦，终有一天都将会变成我身上的荣光……”吴宇桐在考试作文《我的人生楷模》中这样写道。她的作文第一次得了全班最高分，老师读给大家听时，所有人都为她点赞。

不再把明星挂在嘴边，不再沉溺于明星画报，吴宇桐开始把数理化的练习册捧在心中，和课本成了最亲密的朋友，不懂的题自有卢红和我帮忙。她的基础原本不差，这样“悬梁刺骨”般的努力几个月后，成绩大幅提升。

成绩追上来后，吴宇桐又开始在我和卢红面前显摆她的“水蛇腰”，她左扭右摆，风情无限，然后自信满满地说：“你们改造了我，我也得开始改造你们了。”

我和卢红不明白她葫芦里卖什么药，异口同声地反问：“改造我们？”“当然！”吴宇桐轻轻扬起头，然后一脸嫌弃地指着我们的腰说：“这也叫‘腰’吗？我得帮你们好好改造。”“你确定？”卢红问，她早想减肥了，却不知如何进行。

吴宇桐详细地说出她的计划，她还向她当健身教练的表哥咨询过最健康的减肥方法，自信有能力帮我们瘦身。我和卢红当然都希望能够拥有吴宇桐一样的杨柳细腰，既然她那么热心，我们就答应了。

“瘦身也得吃苦，你们可以坚持吗？”吴宇桐问我们。

“当然！”我们自信地回答，因为我们都知道——所有吃过的苦都将会变成荣光。

不负青春，用汗水装饰我的初三

一

发数学试卷了，同桌邱子君又以满分稳获全班第一名。老师喜不自禁地表扬他，大家拼命鼓掌。我们拿到卷子后，看到赫然显眼的分数，有的惊喜欢呼，有的却哀叫连连。

我的心情属于第二种。面对58分的卷子，我的心拔凉拔凉。又不及格！我暗暗握紧拳头，自我鼓励："加把劲，我一定可以的，只差两分了。"

真想不明白，小学时，我和邱子君的成绩一样优秀，怎么上了初三后，我们之间的距离就拉开了呢？他依旧名列前茅，而我却沦落成"差生"。同样的老师，同样上课，他怎么就可以考满分？他还不单单数学满分，其他科的成绩也拔尖。

他到底是如何做到的呢？这个问题我考虑了很久，一直不好意思问他。跟"学霸"同桌，压力可想而知。别人或许不知道邱子君是如何学习的，但我知道。他只能算认真，完全说不上刻苦，而我却一如既往地努力。但我原来的优秀呢，都跑哪儿去了？

我从来没有松懈过，可是成绩却差强人意。

二

“你是如何做到的？看你学习起来很轻松，成绩却那么好，有什么好方法？”鼓起勇气，我终于向邱子君问出了这个憋在心里很久的问题。

以前，面对优秀的邱子君我是不服气的，虽然成绩上输给他，但在言行上我还是保持自信，绝不向他低头，更不愿向他取什么经。我只认为，他不过比我聪明点而已。

初三了，面对不久后就要实战的中考，我认清了目前的状况。我如果想在中考时成绩提升的话，就得得到邱子君的指点，特别是学到他的方法。成绩好的人，除了天赋、努力外，还有更重要的一点——方法。我以前盲目努力，很累，效果却不好。

“你终于肯对我放下你骄傲的自尊啦？”邱子君逗我。同桌嘛，我的想法，他岂会不知？何况他还是那么聪明的人。

“为了成绩，还要什么面子。”我如实说。

“榜样在身边，你从来不知道珍惜和利用，如果早早地主动向我请教，你的成绩早就提高一大截了，哪还要面对不及格的卷子难过呢？”邱子君嘲讽我。

听他废话一大堆，我不悦地嚷：“那现在我向你请教，肯不肯传授几招呢？”

“你这人就是这样，向我请教还这么硬气。不过，我喜欢，这才像当初的你。”说着，他拍拍我的肩膀，以示他的亲切友善。

三

小学的老同学都知道，我和邱子君曾是最强劲的对手。我不服输，而他更是自视甚高，根本不把我放在眼里。我们水火不容，常常为争第一，各显神通。

我们以相同的分数考上初中，哪知道，他是越战越勇，而我却突然失去了动力般，再没有能力与他一较长短。我知道自己一直是努力的人，但不知问题出在哪，学起来特别吃力，但成绩又不见好。

分班考试后，我们鬼使神差地又分到一个班，还是同桌。他经常逗我，我也不给他好脸色看。不过，他的成绩却是让我既惊讶又羡慕，还很灰心。我再也没有能力成为他的对手了，他是高高在上、天天被老师夸的“学霸”，而我却是名“差生”。

看我上课总是昏昏欲睡，他告诉我，首先要保证睡眠时间，养足精神才能有效率地学习，否则就是做无用功。“可是作业做不完呀？”我难为情地解释。“那就不做了，反正你做的都是错的，还熬什么夜？有意义吗？”他干脆地说。

我默然，不知如何反驳。

“你的问题我都清楚，之前早就想告诉你，不过，怕惹你不高兴就忍住没说了。只是你知道吗？忍住不说话挺难的。”邱子君一副很明事理的表情说，接着，他就把我的问题一一罗列出来。没想到，他还真了解我。

他告诉我，再不能用小学的方法应对初中的学习，特别是初三这年，学业压力大，每天作业、考试又多，如果不弄清事情的轻重缓急，就会毫无头绪。

四

“刷题很好，但要有选择地刷，时间有限，你不能没完没了地做同类型的题，人累，效果却不好……自己越薄弱的地方，一定得咬紧牙一点点啃清楚，真正弄懂后再做题才好。”

邱子君见我一错再错，却还在刷题时，凑过来说。他让我整理出这几个月以来考试的错题，仔细看过后，他就开始给我查漏补缺。他的讲解深入浅出，那些让我想破脑袋也想不明白的难题，经他一指点，我竟豁然开朗，有种顿悟的快感。

他还告诉我，不同的科目要用不同的方法。该熟背的内容一定不能松懈，该理解的一定得先理解。要完全看明白书上的例题，再找同类型的题练手，直到熟能生巧、举一反三。他事无巨细地教我，还鼓励我。

看着这么热心对我的邱子君，我有点后悔之前浪费了那么多时间。就像他说的，如果我早点向他请教，我的成绩早提高了。不过，现在也不晚，毕竟离中考还有半年多，我好好努力，竭尽全力去拼一把，成绩总会进步的。

我听从邱子君的，不再熬夜，不再无意义地刷题。既然拿起书本了，就得全神贯注，不能让自己分心。我从初一的知识开始贯穿，把自己没理解的内容抄下来，先自己想，想不通后再请教邱子君。

一段废寝忘食拼搏的日子，身体很累，热情却是日益高涨。我总是晕乎乎的脑袋莫名地感觉到越来越清晰。我浑身都充满了斗志。我不知道中考结果会如何，但为了不负青春，我要用自己的汗水装饰初三岁月。

五

整个初三年段，每间教室里的桌面上都摆满了书本。高高的书堆下，所有同学都在埋头学习。越临近中考，这种紧张的氛围，越让我如临大敌，脑中的弦又开始紧绷。

“我都教了你那么久，成绩也提高了，你得开始报答我。”一天下午放学前，邱子君认真地对我说。我不知道他葫芦里卖什么药，但依旧很肯定地答应了。没想到，他竟然要求我每天放学后都要陪他到操场跑步。

“跑步？”我以为自己听错了。“是跑步。你们中考前会紧张，其实我也会。去操场跑跑步，放松一下心情，可能就好了。”他实话实说。

“我听你的。不过，你成绩那么好，怎么可能紧张？”

“我又不是神仙，万一呢？每年都有成绩好的学生因太紧张而考砸。不是吗？”邱子君说。我觉得他说得有道理，中考日子一天天逼近，能让自己身心放松，可能对考试更有益。

在铺满夕阳的操场上，邱子君像个没长大的孩子，他又蹦又跳，一直冲我叫：“来呀，你来追我呀！”我听到他挑衅般的叫嚷后，飞奔过去。邱子君见我铆足劲要去逮他，撒腿就跑，跑远后又回过头来冲我做鬼脸。

夕阳的余晖映照在他的脸上，明亮而耀眼，他额头的汗珠熠熠生辉，一如我们用汗水装饰的初三岁月。

奋不顾身地拼搏才是青春该有的模样

一

“余浩，走，我们出去逛逛吧！”周末到学校做了三张卷子后，我招呼余浩一起出去。学校里总弥散着紧张的气息，让人喘不过气来。

余洁正忙着写题，他连头也没抬，直接拒绝：“阿太，你先走，我卷子还没写完呢。”

“走吧，剩下的题你也解不出来，何必浪费时间。”我如实说。余浩的成绩和我不相上下，在年级里排名中等靠后，属于“二本有望，一本不敢想”的一拨人。

我们都很清楚，上重点大学是尖子生的目标，中上游的学生上一本，而我这种水准，能够考上二本已经不错。多年以来，我们学校的考试情况差不多就是这样，偶有奇迹发生，但我觉得，奇迹就是奇迹，它发生在我身上的概率太渺茫了。

见余浩没有要走的意思，我径自离开。一个人漫无目的地游走在车水马龙的大街,我不知不觉逛到了漫画书店。

这里曾是我小时候每个周末都要来的地方,那时零花钱少,每月只买一本漫画书,平时过来都是蹭书看。老板是个和蔼的老头,戴了副金丝眼镜。十几年的光阴真的过得好快,我年少时,老板正当年。他认得我和余浩,每次我独自去,他都会问:"一个人? 你那哥们儿没来呀?"余浩是常客,每次买书都是好几本。

"高三了吧?"老板推了推眼镜,漫不经心地问我。"嗯!"我应了一声。"那要加油哟! 好好拼一把。"老板笑着说。我瞥了他一眼,很奇怪他对我说的话。上高三后,所有认识我的人都在给我鼓劲,叫我要加油。可我有心无力,感觉疲惫不堪了。

二

我和余浩是多年的老同学,关系一直很好,曾经也都成绩优秀,是班上的佼佼者,只是上了重点高中后,我们再也不显山露水,完全被湮没了。我们从优秀学生变成了默默无闻的人,那些原本璀璨的梦想,再也无颜说出口。

我有些认命,感觉自己再努力也拼不过别人,不如好好享受青春,觉得青春时光如果都埋藏在书本、习题里太暗淡了,那不应该是青春该有的模样。我的想法是青春就该享受。

我依然如故,虽然也看书、写习题,但和别人废寝忘食的努力程度相比轻松了许多,只是看着身边的同学都那么忘我地投入学习,我的心又会莫名地惴惴不安,觉得自己在虚度光阴。我找不到自己的玩伴,连余浩也好长时间没和我在一块儿了。

余浩一直很努力，但我曾对他说："我们底子都差不多，你再怎么努力也拼不过别人的，何必浪费时间呢？不如好好玩一玩。"余浩瞟我一眼，不悦地说："我知道，但那又如何？我努力是我自己的事，拼搏过我才不会后悔。"

听完余浩的话，我词穷了。他要努力，我怎么可以拦着呢？万一他高考考不好，到时来怪罪我，于是我决定不再去打扰他，自己一个人游走在校园，看着低年级的同学在操场打球、跑步，觉得好生羡慕。我已经很少运动了，发呆是我最常有的状态。

"阿太，你是不是有心事？"见我总是呆呆地独坐一隅，余浩跑过来问我。我心生窃喜，这家伙总算还有点良心，知道我孤独了来陪我。

"没有呀，就是不知道得忙什么，无所事事。"我说，心里有些惶然。

"我们都毕业班了，你还不知道要努力呀？你看现在，除了你，谁不在拼呢？"余浩一副恨铁不成钢的表情。看他这神情，我就来气，于是愤然道："忙你的去吧，别来打扰我。"

不欢而散，余浩撇下我一个人，走了。

三

暗夜里躺在床上，我了无睡意。"除了你，谁不在拼呢？"余浩的话又响在耳畔。

"奋不顾身地拼搏才是青春该有的模样。"余浩曾经激情万丈地对我说，但我当时却反驳他："青春的模样就是享受、就是挥霍、就是疯狂。"余浩用他的行动践行着他的青春模样，而我也享受着我的青春，可是我的心怎么会惶恐不安呢？

又开始公布成绩了，名列前茅的依旧是那些尖子生，余浩的名次上升了66名，而我却意外地退后了59名。原本我们的名次前后不超过20名，这一次竟然拉开了100多名的距离。偷偷瞥了眼余浩，他正眉开眼笑。我恨恨地想，得意什么呢，又不是最后的高考。

自我安慰着，却依然没法平复慌乱的心，我有点羡慕余浩了，这家伙越学越有劲。他都不再理睬我了，整天和那些尖子生打交道。

因为一点小摩擦，我和后桌吵了起来。我是故意滋事，如果放在以前，我不会计较，但心情太坏了，我歇斯底里地爆发出来，不仅大声嚷嚷，还把后桌的书本撒了一地，任谁也拉不住，一副要拼命的架势。后桌是个老实人，见我这样，他吓得一句话也不敢说。

余浩冲过来，连推带拉硬把我拽出了教室。我挣脱他的手，气呼呼地嚷："走开，别动我！""看你一副受尽委屈的样子。怎么了？"余浩凑过来问。他还好意思问我，他真不知道我为什么动怒吗？见他问了，于是愤愤地应："你都不爱搭理我了，还管我干吗？"

任我闹腾了一阵后，余浩才一把揽住我的肩膀："阿太，我知道了。是我错了，原谅我。"余浩絮絮叨叨解释后，说："我们一起努力，一起进步，好吗？你知道吗？如果我们不进步的话，就会被别人超越，大家都较着劲在拼呢。"

四

我知道余浩没有错，是我自己错了，我有什么理由闹腾呢？心里暗暗感激他没有放弃我。我也看到了，如果不够努力，不进则退，别人都在拼着命地努力，我怎么可以悠然享受我的青春呢？

余浩说，毕竟是毕业班了，我们就该有个毕业班学生的样子，努力是自己事，拼搏过了才不会后悔。人生就是如此吧，凡事都得努力，要不然就会被淘汰。虽说高考不是人生唯一的路，但我们既然选择了这条路，就得奋不顾身地拼一回，青春才不会留下遗憾。如果连拼搏的勇气都没有，还谈什么未来呢？

在余浩的带动下，我重新调整了学习计划，每天也像所有同学一样完全投入到书山题海中，不再优哉游哉消遣度日。身体很累，但我的状态是亢奋激情的，我觉得奋不顾身地拼搏是一种很爽的滋味，以前我没有尝过。尝过后就念念不忘了，那样一种激情燃烧的状态那么令人着迷，心在飞扬，似乎未来的路也变得明晰一些了。

我喜欢上了这种拼搏的感觉，当我看到后来的模拟考，我的名次渐渐进步时，我更是一刻也闲不住。我相信天道酬勤，就算最后的结果并不那么如意，我也不会后悔的，毕竟我拼搏过了，这个过程我将受用一生。

高考马上就要到了，我已经做好准备，我将全力以赴。

第五辑

两个人的“侠客行”

两个少年沐浴在和煦的阳光下，内心是那么充实和温暖。因为他们知道：彼此存在，青春的路上就不再孤单……

苍耳先生

一

苍耳先生姓安，名宇。他突如其来、毫无前兆地成了我的同桌。对于这个其貌不扬的“外来物种”，我本能地拒绝和排斥。

我是“外貌协会”的，虽然知道这样不好，但爱美之心人皆有知，我喜欢帅哥这也不是什么错吧？何况本姑娘肤白貌美，成绩优秀，是众多男生眼中的“班花”。当然，对于“班花”这样的头衔，我从来都表现得不屑一顾，纵然心里再开心，我也得矜持。

苍耳先生到来时，我根本没正眼打量过他，那时我忙着准备参加数学知识竞赛，为最后的综合题焦头烂额。直到我的同桌把东西搬走，苍耳先生径直向我走来时，我才惊觉大事不妙。果不其然，老师竟调走我原来的同桌，安排他坐。

老师解释了一番，但我仅记得最后一句：“安宇，杜小溦是我们班最优秀的学生，她一定会好好帮助你的，你就坐那吧。”我愣了，凭什么呀？他一来我就得帮助他？又没得到我的同意，心里特别不愿意。但我向来不顶撞老师，即使心里不痛快，表面上还是接受了。

直到安宇坐下来后，我才转过头，瞥了他一眼——小眼睛，塌鼻梁，皮肤有点黑，整个人有点胖。我收回目光，无奈地叹了口气。

“你好！杜小溦，我是安宇。老师说你会帮助我，让我坐这……”安宇主动介绍自己。我却是生硬地打断他：“我听到了，你坐吧。”实在不想和他多废话，心里却是怨气翻滚。

二

郁闷归郁闷，学习还得继续。幸好，数学竞赛很快举行，我得到省城参赛3天。仅仅离开3天，待我回来时，初来乍到的安宇竟然和班上的同学都熟识了，虽说不上“打成一片”，但大家对他的友善，我一眼就能感知。

“你回来啦！小溦，比赛顺利吗？”才坐下来，安宇就凑过来打招呼。听到他叫我小溦，我的鸡皮疙瘩瞬间掉了一地，我们熟吗？叫得这样自然。于是我说：“你还是叫我杜小溦吧。”我想我的排斥已经表现得相当明显了，换成其他同学可能会窘迫得脸红脖子粗，他可倒好，没事似的说：“叫小溦亲切，连姓氏一起叫太生分了。”看他一脸真诚的表情，我竟无言以对。

安宇是属于“自来熟”的性格，对人热情友好，脸上总是挂着笑。虽然人不帅，但笑容感染力强。咧嘴笑时，会露出一排白灿灿的牙齿，整个人很阳光。并且，他除了对我热情主动外，对其他同学也挺“黏”。

“苍耳”这是我无意中想到的一个词，我觉得形容安宇特别贴切，他就像苍耳一样黏人，无论别人喜不喜欢。

有天课间，我在赶作业，安宇却缠住我问东问西时，我没好气地说：“你怎么像‘苍耳’一样黏人呢？没看到我正忙吗？”我已经生气了，所以说话比较重，没想到，他完全无视我的恼怒，反而兴奋地对我说：“小溦，你怎么知道我的小名叫‘苍耳’？你真是太棒了，连这个也猜得到，好开心！”

我感觉有血涌了上来，努力控制住自己，稳定情绪后，说：“你说你叫‘苍耳’？”“是呀，我妈说我从小就喜欢黏人，一刻也离不开人的。”安宇一本正经地说。

三

我故意不再搭理安宇，对于他这样的人，就不能有好脸色。要不，你给他一点阳光，他就要灿烂；给他点颜色，他定能开出一间大染坊来。我对他的排斥，安宇似乎不懂，或许是他懂了，却故意视而不见。

第一次各科单元小测，我才发现，安宇不仅讨厌，而且还笨。每科都只有三四十分的成绩，让我如何帮他呢？可是看看安宇自己，我更是泄气。面对所有不及格的试卷，他居然一点都不难过。看见我基本上都满分的卷子，他却兴奋地说：“小溦，你好棒哟！”搞得像他自己考了满分一样。

“你都不及格，不难过吗？”我好心问他。安宇笑着看我，摇摇头，说：“为什么要难过？我努力了就行，我妈妈说的。”我不屑，白了他一眼，扭过头去，再也不想看他一眼。努力了就行吗？明明考得那么差，还一点不难过。我教了他那么多，全都白教了，真是浪费口舌。

一下课，我就去找老师，强烈要求调座位，我说再继续和安宇同桌，我要疯了。“如果连你都不愿意帮他，谁还能帮他呢？”老师说话时，眼神里的暗淡稍纵即逝。他沉默了半晌，似乎是下了很大的决心，说：“小溦，其实安宇是个病人……”

原来，安宇的脑袋里长有一个瘤，现在各方正在联系，为他制订最佳的治疗方案。小时候，安宇生过一次重病，由于药物的副作用，他的脑袋比一般人反应慢。

听着老师的话，我愣住了。安宇原来是生病了，我居然还嫌弃他。回去后，我在网上查了一下，原来苍耳是一种生命力很顽强的植物，好养活。我的脸莫名地红了，想起第一次叫安宇“苍耳”时，是骂他的，没想到，他却一脸欣喜，因为我无意中说出了他的小名。

四

我改变了对安宇的态度。他和我一样大，却要经历病痛的折磨。看着他笑容洋溢的脸，我的眼睛痒痒的，有流泪的冲动，但我答应过老师，这事只能我知道。

安宇和我同一个月出生，但比我小几天，我决定把他当成弟弟一样对待。我和颜悦色地对安宇说：“苍耳先生，以后问作业，我们定在下课或是自习课时，OK？上课千万不能打扰我，明白吗？”

安宇点点头，说：“小溦，你不生我的气啦？我下次争取考及格。”我瞪他一眼，逗乐说：“明白就好，你是我杜小溦辅导的，当然得及格，要不显得我多没水平，是不？”

“对了，小溦，你刚才叫我‘苍耳先生’吗？我喜欢这个称呼。”安宇像是想起什么似的，突然插了一句。我点点头，含笑不语。

听我叫安宇“苍耳先生”，班上的同学也渐渐地改口这样叫他。我故作恼怒地说：“苍耳先生，这明明是我一个人叫的，怎么成了公共称呼？”“因为苍耳把我们都黏住了。”同学们异口同声，笑声回荡在一片欢乐的海洋中。

我不知道自己还能陪安宇走多久，但无论多久，我都会珍惜每一个和他相处的时刻。我希望多年以后，我们在陌生的城市相遇时，我还能笑着叫他一声：“你好！苍耳先生，我是杜小微。”

捡空瓶子的秦风

一

秦风是新来的转校生，老家在重庆。他很腼腆，在班上格格不入。

作为班长，我希望他能早点融入班集体，更何况，他还是我的新同桌。老师希望我能帮助他，让他早日习惯城里学校的一切。可是秦风太沉默了，我不知如何与他交流。每一次都是我滔滔不绝地说个半天，他就回应我一个“嗯”，实在让人崩溃。

努力了几次，我心有余而力不足。在我想放弃时，没想到，他居然主动找我说话了。

可能是秦风感受到了我的真诚。还好他不是无动于衷的“木头人”，要不，我真不知道该怎么办了，毕竟沟通是两个人的事，他能开口，我就有办法让他接受我，我希望我们能够成为好朋友。

二

秦风的数学不错，但是语文阅读和作文让他头疼。语文是我的强项，正好可以帮助他。我先借了几本作文书给秦风看，让他大概明白，写作文得写些什么内容。

自习课时，我们同看一本书，看完一个章节，我就让他说说里面所讲的内容，有针对性地训练他的叙述能力。我还分门别类地告诉他各类作文的写法，特别告诉他虚构一些感人的故事可以获得高分。

秦风对我言听计从，语文成绩稳步上升，作文也越写越好。

有一次语文考试写人物作文时，秦风写了一个他在重庆老家的同桌，写他们一起走路上学，一起在路上避雨，一起学习、玩乐的故事，他还写到那个同学生病了，他转学离开前有去看他，而同学正躺在破旧又黑暗的房间里流泪。

老师在班上朗读这篇作文时，很多同学都哭了。我却为秦风高超的煽情能力叫好。

三

学校要开运动会时，秦风积极地参与进来。

以前的运动会，中长跑太累，往往都没人愿意报名。没想到秦风居然要报长跑，我真是松了一口气。在他参加训练时，我每次买水，都会给他捎上一瓶。刚开始，他不好意思要，但禁不起我的一再强调：“你不是替你自己跑,你是替班级争光。”

我把“替班级争光”作为理由,他就无力拒绝了。因为秦风是个集体观念很强的人,只要是为班级出力的事,他都乐意接受,而且言出必行。

看着挥汗如雨的秦风,我叫他歇息,他却依旧奋力奔跑在塑胶跑道上。望着他奔跑的身影,我能感觉出他想为班级争光的决心。

准备回家时,秦风让我等他一会儿。我不解地望着他,他却一溜烟跑开了,好一会儿后,他才拎着一个装满空矿泉水瓶的塑料袋回来。

“我看见操场上丢了很多空瓶子,捡起来,积着卖。”他说。

“积着卖?”我好奇地重复,随即意识到自己说错话了,赶紧弯下腰去帮着捡瓶子。

我能理解的,秦风是农民工的孩子,肯定是家里经济拮据。之前就听同学说了,有人看见他在路边捡空瓶子,当时我还不信,没想到,是真的,而且他并不担心让人知道。

捡了很多的空瓶子,秦风一脸笑容。

四

回家的路上,秦风兴致勃勃地对我讲起了他在重庆老家的生活。

秦风讲得高兴,我却因为周遭投来的异样目光而浑身不自在,故意拉开与他的距离。

“一灿,我们老家很少有人喝矿泉水的,太贵了,一瓶水值20个空瓶子。”

秦风再继续说时,我忍不住打断他:“赶紧走吧,天都快黑了。”

他拎着一大塑料袋空瓶子实在像捡垃圾的,跟他走一块儿,太丢人了,虽然我也明白,他的家境由不得他选择,他的做法是对的,但我很难接受和效仿。

“一灿,你以后能不能把你喝过的空瓶子都送我?”秦风又转头问我。

“行!赶快走吧。”我快受不了,只能敷衍他,想赶紧撤离这窘迫的境地。

“哎——捡垃圾的,我这有个空瓶,要不要?”

身后突然传来一个女孩的叫声时,我禁不住回过头,大声喊:“不要!你才捡垃圾的。”

没想到秦风也即时回头应了声:“要!”

“到底要不要?都捡了那么多空瓶子,还说不是捡垃圾的。”女孩一脸鄙夷。

“不要!”我拉起秦风,想继续向前走。

秦风却挣脱我的手,一脸不解地问:“一灿,怎么了?我捡瓶子让你很丢人吗?”

女孩在后边笑,她的笑声刺激了我,于是愤然道:“是很丢人,一个瓶子值几个钱呢?”

我没勇气再陪在秦风身边,转身飞快地跑开了。

五

我不想对秦风解释,成长环境不同,他不会懂得我当时有多尴尬。

只是我没想到,放学后,秦风还是继续到操场练习跑步。看见他来,我很高兴,于是跑过去,揽着他的肩膀说:“秦风,你来啦!”

他盯着我,看得我浑身不自在。

“对不起！我知道我昨天……”

“是我不对，让你丢脸了。”秦风抢了我的话茬。

“不是这样的，当时的情形你又不是没看见，那女孩多神气呀。”我低声解释。

“等会儿练完，我还要捡瓶子的，你现在先走吧。”

秦风的声音很平静，我却来气了，不就几个破瓶子，值几个钱呢？

“不是你想的那样……”

被我误解，秦风的眼中，突然涌起了泪花。

“你怎么哭了？有什么困难告诉我呀，我会帮你的。我们是好朋友。”

在我的逼问下，在他哽咽的诉说中我才明白。原来秦风是想帮助在老家的同桌，那个他在作文中写的生病男孩，他病得很重，秦风想捡瓶子卖，攒钱寄回去……

那一瞬间，我才明白秦风的作文为什么那么感人，原来他写的是真人真事、真情实感，而不是故意煽情。

六

我在班上发起了一个倡议，希望大家少吃一根雪糕，省些钱帮助秦风生病的同学。大家一致赞同时，没想到秦风拒绝了，他说他要通过自己的努力来攒钱。

“你攒钱没错，但生病的人急需要用钱……”我劝解他。

秦风低头不语，我的话是有道理的，他懂，但他不知要如何接受。他觉得，我们与那男孩并不相识，要帮助也应该由他自己去帮助……

“就算他只是陌生人，我们既然知道了这事，肯定得尽一份力，更何况他是你的好朋友，而你又是我们的好朋友，那他也就是我们的好朋友了。”我努力说服秦风。

这事惊动了老师，他在班会课上，表扬了我们的行为，也很赞赏秦风的做法。老师最后说：“少吃一根雪糕，送出一份爱心，这事就这样定了。”

在掌声中，秦风泪水盈眶，他站在讲台桌前，深深地弯下腰向我们鞠躬。

只是我们没有告诉秦风，我们还秘密地举行了一次除他之外的会议，我们决定周末去全城的公园大扫荡，两人一组，一起去捡空瓶子，我们要身体力行地为秦风的行为点赞。

“萌妹子”的军人梦

一

“萌妹子”并非真妹子，他是我的同桌郝强，只因为长得细皮嫩肉，羸弱清秀，再加上说话时总一副羞答答的模样，班上的男生都爱这样逗乐他。

起初郝强非常反感，觉得大家在歧视他，嘲笑他不是“男子汉”。他还向我告状，要求我这个班长，又是同桌能够为他主持公道，帮他讨回名声。我笑着对他说：“你不是一整天就喜欢‘萌萌哒’，现在大家达成你的心愿，有什么不好？”“萌就是萌，干吗还要加个‘妹子’？这不是歧视是什么？”郝强气呼呼地嚷。

我看他一眼——俊秀的模样，长长的刘海，再加上一脸娇羞的表情，十足是个萌妹子，于是乐着说：“你去找面镜子瞧瞧你此刻的样子，像不像一个正撒娇的妹子？再加上你原本就长得眉清目秀，换作谁都会弄错的……”我一边安慰他，也一边逗乐。不过，郝强爱听好话，我一个劲强调，他就是长得太帅，才会让人误会，当然，也让人嫉妒了。

听完我的一番歪理，郝强总算眉开眼笑，不过，他还是端着架子，正色道：“是呀，本少爷不仅帅，还萌，干吗你们不叫我‘萌帅’呢？”“大家哪有你这么有才，没想到吧。”“也是，那群榆木疙瘩哪想得到这么潮的词。”说着，他得意地扬起头一摇一摆走出教室，只留给我一个“婀娜”的背影。我摇着头自言自语：“就这杨柳腰，还敢说自己不是‘萌妹子’？”

二

郝强确实有些“女气”，不过，这一点都不影响他的好人缘。虽然刚被大家叫“萌妹子”时，他生过气，可后来就自然而然地接受了。我故意损他：“怎么，不生气了？”他粲然一笑，大度地说：“不就一外号，随便了。我自己知道我是谁。”

我看他挺自信的，继续说：“这个表现确实像‘男子汉’了，这叫——不拘小节。”“知我者，班长也。”说罢，这家伙还朝我飞了个媚眼，惊得我起了一身的鸡皮疙瘩。看我窘迫，郝强倒是哈哈大笑：“班长，你怎么这样不坦荡呢？”

郝强和女生的关系特别好，搞不懂那些女生为什么老爱围着郝强，整天叽叽喳喳，欢声笑语，也不知他们聊些什么，羡煞了我班一众男生。

尤其是个大大咧咧的男生，他很眼馋，就去和郝强套近乎，问他怎么就那么受女生欢迎，郝强故意拿腔拿调：“你们不是叫我‘萌妹子’吗？那我就该跟她们一伙呀。”“我可没这么叫你。”尤其急着辩解。“叫没叫你不清楚呀？不过，你来找我，是想加入我们吗？”尤其挠挠头，不置可否。

“长得帅呀！”说着，郝强仔细打量尤其痘痘密布的脸，观察半晌，突然蹦出一句，“尤其，要不你去整容吧。”尤其听完郝强的话，红着脸，气得怒骂：“这世上就你‘萌妹子’帅，我不稀罕，你留着自己帅去吧，我才不需要整容。”说完，尤其气呼呼地走了。

“跟你开玩笑的，还当真了。回来呀，我告诉你真话。”郝强急忙拉住一脸愤然的尤其，“其实只要你真诚对待她们，能明白她们说的话，了解她们所想，投其所好就成了。女生并没那么麻烦，她们很好相处的，一个个善解人意。”

“本来就是这样嘛！”尤其还没回话，旁边的几个女生听到郝强的话后异口同声地应道。尤其看着众女生调侃的表情，顿时面红耳赤，迅速闪人了。

逗乐归逗乐，不过班上的男生还是挺喜欢跟郝强套近乎，毕竟唯有他了解那些女生的喜好，有很多“情意萌动”的男生，为了讨好自己喜欢的女生就只能找郝强帮忙了。郝强也乐意，搭桥牵线的事没少干。

郝强对班上的同学其实都挺真诚，就像他自己说的：“我可是‘一片冰心在玉壶’。”他是这样说也是这样做，他是我们班的“开心果”，少了他，我们班就会变得沉闷、不完整。

三

《火蓝刀锋》的热播吸引了我们班的同学，不仅男生热追，女生也喜欢看。她们说相比较韩剧里的俊俏美男，还是更喜欢阳刚味十足的男子汉。

这话传到众男生耳朵里，那效果可是不一般。那段时间，班上的男生们一个个走起路来都昂首挺胸，一副铁汉子的模样，这可苦了郝强。他一直以为只有自己才是女生们的最爱，后来才知道，女同胞们其实是把他当成“好姐妹”相处。

郝强沉默了好长时间，每天像个被霜打过的茄子，萎靡不振。我见他这样，好奇地问他怎么了，郝强瞥我一眼，犹豫一阵，才难为情地说：“那些女生原来都喜欢阳刚的男子汉，像我这样的，她们该不会喜欢吧？”说着，眼勾勾地望着我，希望听到一个满意的答案。

他眼中的忧伤我看到了，不忍心再伤害，于是好言安慰：“其实也不尽然啦，男子汉的标准并非只有一个，外表不能代表一切，有的外表阳刚，内心却脆弱；有的外表脆弱，内心却坚强，对吧？”

“话是这样说，但让我选择，我还是希望自己阳刚一些。”

“男子汉有各种类型，就像剧中的江小鱼，其实也不高大阳刚，但我觉得他很聪明，特别机灵，讲义气，也是让人欣赏的男子汉。你也一样呀，外表清秀，但内心却很强大，对人真诚友善，你不是男子汉是什么？”我继续开导郝强。

“可是大家都叫我‘萌妹子’，虽然只是玩笑话，但我也知道那是因为我不够‘阳刚’。”郝强又开始耿耿于怀“萌妹子”这个外号了。

见他这样，我不耐烦地说：“你如果总这样抱怨，那确实不像男子汉了，像过去一样，坦然面对，云淡风轻，倒显出一种男子汉的风度。我都说了，一个男生是不是男子汉，外表不能决定。你试想一下，如果一个高大威猛的男人，乍看外表，确实是男子汉，但如果他自私自利、心胸狭窄、小肚鸡肠、鼠目寸光、胆小如鼠、狐假虎威……你觉得，这种男人就算他再高大，也算男子汉吗？”

郝强睁大眼望着我，一副不可思议的表情，他没想到，我会说出一连串的成语，就为了安慰他。“班长，你对我真好。”郝强说着，又习惯性地朝我飞了个媚眼。“别！千万别这样，男子汉眼神犀利，可不会抛媚眼。你这个坏习惯一定得改，你就完美了。”

“嗯！”郝强郑重地点头应道。

四

有一天课间休息，我在写作业时，郝强趴过来，凑在我耳边，轻声说：“班长，你觉得我以后去当兵，怎么样？”“好呀，当兵可以锻炼自己。”我随口敷衍。

“你觉得我是去当兵好呢，还是考军校好？”郝强一副左右为难的样子。

“你想得也太远了吧？其实去当兵了，也可以在部队直接考军校呀，考上军校的学生，本身就是军人了，路径不同，其实结果都是一样的。怎么，你想成为军人？”我停下笔，好奇地问他。我记得他原来的梦想是当翻译，为这梦想，他放弃了舞蹈梦，一直苦学英语，就连看美片也坚持要看英文原版的，说这样最能提高英文水平。

郝强是那种有梦就会努力追的人，他小时候看电视，看到舞蹈家杨丽萍的《雀之灵》时惊为天人，为之陶醉，他深深地迷恋上那妖娆的舞姿，后来他就开始在少年宫学。那时年纪小，但郝强肯吃苦，那些女生都做不好的动作，他硬是靠着勤练和悟性完美呈现。他 11 岁那年就拿过全省少儿舞蹈大赛的金奖。

郝强的家人原以为他以后就会朝着舞蹈家这条路努力，没想到，郝强后来萌生出当翻译的梦想。郝强梦想的萌生都是有榜样的，他希望他能够像他家一个亲戚那样，成为翻译家，经常在国内国外飞来飞去，就像空中飞人，让他好不羡慕。

“我记得你原来的梦想是当翻译，怎么，现在梦想改变了？”我好奇地问他。

“是呀，我现在最大的梦想就是以后成为一名军人，最好是军官啦。像《火蓝刀锋》里的那些军人一样，又帅又阳刚。”郝强说。

“你的梦想，目的性很明确哟，不过，你也知道，军人可是得吃很多苦的，队列、练兵、集训……不吃苦成不了真正的男子汉。”我吓唬他。

“我知道呀，电视里都有演，我才不怕吃苦。我很早就明白，无论是什么梦想，如果要去实现，都得吃很多苦，因为梦想的事，从来不会轻轻松松就实现的，对吧？”

“是这样，那你加油吧，男子汉从来都是愿意为自己的梦想赴汤蹈火的，我看好你哟！虽然你现在还只是‘萌妹子’，未来的一天，你就有可能成为一名阳刚味十足的军人了。”

“班长，你最懂我！”郝强说着，眼波流转，他又准备飞媚眼时，我急忙叫住：“收——男子汉不飞媚眼。”说着，我哈哈大笑起来，郝强也跟着乐，他那可爱娇羞的模样，确实得到部队练练，要不怎么成为真正的男子汉呢？

“一根筋”的古清源

一

班上的同学都说古清源“一根筋”，那些得罪人的话，只有他说得出来。毕竟十几岁了，我们懂得说话要有分寸，行事得察言观色。唯有古清源，脑袋没开窍。

大家都很注意维护别人的面子问题，毕竟维护别人也就是维护了自己，而古清源却从来不走寻常路，他专爱挑“刺”，虽然出自真心，一片赤诚，可是被抹了面子，盛怒中的人，谁会去分析他的一片冰心在不在玉壶？

大家对古清源敬而远之，虽然他成绩优异，但是再次选班长时，他不仅落选了，还只得了两票。一票是他自投的，另一票是我投的。孤零零的两票逗得大家哄堂大笑，我以为古清源会难过，没想到，他竟然兴奋地对我扬扬手说：“得一知己足矣。”

“‘一根筋’真是脑袋进水了，我以为他会哭，没想到还这么开心。

他把你当知己，你可得小心哟！”同桌郑飞见古清源冲我招手时，凑在我耳边说。“小心什么？大家都是同学。”我故意问郑飞。其实我明白，他是怕我和古清源走得太近，被传染了“一根筋”的毛病。

二

重新调整座位时，没有人愿意和古清源同桌。

我扫了眼窃笑中的同学，犹豫一会儿后，缓缓地举起手。“你疯了？”郑飞一把拉住我。我对他摇摇头：“我才没疯！大家这样孤立他，好吗？”

“罗宇，你愿意和古清源同桌？”老班面对古清源被众人排斥的场面一点也不意外，其实他也遭遇过“一根筋”犯傻气时的尴尬。按正常来说，班长得协助老班维持班级纪律，但他却几次和老班唱反调，气得老班脸色发黑。

记得有次学校组织捐款，老班说每人至少得捐十元时，古清源忽地一下站起来：“老师，这样不妥，捐款得自愿，捐多捐少看自己的情况，哪能硬性规定呢？”老班脸上挂不住，生气地打断古清源的话：“老师讲话时，不要乱插嘴。”

古清源低头不语。老班继续说：“平时你们零花钱用得那么凶，捐点款就舍不得啦？”“那是我们的钱，完全可以自己支配。”古清源又插话。老班气得暴怒：“古清源，你‘一根筋’的毛病又犯啦？专要和老师抬杠吗？既然捐钱，就得有点儿觉悟，你是班长你得带头。”被老班一顿吆喝，古清源嘟起嘴，一脸不高兴。

类似的事发生过几次，老班对古清源真是又气又无奈。他曾对英语老师说，古清源这孩子怎么就这样实在呢？一点都不知道变通。

不知道变通的古清源让老师们头疼，但因为他成绩好，老师对他是又爱又怕。可是班上的同学就没老师这么委婉了，他们集体孤立他，把他当“透明人”……

“我愿意。”我肯定地回答老师。

虽然觉得“一根筋”的古清源有点傻，因为耿直，到处得罪人，但我却莫名地很欣赏他。我看不起自己的“左右逢源”，因为口是心非的感觉很糟糕。我还对古清源充满了好奇，想了解他的真实心态。

三

古清源毫不掩饰他的激动：“小宇，你是唯一理解我的人，和你同桌真开心。”面对他真诚的目光，我笑着说：“我也很开心，你是我见过的最率真的人。”

他的脸微微红了，凑过来轻声说：“你是想说，我是你见过的最‘一根筋’的人吧？”他呵呵笑着，“我不生气，因为你是我的朋友。”面对他坦然的笑脸，我心里暖暖的。

我们的关系在所有看热闹不嫌事大的人眼中，越来越好。虽然被他耿直的话语气得跺脚，但想想他就是这样的人也就释然了。

班上的同学却不释然，他们见我和古清源有说有笑，一个个横眉竖眼，把我也孤立起来。我假装不知，还是和过去一样在他们玩乐时去凑热闹。

“去去去，两面派，谁还和你玩。”郑飞愤然地骂。我知道他在生气。我忍住不快，逗乐他：“郑飞，你舍不得我？”“有病！谁舍不得你。你滚得远远的，死一边去。”郑飞说着，还用力推了我一把。我没防备，后退时一脚踩空，摔下了台阶。台阶不高，我却是摔得仰面朝天，在众人的哄笑中，一身狼狈。

古清源见我一瘸一拐进了教室，关切地问：“怎么了？小宇，走路摔跤了？”我没应声。

古清源在别人那里，终于得知我摔倒的真正原因，抱歉地说：“小宇，对不起！是我连累你了。”我笑笑，没吭声。没想到，他居然去找郑飞，要他向我道歉。

“古清源，你过来，别和他废话了。”我瞥了眼郑飞固执的表情，不痛快地把古清源叫走。真没想到，往日里和我称兄道弟的郑飞，他会这样对我。

四

“对不起！小宇，那天我不该推你。”郑飞突然拦住我道歉时，我愣了。

郑飞也会道歉？他不生气了？直到我看见不远处晃悠的古清源，我才明白，估计是郑飞被古清源纠缠得无计可施了才来的。

“受不起！”我没打算原谅郑飞，说话的语气冷冷的。

郑飞很尴尬，硬挤出一声咳，然后接着说：“要不你推我一次，我摔倒后算扯平。”

“好呀！这可是你自己说的。”我来劲了。没想到古清源急急地跑过来拦住我：“小宇，郑飞都道歉了，原谅他吧，你们可是朋友。”

古清源好说歹说，劝住了我。郑飞再一次道歉后，我才解气地说：

“算了，不和你计较。”其实我也知道，如果我不原谅郑飞，那古清源定会烦死我。和他同学这么久，我知道他，如果他觉得对的事，定会不依不饶，要不，怎么会是“一根筋”呢？

从同学那里了解到，我的猜测没错。以郑飞的个性，他是不会轻易道歉的，但他实在受不了古清源天天去说服他。“既然做错了，就得主动道歉。”古清源就认这个理。

“他很认真，也很坚持，我后来静下心仔细想想，觉得他的话确实是对的，再说，我并非真不想和你做朋友……”郑飞亲口对我说时，我能想象到古清源当时的表情。

“其实他的‘一根筋’还是蛮可爱的，并非胡搅蛮缠。”见我没吭声，郑飞又说。

“我之所以选择和他同桌，正是这个原因。毕竟我们都需要朋友，而大家的孤立对他不公平。”我对郑飞解释。

在我们说话时，古清源突然跑过来：“你们俩聊什么呢，这么热乎？”

看他率真的笑脸，我乐着说：“我们在讨论你的‘一根筋’是如何练成的。”郑飞也跟着起哄，古清源难为情地红了脸，像个孩子。

其实我们都懂得，越长大我们越是丢掉了自己身上最纯真的东西，为了其乐融融的假象，为了不得罪人，为了面子，我们总会说着言不由衷的话，做自己曾经最反感的事，唯有他的“一根筋”那么难能可贵。

我的“陪读书童”

一

在别人眼中我是清高而傲气的。其实大家并不知道，我不爱说话，只因我不善言谈。

父母的生意越做越大，陪我的时间越来越少。家里有保姆，还有固定上门的家教，但我依旧孤单。余浩是爸爸公司一名职员的儿子，因为成绩好、性格好，年纪与我相仿，被爸爸选来陪我一起生活。爸妈的良苦用心我懂，却不喜欢。

余浩搬来的那天，我正无聊地戴着耳麦听手机音乐。这是我打发时间最主要的方式。我上微信，也玩微博，但几乎不与人聊天。我的手机上，各种聊天软件里的好友都不超过十人。

余浩看见我时，一副毕恭毕敬的样子。看得出来，他对我充满了好奇，一直在偷偷打量我。我猜想，在余浩来之前，他的父亲一定是千叮万嘱过。

二

爸爸讲了些客套话，余浩爸爸跟着寒暄，他们把余浩安顿好后就离开了。他们一走，我就回到自己房间，我不知道要如何与余浩相处。他于我，是个完全陌生的人。

余浩倒是自来熟，他敲开我的房门。“你好！一灿，以后我就是你的‘陪读书童’了，有什么事尽管吩咐我。”余浩一脸灿笑。只是他的眼睛好小，这一笑就成“一线天”了。

看见他的模样，我忍俊不禁，他真把自己当成“书童”啦。见我心情不错，余浩就继续说：“我爸说了，开学后我们会是同学。我知道你的成绩好，我不会让你失望的。”我倒是不大关心他的成绩，他只是来陪我一起生活，又不能替代我，成绩好坏，跟我有何关系呢？我更好奇的是，他真的愿意陪我？每个人不都该有自己的生活吗？

我把心里的疑惑问了他。没想到余浩坦然告诉我，他愿意来陪我，虽然不知结果会如何，但他还是答应了。听余浩说完，我才知道，原来他妈妈不在了，而他的继母不大喜欢他，她有自己的儿子，对他客气而生分。

我有点感动余浩对我的信任，虽是第一次见面，但他没有隐瞒我。其实对人对事，我并非全都不懂，毕竟父母在生意场上拼搏多年，我也见过一些人与事。只是觉得，那一张张虚伪的面孔真的很令我反感。

刚开始时，我刻意和余浩保持一定的距离。虽然同龄，但他确实比我懂事。他小心翼翼地陪在我身边，对我言听计从。

三

班上的同学见余浩鞍前马后地跑腿，很好奇我们的关系。我从不说破，让人知道余浩是我的“书童”，那多不好。

余浩也不解释，他用有些尴尬的笑掩饰过去。“形影不离”说的就是我和余浩，他确实像我的影子，我在哪，他就在哪。只是我们不是关系密切的好朋友，这点我有些遗憾。他对我很照顾，但碍于身份，我无法对他敞开心扉。

我的世界里，一直就没有关系密切的朋友。我不知道，怎样的相处方式可以称为“朋友”，余浩对我，是对“朋友”的方式吗？还是他，仅仅只是在履行他的义务。我也听说了，因为余浩同意搬来我家陪我生活，他的父亲因此得到了重用。

每次想到这点，我心里就会产生说不清楚的情绪，有失落，也有难过。或许余浩从不曾真心愿意来与我相处，他只是想逃离他那并不温暖的家，想要帮他父亲得到一些好处。都是青春张扬的年纪，谁真会愿意成为另一个人的“书童”？

有个高我一届的学长，我想不起什么时候得罪过他，有天放学时，他居然带了几个人拦住我。总跟在身边的余浩被我打发去买水了，当时我就一个人。第一次被围攻，我吓坏了。那伙人很蛮横，他们先扯掉我的书包扔在地，然后推搡我。

在他们把我逼到墙角，摁在地准备拳打脚踢时，余浩回来了。他见状，马上冲过来，推开围住我的人，把我挡在他身后。余浩的个头其实跟我差不多，但他挡在我身前的那一刻，我真的觉得他很勇敢。

对方人多，我和余浩都挨了揍。也不知怎么了，那一刻，我居然有些庆幸。在这个世界上，有多少人会在危急的时候挺身保护我呢？对余浩的感情就是从那时开始改变的。

四

有朋友的感觉真好。可能余浩也感受到我对他的真诚，可能我们在一起时间久了，熟悉后，他渐渐显露出原本活泼的个性。余浩爱说爱笑，妙语连珠。他笑起来时，眼睛眯成一条缝，滑稽可爱。在他的感染下，我也变得快乐起来。

一个周末晚上，从余浩的房间突然传来一阵悠扬笛声时，我被吸引过去了。余浩伫立窗前，背对着我。他在吹竹笛，背影有些落寞。我走过去，他神情有些凝重地望着幽蓝的天际，见到我，停了下来。

“继续吹呀，很好听！”我由衷地说。

“会打扰到你吗？”他问，眉间有一抹郁色。

“你怎么了？什么事不高兴？”我问他。

他深吸一口气，低声说：“今天是我妈五周年的忌日。她生了重病……以前她最喜欢听我吹笛子了。”余浩说。

“对不起！打扰你了，这应该是你独处的时间。你想念妈妈了？”我问他。

余浩点点头。我看了他一眼，喃喃自语：“你比我幸福。至少，你明白妈妈是爱你的……”说着泪水猝不及防地掉落。

在别人眼中，我是富二代，其实他们根本不知道，我有多羡慕他们。在他们的家里，或许不大富裕，但一家人相亲相爱，密不可分，而在我家，三个人分在了三幢房子里。

父母离婚后，各自组建了新的家庭，并且又都有了自己的孩子，但生意上还有合作。他们都说要我过去和他们住，但我知道，我不过去于他们才是最好的。当余浩告诉我，他的后妈待他客气而生分时，我感同身受。

我们都是孤单的孩子。

五

那天夜里，我第一次对余浩敞开心扉，说了很多埋藏在心里的事，余浩也说了他的过往。

我不知道余浩有没有把我当成朋友，但我觉得，他已经是我的朋友，我不必在他面前伪装。我很珍惜这份友谊，虽然在别人眼中，我们的关系是不平等的，但我也在学着把他当成朋友，而不是“陪读书童”。

我一直觉得，我和余浩有点“相依为命”的感觉，不过，他比我好，虽然他父亲被人抢了，但没有人会跟他抢妈妈。我的父母离婚时都曾对我说过，离婚是大人的事，不会影响对我的爱，我相信，不过，我也知道，那终究是和过去不一样了。

或许每个人都有不愿言说的秘密吧，不善言谈的我，习惯孤独，习惯一个人在深夜独看星辰。余浩的到来，他的贴心、他的真诚、他的开朗我都能感受到。

父母离婚，我是痛恨的，但他们把余浩送过来，让他陪我一起读书、生活，或许是他们送我的最好的礼物。虽然最初余浩是以“陪读书童”的身份出现在我的生活中，但在后来的日子里，我们却成了最好的朋友。

·两个人的“侠客行”

一

跟周沧相识后，我们对彼此都有一种相见恨晚的感觉。

我们相识，却是因为一本书，还发生过矛盾。

周沧借了学校的《笑傲江湖》下册，借去两个星期后还没归还。我看完中册就一直等着下册，等得我心急火燎。经过管理老师的同意，我查看到借阅《笑傲江湖》下册的是同年级的周沧。

我向隔壁班的同学打听他时，这家伙正凑过来，听到我是在找他，一脸诧异地盯着我问：“你找我？有事吗？”“没事。就是希望你赶紧把《笑傲江湖》下册还了，我正等着看。”我打量着面前和我差不多高的男生说。

“我正看呢，学校都没催我还，你急什么呀？”

“我当然急，都等半个多月了。要不让我先看，我还后你再慢慢看。”我说。

"凭什么呀？我先借，我就慢慢看，学校都没催，你来催？"

第一次交流，不欢而散。我对周沧印象并不好，感觉他挺不讲理的。

二

没想到第二天，我们又一次在校图书室遇见。看见他时，我表情不友善。他倒是见到我后，笑着挨了过来："又来借书呀？"我不想搭理他，嗯了一声就转过头去了。

"《笑傲江湖》我已经还了，你不借吗？"他拍了拍我的肩膀。

"舍得还啦？是不是全背熟了？"我讽刺他。

"这位同学，嘴不饶人呀。事出有因，这个我就不方便说了。不过，知道你急着想看后，我连睡觉时间也在偷着看，不就希望你能早点看上。"

这个说法倒是令我意外，于是禁不住回头看了他一眼，他正笑着看我。

"交个朋友吧，怎么说我们也是隔壁班，天天低头不见抬头见的，再说了，我们爱好相同，都喜欢看武侠书。"

听他这样说，我倒是释怀了。他说得没错，毕竟隔壁班嘛，又都是武侠小说的爱好者，我们有什么理由不能成为朋友呢？

三

每天下课我们都能在走廊碰见。走廊上的同学，三五成群聊得兴致勃勃。周沧见到我，就凑了过来。

"聊什么呢？这么热闹。"他一副自来熟的样子。

“《神雕侠侣》呀，你看过没有？”

“看过。金庸大侠的作品，我全都看过了。”周沧一脸自豪。

看过就看过，有啥可自豪的，我有点看不起他这个样子，于是调侃他：“不是因为你，我也全都看过了。不过，你尝试写过武侠小说吗？”

这是我最骄傲的事，我已经写完一篇三万多字的武侠小说，第二篇正在创作中。所有读过我写的武侠小说的同学都说不错。

“有呀，我写过一些短篇的武侠故事，其中有一篇已经发表在《少年故事会》上面。”

听了周沧的话，我大吃一惊。真是人不可貌相，这个其貌不扬的家伙，不仅在写武侠，而且还公开发表了，真是让人羡慕嫉妒恨。

可能正因为我们都在写武侠小说，以此为乐，我们的友谊建立起来自然而然，似乎谁也没有刻意，我们就成了形影不离的朋友。

四

共同的爱好为基础，我们每次聊天时，都会聊武侠小说的创作，分享自己构思时的快乐或艰难。他会把他的想法统统告诉我，然后让我帮着提意见，或是挑刺。

“挑的刺越多越好，这样写出来的东西才经得起推敲。”周沧说。

“你不怕自己没信心继续写下去吗？”我诧异地询问他。如果是我，一篇小说还没开工，就遭到众多反驳，我会不知如何下笔了。

“要坚持自己对的，但也要分析别人挑的刺，有道理的就接受，有时在挑刺过程中，我还能让情节的进展更有趣和丰富一些。”

周沧的话让我对他刮目相看，怪不得，他写得比我好，原来他在构思的过程中已经做了充分的准备，他会知道怎样写才让故事更精彩好看，塑造的人物才能立得起来。

可能是经常看见或是听见我们在讨论武侠小说，班上的同学逗乐我们是“侠客”，说我们如果生活在唐、宋那些遥远的年代里，说不定会是一代宗师。我和周沧嬉笑起来，异口同声：“我们做梦都想回到武侠的年代。”声音太齐了，逗乐别人的同时，自己也跟着笑。

五

和周沧熟悉后，我才知道他看《笑傲江湖》怎么会拖了半个月都没看完。

原来这家伙之前在看武侠书时，耽误了写作业，上课也没心思，考试考砸了，并且有天边写作业边偷看武侠书时恰好被他老爸抓个正着，挨了一顿批后，还把书给收缴了。周沧好求歹求，最后做了保证，他的老爸才原谅他。

周沧的成绩不算好，但平时也排在班上前20名，属于中上水平，那次失败的考试，他竟然考了50名以外，难怪他老爸会发飙。如果换作是我爸，我猜想，那本《笑傲江湖》，应该变成“一团糨糊”了。我爸妈的要求是：力争前五，保证前十。

我为了能够自由看武侠书，写武侠故事而不受父母的干涉，平时上课非常认真，作业也从不含糊。用同桌的话说是：动静分时。我一般都能考个五六名，偶尔进前三，但一次也没掉出过前十。父母就对我的武侠爱好睁一只眼闭一只眼。

六

再一次考试，周沧考了 33 名，虽然较之前考的名次有巨大进步，但还是没有达到他老爸的要求，他很烦恼，不知该不该自动停笔，他来找我诉苦时，一脸萎靡的表情。

“振作点，兄弟。不就学习嘛，老哥我帮你。不过……”我把自己的看法和想法全都告诉他。他愣愣地看着我，不相信地说：“原来你这么强呀，我还以为你和我差不多，武侠书一上手，什么学习、作业呀全靠边站。”

“当然，我也有过这样的时候，但我们得学会控制呀。作为一个‘侠客’，如果连这点控制力都没有，那怎么行？”我循循善诱地开导他。我知道在这条路上，我们才起步，要学的东西还很多，但我们是真正地喜欢武侠，所以我们要为我们的喜欢奠定好基础。

我对周沧说了很多，是我的真心话。我相信他懂，从他闪烁的眼神中，我就知晓。

我很愿意帮助周沧，就像他帮助我一样，武侠世界中的侠客从来都是这样的热心肠。我建议周沧先停笔。

“我们有一生的时间来喜欢，何必急在一时呢？只有‘叶公好龙’式的喜欢才会浅浅地浮在表面，我们都不是，所以我们不急。”我对周沧说。

我们相视而笑。我们俩都是“侠客”嘛，当然得齐心协力，言出必行。

像风一样的少年

一

爷爷去世后，许逸跟着进城务工的父母留在了城市。其实进城以前，他和所有留守儿童一样，长时间与父母分离，只有在每年的春节，才能见面。

那时候，他最怕的就是春节过后，父母又要进城时，他总会忍不住号啕大哭。远去的列车会载着他的父母，把他留守在大山里的爷爷身边。

在山里，学校离家远，每天上学都得翻山越岭。长期徒步上学练就了许逸的好脚力，进城读书后，一到体育课，就是他大展拳脚的好时机。同学都说他跑得快，夸他是“风一样的少年”时，他一脸羞涩地轻声应：“我只是喜欢跑步。”

体委杨灿是许逸的好朋友，他们还是同桌。初来乍到时，许逸格格不入，杨灿用他的热情帮助许逸融入集体，也是杨灿发现了许逸的跑步天赋，向老师推荐他加入校田径队。

只是许逸加入田径队后，一下就抢走了杨灿的光芒。

二

队内比赛时，无论短跑还是长跑，许逸都赢了杨灿。欢呼声中许逸很开心，但转眼就看到了一旁沮丧的杨灿，他马上止住笑，不安地走到杨灿面前。

杨灿正恼，又瞥见许逸愣头愣脑地杵在他跟前，不悦地说："别挡在我面前。"许逸悻悻躲开，心里很不是滋味。他知道杨灿生气了，但这能怪他吗？老师说要尽全力跑，他跑赢了，但还不如输了好。他想对杨灿说对不起，可又觉得自己没做错事。

人群散开后，许逸走近杨灿，低声说："别生气，下次你赢我好了。"杨灿没听明白，他闷声闷气地嚷："你说什么？让我吗？我才不要。"许逸涨红脸，噤声了。他不想失去杨灿这个朋友。他是他进城后认识的最好的同伴，他带他去公园玩，教他解难题，帮他补英文，还把他推荐给教练进了校田径队。

许逸很在乎杨灿的友谊，只是面对生气的他，想不到用什么办法可以让他解气。回教室上课后，杨灿依旧面若冰霜，他目不斜视地盯着黑板，根本没瞧身旁的许逸。许逸无法专心，他一直偷偷打量杨灿，突然想起后桌告诉他如何与同桌和好的事，于是如法炮制。

"你在生气吗？"许逸在一张纸上写下这句话，然后递给杨灿。

"明知故问。"杨灿还了句，又把纸条推回去。

许逸思忖片刻，写下："要我如何做，你才不会生气？请教我。"

"好好上课。"杨灿再还一句后，扭头瞟了许逸一眼，示意他认真听讲。许逸心情大好,他看见杨灿紧绷的面容似乎露出了点笑意。

三

终于等到放学。铃声一响,许逸就兴冲冲地对杨灿说:“我们一起走路回家吧。”杨灿看了他一眼,没吭声,也没拒绝。

一前一后出了校门,许逸加快脚步,与杨灿并肩走。他凑过去对杨灿说:“对不起,杨灿,我惹你不开心了。”杨灿瞪着他:“别这样说,好吗?搞得我多小气似的。我是生自己的气,以前太自大,总觉得队里没人能赢我,训练就放松了,没想到你这家伙这么厉害,一来就把我打得落花流水,真是没脸见人。”

“我以前在老家时,天天在山上跑。每天上学、放学都得跑好几千米。”许逸如实说。

“你跑步有天赋,如果好好训练,定会出成绩的……我也喜欢跑步,现在有你当对手,我是该好好反省,重新面对跑道,刻苦训练。”

杨灿的真诚,许逸明白,他没想到,杨灿的理想就是当短跑运动员。杨灿还告诉他,最崇拜中国的短跑飞人苏炳添,说苏炳添虽然个头不高,但他一上跑道就像一匹脱缰的马,跑得相当有气势。

“我真的有跑步天赋吗?”许逸追问。他很开心杨灿夸他。

“你没经过训练都已经跑得这样快了,如果有教练指点肯定不一样。”

杨灿的话仿佛给许逸打了一针强心剂,他兴奋地搂住杨灿说:“谢谢你帮我找到了强项,我以后一定会在田径队好好训练……”说着,他突然欲言又止。“怎么了?”杨灿瞥了眼许逸,但马上明白了他的心思,于是说:“放心吧,我不会再耍小性子了。有个强劲的对手是件幸运的事，我们都要珍惜，都要做最好的自己。”

听杨灿这样说，许逸心花怒放。

四

田径场上，同学们穿着短袖、短裤在赛场上一遍遍地练习起跑。他们半蹲着，屏气凝神，侧耳聆听，哨声一响，马上起身，如一支离弦的箭。

初春的天气，风中依旧带着寒意，但许逸的额头却沁满汗珠。他看着在身旁压腿的杨灿，一脸笑意。他们已经达成共识，既然他们都热爱跑步，都崇拜短跑飞人苏炳添，都想成为专业的田径运动员，那他们一定要携手共进，互相鼓励和监督，认真听从教练的安排，刻苦训练，争取在春季的“市中、小学运动会”上争光夺冠。

在杨灿问许逸以后会把短跑还是长跑作为自己的目标时，许逸蒙了，他确实不清楚自己的强项是哪个，因为他爆发力和耐力都不错，于是说：“我也不清楚，先练着吧。”

“也是，能者多劳。看看孙杨就知道了，他虽然主攻自由泳中长距离，但短距离的游泳比赛他也不输谁，别早早给自己下定义是对的。”杨灿说，眼中是满满的羡慕。

教练曾夸过许逸，说他先天条件好，是棵好苗子。杨灿不再嫉妒许逸，两个人把话聊开后反而坦荡了。他输给许逸时，其实更多的是生自己的气，觉得自己浪费了大把时间没好好练，有个对手是件好事，他才能激发出自己的全部能量。

杨灿的改变许逸看在眼中，训练时，他从不遗余力，他知道，唯有自己竭尽全力了，才能让杨灿变得更强。他们之间是对手，更是好朋友，他们要战胜的首先是自己的心态，而不是别人的速度。

五

开学后没多久就碰上了许逸的生日。他没告诉别人，但没想到，生日那天，杨灿却送了他一双全新的专业跑鞋。许逸知道这个牌子的跑鞋价格不菲，不敢收。

“收下吧，我们是好朋友。有双好跑鞋，你就如虎添翼了。”杨灿拍拍许逸的肩，轻松地说。许逸没说话，他感动地望着杨灿，眼眶突然就痒痒的。其实在训练时，当他看到其他队员都穿着跑鞋，心里就很羡慕，但想到家里的经济，他不愿向父母要。没想到，所有心思都被杨灿发现了。

“谢谢你！”许逸哽咽地说。其实还有许多的话，但说出三个字后，他一时语塞，不知要如何表达自己的感激之情。

“别说了，我懂。我们是好朋友，不用客气。只希望我们都能刻苦训练，到时一起去比赛，各尽所能，为学校争光。在这个春天，我们种下梦想……你记得吧？”

许逸用力地握住杨灿的手，点头说：“嗯，记得。”

这是他们的约定。两个少年清俊的脸庞，在和煦的阳光下灿笑如花。

第六辑

蜜而不密的闺密距离

我们都知道——对手，就是自己的另一只手；我们还知道，闺密最好的距离是蜜而不密，彼此相知，敞开心扉，用心感知心与心的相通、牵引、信任与鼓励……

同桌"作小姐"

一

同桌李小霞是个很聪明的女生,数学老师出的难题,往往都是她第一个解答出来。可老师夸她聪明时,她却急着反驳:"没有没有,瞎猜的,我一点不聪明。"这让身为班级学习委员的我大为恼火,觉得她太做作。明明是聪明,假谦虚什么呢?那么难的题,瞎猜能猜对吗?

数学是我最头疼的一科,虽然考试成绩还不错,但没有人知道,我暗暗付出了多少努力,为了解一道难题,我得绞尽脑汁,可李小霞呢,她轻轻松松就搞定了。那些枯燥无聊的公式似乎已经烙印在她的脑子里,她总能灵活运用,举一反三,题越难她越喜欢。

和李小霞的聪明比,我只能靠不懈的努力和细心。虽然成绩差不多,但我知道,如果她哪天细心起来,立马就会把我比下去。同样的98分,其实是两种截然不同的情况,我扣掉的两分,是我真的不会,而她扣掉的两分却是因为粗心。

有次发数学试卷，她一看见我的分数就夸张地惊叫："哇！杜，你好棒哟！"我一点都不买她的账，不客气地回应："没你棒！向你学习。""没有没有，还是你更棒啦，毕竟你是学习委员。"李小霞说，却掩饰不住她一脸的得意。

李小霞一直耿耿于怀我当学习委员的事，当时竞选班干时，她就表明她想当，她说，当班长太累，副班长得听班长的没劲，劳动委员没地位，只有学习委员适合她。听她说话，好像学习委员非她莫属，可惜最后大家都没选她，让她挫败不已。面对这样的状况，李小霞又说："当班干有什么好呢？浪费时间，谁爱当谁当，反正我没兴趣。"不过，她可是闷闷不乐了好长时间。

二

说李小霞"作"的可不止我一个人，班上的女生背着她时，都会议论她，说她"口是心非"，明明喜欢，却说不喜欢；明明会，却说不会；明明脸上已经笑成一朵花了，嘴上却不承认，还非得表现出她的"低调"和"谦虚"。可她根本不是谦虚的人，她的表情、眼神早把她出卖了。

李小霞体育不错，耐力在女生中也是头一号，可她上体育课时，才跑一圈操场就故意装出一副跑不动的模样，气喘吁吁，手捂腹部，一次次看似要摔倒了。体育老师看她这样，就照顾她在旁边歇息。她倒好，一离开老师的视线瞬间满血复活，生龙活虎起来。

她最会在体育老师面前装病了，一次次逃避训练，我们恨得牙痒痒，可做不出她那样的举动。不过，我们又不得不服她，少有参加训练的她，体育考试却样样拿得出手，就连女生们最害怕的长跑，她却是当仁不让，还故意叹气说："没办法，天赋。"

更让我们女生气愤的是，她明明把别人气哭了，还装无辜。

我们后桌的女生有点胖，脸上痘痘丛生，有一次聊天时，她羡慕地说李小霞皮肤好，真希望能长成她那样。李小霞听后乐得合不拢嘴，但她一开口却是说："哪有呀，长成我这样有什么好？我想胖还胖不了，想长几粒痘痘感觉一下，可它就是不长，真没办法。"

听听，这是什么话呢？后桌女生立刻气得火冒三丈，她盯着李小霞愤然道："是，我知道，你天生丽质，这样行了吧？"被后桌女生一顿吼，李小霞露出楚楚可怜的神情，委屈地辩解："我不就是想安慰你一下呀，为什么冲我发怒？难道你长那么胖是我的错吗？你脸上的痘痘跟我有什么关系？狗咬吕洞宾，不识好人心。"

说着，她还情不自禁地摸摸自己光洁的脸颊，郁闷地说："嗨！真没办法，想胖胖不了，想长痘又不长，我能怎么办呢？又不是我的错。"后桌女生气得脸一阵红一阵白，她禁不住哽咽道："李小霞，你这个做作的女人，少在我面前恶心了，收起你假惺惺的嘴脸，我跟你势不两立。我恨你！"

"你长成那样是我的错吗？你凭什么要恨我？"李小霞说。她脸上疑惑的表情更是让人痛恨不已。围观的女生集体赏她白眼球，什么人呀，把人气哭了还装无辜。

三

跟李小霞同桌，我可没少受她的"折磨"，她有时会在自习课凑过来跟我讨论作业，问一些在我看来她是故意刁难我的题。她问的题都特别难，我看完题目就满头雾水，她却是东扯一句西拉一句，把解题思路给我点出来。

我一听就知道她会，于是生气地说："你不是都会吗，还来问我？""我哪会呀，我是想不通才问你的，你说完后，我才想到的。"她解释。看她狡辩，我懒得和她理论，毕竟解题更重要，也就不和她较真，继续一起分析。

还别说，李小霞问我的题对我后来的解题思路很有帮助，那些能够继续与她并驾齐驱的分数都有她的功劳。我突然想到，她是不是在暗暗帮助我呢？可她为什么要这样做？明明她是在做好事，却故意搞得是我帮助她一样。她是在向我伸出橄榄枝吗？

"你为什么要帮助我？如果我数学垮了，你不就轻松赢过我了吗？你也知道，除了数学，我其他科并不比你差的。"我直截了当地追问她。

"我才懒得帮你，再说，我哪有那个能力呀。"她眨巴着眼睛，一副不屑一顾的表情。我看着她，摇摇头说："是，是我在帮助你。"其实我已经明白，她在用自己的方式向我伸出友谊之手，只是她是"作小姐"嘛，帮助人都要绕圈圈。

玩心大起，我故意逗她："既然我都帮你了，你得怎么谢我呀？拿什么回报？"李小霞故作矜持："报什么报？我们之间又不熟。""不熟还总和我讨论作业，想讨好我呀？"我步步为营，想逼她松口。"无聊呀，打发时间，你以为我很喜欢帮你呀，少自作多情了。"她硬生生地应一句，把我心里刚刚燃起的热情泼得拔凉拔凉。

四

了解了李小霞的脾性，我觉得大家叫她"作小姐"真是一点不冤枉她。

被大家孤立的李小霞其实很渴望友谊，但她从不会承认，就连她帮助人，也要绕着圈子。我一直都想不明白，这世上怎么会有这样奇怪的人？她明明是一个很好相处的热心人，却偏偏会做出一些奇怪的举动，说一些莫名其妙的话，让人突兀和不适，难以接受。

“作”真的好吗？我看李小霞这样时，总感觉哪都不对劲，明明很简单的一件事，在她那里总会变得莫名复杂起来，但她似乎又特别享受自己的“作”。好几次，我都想和她私下交谈，提醒她一下，不要再做一个“作小姐”，她的“作”招人讨厌，可我说不出口，毕竟人与人是不同的。

我很矛盾，想和她坦诚交流一次，又当心引火烧身；想不去理会，又觉得自己不真诚。她聪明，也会帮助人，但她伶牙俐齿，口是心非，又让人敬而远之。她的“作”真的好讨厌，但她暗暗教我数学的解题思路又让我感激。

对这个“作小姐”同桌，我是爱恨交加，真希望她能够早一天明白，如果她不“作”，那该有多好，她定会是个最受欢迎的女生。

我期待会有这一天。

与“小辣椒”过招

一

说亚茹是“小辣椒”，一点都不冤枉她。

经常考第一名的她，有一次被同桌林玲超越时，她竟然很不服气地去找老师，说要对照一下两人的试卷，言下之意再简单不过了。

老师好言安慰：“亚茹，你是个聪明的女孩，自信、上进，但你不能无端怀疑自己的同学，对吗？这次考试，林玲的进步真的很大。几道难题，你们的解题思路不同，但答案都是正确的……”

老师委婉的话语没有打消亚茹的疑惑，她固执地说：“老师，我想看看她的试卷。”

亚茹正说着，林玲刚好抱一沓作业进来，她听见了老师和亚茹的对话，于是说：“老师，把我的试卷给她看吧。”老师看了林玲一眼，微笑说：“林玲进步很大，你要继续加油！”“谢谢老师！”林玲说着，放下作业本，转身走了。亚茹也跟着走出办公室。

回到教室，林玲气愤地质问亚茹。亚茹理亏，但伶牙俐齿："身正不怕影子斜，我不过是想看看你的卷子，不行吗？"

"你欺人太甚，别以为你才能考第一名。"林玲气得脸色发白。

"我就这样。"亚茹固执己见。

周围的同学见状，都觉得亚茹像只"小辣椒"，明明错了，还理直气壮，一开口就戗得人难以招架。

二

大家在背后叫亚茹"小辣椒"，对她是又羡慕又害怕。

林玲再不和亚茹说话了，当她是空气，虽然同桌，但视而不见。亚茹无所谓，她说话依旧尖酸刻薄，把她的"辣"发挥得淋漓尽致。林玲暗下决心，一定要赢过她，唯有这样，才能解气，更挫她的锐气。

可是亚茹很难对付，偶尔赢她一次已是意外，要想每次考试都赢她，太难了。毕竟同桌，林玲有机会近距离观察亚茹，觉得这个霸道的"小辣椒"真有一套。她不仅聪明，还很勤奋，最重要的是她懂规划自己的时间。亚茹对任何事情都兴致盎然：学习上，她要争第一；唱歌跳舞，她也不输人；手工制作，她当仁不让；运动场上，她虎虎生威，跑步、打球，样样都玩得开；就连男生擅长的棋类，她能把男生组的冠军给灭了。如果不是时间规划得好，她怎么可能不顾此失彼呢？

林玲沉默了好长时间，虽然依旧对亚茹充满怨气，但又佩服她。她太聪明了，别人要花很多时间去学习的东西，她随便玩玩就能玩出成绩来。林玲懊恼自己怎么就没她聪明。

林玲不偏不倚仔细分析了自己，觉得要与"小辣椒"过招，唯有先戒了自己爱看电视这一恶习，补弱保强，才能拉近与她的距离，而要想撼动她的霸主地位非得下一番苦功夫。

“我过去把那么多的时间都花在看电视上，真是蠢死了，如果能早像她那样，我相信自己一定可以战胜她，毕竟我赢过她一次了……”林玲在日记中给自己打气。

三

面对亚茹的冷嘲热讽无端挑衅，林玲不再跟她打“口水战”，她重新制订了学习计划，还让父母请了家教。

林玲努力克制想看电视的欲望，每天放学后就把自己关在房间写各科的作业，甚至买来课外练习册，加班加点。她相信勤能补拙，何况自己并不“拙”，只要把“勤”做得超过亚茹，一定能够赢过她。

为与“小辣椒”过招，林玲逼着自己改变，偶尔累时，想放弃了，她就回想亚茹尖酸的话，想她得意的笑和不屑的眼神，顿时浑身就会充满力量。家教经验丰富，他总能根据林玲的情况为她查漏补缺，而林玲的配合也让他积极性高涨。他听林玲说完关于亚茹的事情后，兴奋地说：“你那个同学算是个天才，但你通过自己的努力，加上我的指导，如果能够赢过她，我和你都会很有成就感。”

“确实呀。”林玲一脸欣喜。

想着自己能一而再地赢过亚茹，想着她脸上惊讶和疑惑的表情，林玲禁不住笑了起来。

“笑什么呢？要想赢过她，得时刻努力。”

家教一句话霎时警醒了林玲，她摊开练习册，埋头写起作业。

天道酬勤。又一次考试，当林玲再次以1分的微弱优势赢亚茹时，亚茹脸上的表情真的如林玲想象中一样，她既惊讶又疑惑，而林玲却是灿笑如花。

四

虽然又一次赢了亚茹，但林玲知道，自己与她相比还是有距离的，可是挫挫她的锐气也不错，林玲的自信心渐渐建立起来，持之以恒地努力。

亚茹警觉地发现，林玲和过去不一样了，以前林玲的成绩也还可以，但很少真正地投入，自那次被自己怀疑她偷抄后，她就变得认真刻苦起来了。

亚茹重新审视了自己的这个同桌，觉得她越来越强劲。她也调整了自己的时间分配，把更多的精力都放在学习上。总不能一输再输吧。亚茹想。

在同学眼中，林玲和亚茹是很奇怪的同桌，她们不说话，都把对方当成空气，却又时时刻刻在关注着对方，你追我赶，谁也不服输。

擅长写作文的林玲，代表学校参加了省里举行的现场作文比赛，获得了一等奖的好成绩。在大家为她欢欣鼓舞时，没想到，亚茹获省青少年组象棋大赛冠军的捷报也随后传来。老师乐得合不拢嘴，他毫不吝惜他的溢美之词，把两个女生夸了一番，但话锋一转，老师又说："如果你们能够友好相处，那才完美。"

老师的话很委婉，但两个冰雪聪明的女孩一听就明白了。亚茹先站起来说："我知道大家在背后叫我'小辣椒'，因为我嘴不饶人，说话刻薄，而且心胸狭窄，我知道这样不好，我以后改，不，我现在开始改，我想先向林玲道歉……我其实不想当‘小辣椒’。”

亚茹的一番话说得真诚坦率，其实林玲早已有感知，虽然她们一直没说话，但亚茹看人的眼神却是变了。她依旧是要强的女生，但很尊重自己的对手。林玲也早就想过，如果不是亚茹，她可能还像过去一样不知努力为何物，第一次赢她只是偶然，但为了与这个强大的对手过招，自己付出了多少努力。

有个强劲的对手是件好事，让自己改掉坏习惯，保持努力的状态，活得生机盎然……林玲想了很多，于是听完亚茹的话后，也站起来说：“我想先谢谢我的同桌，因为她，我学会了努力。虽然一开始，我是因为赌气才努力的，但后来在与她的竞争中，我享受到了努力做一件事的乐趣。我会继续提升自己的实力与她过招。”

两个女生宣言般的话语赢得了大家热烈的掌声。在大家喧闹时，林玲看了亚茹一眼，见她正望着自己微笑，手伸了出去，于是会心地迎着她的手，紧紧握在一起。

·青春的第一支唇彩

一

方莹对我的友善，我能感受到。虽然我们的学习成绩不分上下，但我很明白，我们不是同一类人。从她的言行举止来看，她应该生活在一个富裕的家庭。

方莹对人和气，脸上总挂着一抹笑，让人如沐春风，颇有大家闺秀的风范和气质，即使再普通不过的校服，她也能穿出别样的风采。在校园里，既是才女又是美女的方莹被同学们推选为“校花”。面对“校花”的示好，我是心慌躲避的。

我很明白自己的家境——父亲瘫痪在床多年，爷爷的身体也不好，母亲天天起早贪黑忙里忙外，家里仍然入不敷出，经常得靠亲戚救济……从很小的时候起，我就在母亲悠长的叹息声和对别人的哭诉声中明白了生活的艰辛，那些苦难的日子让我习惯了沉默和低头。

我努力读书，同学都知道我家的情况，在很多事情上，他们都会慷慨地帮助我。我习惯了别人的同情和帮助。虽然有时心里会难受，但生活艰辛，我需要别人的帮助，我只希望自己以后有能力了，也能帮助别人——只有这样想，我才能感觉到自己还有尊严。

二

和方莹一起出黑板报时，负责画插图的同学请假了，面对空出的版面，几个同学推脱着，都说自己不会画。“我画画也不行。”方莹说着把目光转向我。

我是这次黑板报的负责人，犹豫再三，我只好亲自动手。虽然没有正式学过，但我从小喜欢信手涂鸦。当我画出大幅的彩色插画时，方莹惊讶地问：“杜贞，你画得真棒！没想到你不仅字写得漂亮，画画也是高手！以前学过吗？”

“肯定学过吧，画画哪能无师自通？”我还没开口，一个男生先接了话茬。

“瞎画的，让你们见笑了。我没学过呢。”面对别人的夸奖，我没来由地不自信起来。

“别人说没学过，我肯定不相信，但杜贞说没学过我倒是相信，毕竟她家的情况，我们都了解，学画画挺贵的……真是可惜了，以杜贞的天赋，如果她有机会去学，一定会取得亮眼的成绩！”那男生边说边望着我，深表遗憾。

他的一声叹息声让我很不自在，我不由得面露苦相，低下头，不再言语。方莹一直在注意我，沉默片刻后，她说：“杜贞，等会儿出完黑板报，我们一起回去。”

我知道方莹是看出了我的难堪，转移话题，为我解围，于是我轻声应好。

和方莹一起回去的路上，她一直在找话题，我敷衍着。

“杜贞，你好像总是苦着一张脸，是心情不好吗？”方莹问我这话时，我抬起头看了她一眼，没有回答。

“是不是我说错什么了？”见我没回应，方莹拉住了我的手，轻声问。

“穷人的孩子哪有那么多快乐？你不会懂的……”我心里不舒服，说出口的话也冷冰冰的。

“对不起！我不是这个意思。我只是希望你能快乐一点，毕竟我们正青春年少，何必苦着一张脸过日子呢？”方莹急着解释。

她越解释，我心里越不舒服——真是站着说话不腰疼，如果她是我，面对贫困的家，面对总是唉声叹气的父母，她还能笑得出来吗？

三

话不投机半句多，原本就寡言的我更不会主动与方莹搭话，面对她的示好，我选择低下头，装作没看见。

对于我的刻意躲避，方莹有所察觉，但我没想到，她反而一次次更主动地来靠近我，甚至提出我们一起庆祝生日。方莹说：“我们同年同月同日生，这是缘分呀！我们有什么理由不做好朋友呢？”

面对这样的一份友情，我无法拒绝。

和方莹成为朋友后，我们的关系日渐密切起来。她和我见过的有钱人家的孩子完全不同，她从来不炫富，也很少提起她的父母。

在学校里，一个同学家境好不好，从他穿的鞋子，用的文具、手机就可以看出来，当然，从说话的口气也能够判断。但方莹是一个例外，她穿得清清爽爽，用的东西和我差不多，适用为主，从不追求品牌。

我一直以为这是方莹修养高的表现，是一种生活态度，对她好感倍增。我有时甚至想，方莹在我面前从不炫富，或许是在照顾我的心情，不想刺激了我脆弱的神经。“在穷人面前炫富是件可耻的事情。”我曾经在日记本中这样写过。面对体贴的方莹，我心存感激。

四

我们生日那天是在周末，方莹约我在中山公园见面，我们说好了要一起庆祝。

我画了一幅仕女图送给方莹，因为她曾说过，她喜欢这种风格的绘画。我万万没想到，方莹居然送了我一支包装精美的唇膏。玫瑰红的唇膏是多少女孩渴望的礼物呀！可是，我能接受吗？正当我迟疑时，方莹说：“我也有一支，这不仅能保护你的嘴唇不干裂，还能让它看起来更红润呢！”

“可这个很贵吧，我怎么可以接受？再说了，我一个穷人家的孩子用这个合适吗？别人看见了肯定会说我爱慕虚荣的！”

“第一，这个不贵，很普通，适合我们用；第二，穷人家孩子怎么了？穷就不能爱美吗？就不能好好爱护自己吗？这又不奢侈，至于别人怎么说，我们真的无须去太在意……”为了让我收下唇膏，方莹有理有据地分析给我听。

“你不会理解的，我们生活环境不同，我虽然很喜欢这个礼物，但没勇气涂。”我真的很喜欢方莹送我的唇彩，可是没办法接受。

见无法说服我，方莹提出带我去一个地方。我跟她走过了几条街，又拐了几条巷子，在城郊一座破旧的房子前，方莹停住了脚步。

“这是我家，欢迎你的到来！”

我疑惑地望着方莹，不明白她的意思，更让我疑惑的是，这真是方莹的家吗？几乎和我家的旧房子有得一拼！她不是有钱人家的孩子吗？

这时，方莹推开门，甜甜地叫一声：“奶奶，我回来了。”

一个老人从房间走出来，见到方莹，笑着说：“莹呀，这是你同学吗？快招呼她坐！我一会儿先到医院陪你爷爷，他点滴打完之后我们就回来。”

我拘谨地打着招呼，环视四周——房子很旧，屋里没什么像样的家具，却整理得井然有序，还摆了几盆长势不错的花草，平添了一股生气。

五

方莹的奶奶招呼我坐下后，削了一个苹果给我，还吩咐方莹给我泡茶。我望着老人清清爽爽的衣着，梳得顺滑的花白头发和脸上温暖的笑容，心里莫名感动。

老人出去后，我半晌没说话，是方莹打破了沉默，她笑着问：“杜贞，你是不是很惊讶，我家居然这么朴素？”

被方莹一语道破我心里所想，我的脸腾地涨红，低下头支吾：“你一点儿也看不出来是穷人家的孩子。”

“为什么一定得让人家看出来呢？”方莹反问一句，让我词穷。

“你是不想被人家看出来，所以……”我欲言又止，我想方莹应该明白我想说什么。果然，冰雪聪明的方莹接过话茬：“你是想说我涂唇膏的事吧？其实没什么，我自己喜欢，也是我能力范围内，我可以自己做主。”

“你奶奶不说你吗？”我不甘心，追问了一句。

“说我什么呢？我又没做坏事啊！”方莹说着，乐呵呵地笑了起来。

“你总是这么开朗，我真羡慕啊！我有点想不明白，我们的生活这么穷，怎么乐得起来？”

“贫穷的日子也要快乐呀，日子再苦，也不必在别人面前露出苦色……”方莹絮叨起来，在她的叙说中，我知道了她家的故事，也明白了她为什么这样乐观。

在方莹很小的时候，她的妈妈在一场意外中丧生，她的父亲思妻心切，竟然生了重病，为了给他父亲治病，她的爷爷毅然卖了城中心的房子，搬到了城郊。可惜钱花光了，他父亲还是撒手而去。

方莹的爷爷奶奶从来不诉苦，纵然日子再艰难，他们也会把生活安排妥帖。他们是这样告诉方莹，也是这样做的：经济上再拮据，也要保持良好的精神状态，注意仪容，再普通的衣服也要穿戴整齐。

方莹每个周末都到奶茶店打工两天，她灿烂的笑容为奶茶店迎来了很多的回头客……她一直都是那么快乐。

我的第一支唇彩是方莹送的，她希望我也能装点自己的青春，努力活出自己的精彩。她告诉我，即使日子再难，也要坚强地面对，不要让别人的同情成为自己永远也无法甩掉的“十字架”。

那一支唇膏我接受了，我希望自己能够像方莹一样，做个快乐的女孩儿，感染身边的家人，我要和他们一起笑对人生路上的风风雨雨！

友情是面不说谎的镜子

一

读初中时,我和林蔓都是县一中的住校生。学校里铺位紧缺,一张窄小的床都要安排两个学生合住,当然费用也收一半,这对来自农村的我们,自然是划算的。

我和林蔓同班、同寝室、同床,关系好得胜过了亲姐妹。我们真的是形影不离,每天进进出出都是一块儿。晚上熄灯后,躺在被窝里,头靠在一起,枕着交缠的长发,轻声低语诉说着细细密密的琐碎心事。

我睡觉不老实,常踢被子,每次都是林蔓在半夜帮我盖。有一次夜里,月色漫进屋来,亮如白昼。我半夜突然转醒时,林蔓正拉着被子往我身上盖,见我醒来,她嘟囔一句:"你总像个小孩,老是踢被子。"然后从被窝里伸出一只手,轻抚我的头:"睡吧,一早还要起来锻炼。"我眯着眼,却一直睡不着,很久后又偷偷打量起睡在身边的林蔓,看着她酣睡的样子,心里暗想:我们是好姐妹,我一定要珍惜。

二

一中的学习氛围很浓,大家都在努力。

我们以相同的分数入学,可是学着学着,差距就出来了。林蔓的成绩中等,偶有失误,名次就落到了中下游,相比我名列前茅的成绩,她有深深的挫败感。刚开始时,我不懂,我也没想过,我高高在上的成绩曾给林蔓带来多大的伤害。

一次次考分的巨大悬殊还是在我们之间横亘起一条无形的鸿沟。

林蔓开始在晚自习后迟回寝室,我邀她一起走,她歉意地说:“要不,你先回吧!我还有几题要再琢磨一下。”“没事,我等你。”

接连一段时间,林蔓晚自习后都要继续留在教室学习,刚开始我都等她一块儿回去,后来感觉确实累了,就在她的劝说下先回寝室睡觉。

我要帮她补习,但她拒绝了。

不知道我们之间怎么了,虽然还是天天睡在一张狭小的床上,但彼此之间却泾渭分明。我记不得我们已经有多久没有一起说悄悄话了。

她的疏远我已经感知,可我还是希望能像过去一样亲密无间。

三

我和林蔓在没有任何争吵的情形下渐渐拉开了距离。依旧睡在一起,但我们不说话,各走各的路。

我不知道林蔓是不是故意的,她还剪去了和我一样的长发,后来又和邻班的一个男生走得很近。我们原来说好的,遇见各自喜欢的男孩时要告知对方。可是林蔓什么都不告诉我。

赌气下,我也接受了一个“校草”级帅男生的纸条,陪他去看了一场电影。我什么都不告诉林蔓,却故意在林蔓也在寝室时,与其他女生分享我的秘密。

我不知道我们为什么会变成这样,两个总躲在被窝里说悄悄话的好姐妹有一天也会形同陌路。我心里就像有个黑洞,让我无论如何都无法真正开怀起来。

好几次,我想主动言和,可是张开嘴,却不知说什么。

四

在我和林蔓漫长的冷战中,时光悄然流逝,转眼,我们已经是毕业班的学生了。

毕业前夕,数不清的考试,成堆的作业将我们淹没。我们依旧不说话,但我习惯她的存在。

毕业前的一天夜里,林蔓毫无征兆地发烧了,后来又冷得浑身颤抖。她紧紧挨着我的身体时,我习惯性地推了推,可是我却摸到了一个滚烫的身体,一个激灵,我醒了过来,伸手摸了摸她的额头。好烫!

我赶紧起床,借着月色找出备用的退烧药,还倒了一杯温开水,抱起林蔓的头,喂她吃药、喝水。林蔓挣扎着,她不想接受我的照顾。

“我不要你帮我。”林蔓扭头不看我。

“我们还要互相伤害多久?”我哽咽着说,泪水流到了林蔓脸上,她也哭了。

后来我和室管员叫了校车一起送林蔓去医院打吊瓶。

折腾了一晚上，我疲惫不堪，但心里快乐。把林蔓送回寝室后，我帮她盖好被子，守着她。

有些尴尬，但我和林蔓还是和好了。

我们都是倔强的孩子，我们浪费了太多应该友好相处的日子，明明想着对方，明明渴望彼此的友情，却依旧选择伤害。还好，友情是面不说谎的镜子，我们没有一错再错。

蜜而不密的闺密距离

一

我和钟淇从小一块儿长大，从幼儿园开始就一直是同学。

听父母讲，在我们还没上幼儿园时，都是由奶奶带，两家的奶奶投缘，我们就每天在一起玩，成了形影不离的好朋友。

有一次我和父母随奶奶回老家参加一个亲戚的婚礼，由于走得匆忙，没来得及告诉钟淇，她就一直在我们平时玩的小公园里等，任她奶奶怎么催促她就是不回家，说我一定会去找她。炙热的阳光下，钟淇的额头沁满了汗珠子，她中暑了，可是她哭哭啼啼叫嚷着还要再等。

大人们说起这些事时，钟淇想不起了。我也只记得，我们在同一家幼儿园上学，每天早上，她都会来邀我。晴天，我们合撑一把遮阳伞，走到树荫处，把伞交给奶奶，我们就踩着明暗斑驳的树影欢快跳跃。奶奶说穿着花裙子的我们就像两只翩跹的蝶。我们蹦呀跳呀，嘻嘻哈哈的笑声惊起了栖息在树上的鸟儿。雨天，我们穿水鞋、雨衣，全副武装的我们依旧要撑着把小伞，在雨中奔跑，踩着水洼，看水花飞溅的样子……

无忧无虑的时光总是快乐，而快乐的时光总是匆匆，很快地，我们就一起进了小学。

二

一年级开学的第一天，我在教室里看见钟淇时，就像久别重逢。听妈妈说，我还激动得热泪盈眶，一个劲儿地抱着钟淇不肯松手。

钟淇的位置排在我前面。每天上课，我都会盯着她的背影发呆，有时还会不自觉地伸出手去拉拉她的马尾辫。钟淇的头发乌黑柔顺，像海藻一样，我特别喜欢。我妈嫌麻烦，一上小学就把我的辫子给剪了，害我哭了半天。因为我觉得我和钟淇不再像姐妹花了。

钟淇学习很认真，她常常考满分，而我总是由于粗心，被扣个几分。钟淇被老师选为班长，让她管理我们。当了班长的钟淇就像个小大人，她表情严肃，六亲不认，就连我上课偷偷拉她的马尾辫，她都会举手告诉老师，害我被批评。我恼怒钟淇，说她不够朋友。钟淇说她是班长，她得一视同仁。

那时候的钟淇很受欢迎，大家都喜欢围在她身边，而我是孤家寡人，郁闷不已。我很想加入钟淇的圈子，但她太忙了，顾不上我是否开心。被冷落后，我恨起了钟淇，故意不再和她同路回家。我原来和她一块儿在少年宫学跳民族舞，后来我不学了，选择去体育馆打羽毛球。

这样的分歧一晃就是几年，虽然中间我们的关系缓和了，但我们的爱好却不再相同。她喜欢长发、长裙，袅袅婷婷，像仙子，而我喜欢长衣长裤、干练短发，像个假小子。

三

初中有十二个班，我以为我和钟淇不会再幸运地分到一个班上，但没想到，上天很眷顾我们，继续让我们成为同班同学。

都不再是小孩子了，我们不会像小时候那样为了丁点小事就闹别扭。钟淇的性格温婉，说话轻柔，举手投足都是“淑女范”。班上那群男生，一开学就把“班花”的名号戴在她头上。我也觉得，只有漂亮温柔的钟淇才称得上“班花”，像我，就只能当“护花使者”了。

在别人眼中，我和钟淇是完全不同的两类人，但我们的关系却是越来越好。我们约定好求同存异，好朋友并非都要一个模子。我们爱好不同，强项不同。当钟淇在舞台上绽放光彩时，我也能够在运动场上为班级、学校争得荣誉。

初一那年，我代表学校去参加市运动会时，钟淇利用她的影响力，组建起一个啦啦队，专门为我呐喊加油。看着穿得花枝招展在赛场边喊着我名字的钟淇，我浑身充满了劲。那一刻我很感慨，时光是多么神奇，她把我们变成了完全不同的女生，但还好，我们的友情一直都在，我们是彼此最亲爱的闺密。

我不再忌妒钟淇的漂亮，她就是天使般可爱的女孩儿，她在舞台上跳起热情的民族舞时光芒四射，聚光灯笼罩着她，她是舞台上俏丽的水乡妹子、是赶海的小姑娘、是婀娜多姿的孔雀。她的舞蹈总能赢得满堂彩，那如雷般响起的掌声她值得拥有。

平日里，我们都有自己的朋友圈，她和舞蹈队的女孩们天天一块儿排练，关系自然亲密，但我并不嫉妒，就像我整天和我们运动队的兄弟姐妹们一起拼搏、打闹，她也不眼红。我们都已长大，知道闺密的距离就是蜜而不密。

四

钟淇还是我最大的对手。小学时，学习上她总是独占鳌头，但上中学后，我似乎是脑袋开窍了，一点即通。

刚开始时，我曾担心自己会“四肢发达，头脑简单”，但钟淇对我说：“你的脑袋其实比我还好用，学什么都快，但你似乎从没认真过……”那一次我们聊了很多，因为分班考我并不理想，信心不足。

“我们都是中学生了，希望你有一个中学生的样子，使出浑身的劲在学习上追赶我，我会很开心，希望你能做到。”这是她对我的鼓励。她希望我们能够一起考进市里最好的高中。

刚开始的半年，钟淇总会抓住我，帮我补课。她看我哪科考得不好，一放学就把我留下来，问我怎么回事。她讲解难题的水平很高，可能是长期帮助一些差生，她知道深入浅出地讲，别人才能听懂。有钟淇的帮助和鼓励，再加上我确实想赶上她，学习热情高涨，考试成绩一次比一次好。

当我的总分第一次超越钟淇时，所有人都惊呆了，连我自己也不敢相信，我居然赢了钟淇，她可是“常胜将军”。我觉得自己抢走了原本属于她的荣耀，很对不起她。没想到，一下课，钟淇就过来恭喜我。她的真诚我能感知，因为她说：“继续加油哟！我也会全力以赴的。”望着她微笑的表情，我说：“谢谢你！”“谢我什么呢？我们是好姐妹呀！”说着，她搂住我，趴在我耳畔说：“我看好你，你是最棒的！”感受着从她身体传来的脉脉温暖，我感激地回应："嗯！一起加油！"

钟淇是这样说也是这样做，在学习上，她严格要求自己，也严格要求我。英语是我的弱项，她一有时间就抽背我单词，她说词汇量上去了，学起英语就不难。每天被钟淇盯着，我一点儿不敢松懈，久而久之，习惯成自然，我尝到了努力学习的甜头。

我们的成绩并驾齐驱后，钟淇一枝独秀的局面，终于被我打破。我曾忐忑地问她："你后悔帮助我吗？"钟淇抱着我说："你说呢？傻姑娘。我们都要努力做最好的自己。"

我们都知道——对手，就是自己的另一只手。有对手，我们才能激活身体里蕴藏的能量，让自己变得更优秀。我们还知道，闺密最好的距离是蜜而不密，彼此相知，敞开心扉，用心感知心与心的相通、牵引、信任与鼓励，这样，我们生命的天空将永远蔚蓝！

我们都有自己的光芒

一

我是班长，也是班级辩论队的队长，但又怎么样呢？所有人的目光最后都会聚焦在林琳身上，她才是最闪耀的那颗星。

林琳长得漂亮，家世良好，成绩优秀，特别能言善辩。每次的辩论赛上，看她出口成章，在众人面前出尽风头时，我心里又羡慕又嫉妒。我多想我是她，个性十足，从不在乎别人的眼光，但大家就是喜欢张扬的她，说是气质，是漂亮女生才会拥有的强大气场。

在别人眼中，我和林琳是好朋友，但我知道，很多情况下，都只是我一厢情愿地主动。林琳的号召力强，只有她参与的事，大家才会蜂拥而来，举双手赞成。如果她不加入，事情基本就无法开展。我只有与她交好，才能协助老师处理好班级的各种事务。

作为班长，我常常都感觉力不从心。虽然我的成绩总考第一名，但我知道，如果林琳真的全力以赴，她一定会超越我。我每天都是学习，为了保住第一名的宝座，付出了大量的时间和精力。而林琳，她除了学习，还喜欢看各种闲书，放学后要去练习跳舞，周末学乐器。听她自己说，她还坚持每天写半小时的毛笔字。

夜不能寐时，我躺在床上，望着幽暗的屋顶，总会忍不住叹气。上天真的不公平，什么都偏心林琳，她轻而易举就能得到我付出很多努力才能得到的荣誉。

二

这次的辩论赛快进入尾声阶段，林琳突然生病住院了。刚听到这个消息时，我的感觉竟然是兴奋，觉得自己终于可以脱离林琳的阴影站在台前了。我很羞愧自己的这个感觉，但我欲罢不能——我也想让大家见识到我的风采。

放学后，我只身到医院看望生病的林琳。当我捧着一束白百合出现在林琳面前时，她开心地说："你来啦！我就猜到你会第一个来。"我知道她最喜欢白百合，也猜想她会期待我的到来。毕竟人在生病时最脆弱，需要陪伴，而我能陪伴她，还能帮她把落下的功课补上。

林琳在练舞时，把韧带撕裂了，她要动手术把韧带接上。林琳说起自己的受伤竟然很高兴，她说："我父母终于能放下生意来陪我了。""你爸妈不在吗？"我环视四周，才注意到病房里只有林琳一个人。"护工阿姨刚出去，我父母处理好生意上的事也会过来。"林琳平静地说。只是在她说话时，我觉察到她眼底闪过一抹稍纵即逝的暗淡。

我赶紧转移话题，说起辩论赛的事。林琳的情绪果然兴奋起来，她说："还剩两场了，可惜我不能再参加，你要加油哟！"然后她就把她的经验传授给我。

看着认真教我的林琳，我心里五味杂陈。我对她的友谊并不纯粹，而她没有防备。

三

林琳手术那天正好是周末，我想着她对我的友善，决定到医院陪她。林爸爸不在，手术室外，只有她妈妈和她爸爸的司机。林妈妈认识我，见到我，她很高兴。在聊天中，她说起了她们的家事，我才知道，原来林琳的父母早就离婚了。

我愣了一下，听到这样的消息，不知该说什么好。“林琳这孩子心气高，也好强，我和她爸离婚后，她表面无忧无虑，其实很不快乐。虽然她什么都不愿和我说，但我知道，她恨我们。”“不会的，阿姨，林琳很懂事。”我说。安慰很无力，但我只能这样说。

时间一点点过去，林琳的手术要结束了，我的心情突然变得沉重起来。可能是因为林爸爸不在，我担心她从手术室推出来后，见不到父亲，会很伤心。她是骄傲的女生，并不愿意让我看见她难过的时候。

我想离开，但又担心林琳，犹豫不决时，手术室的门开了。一个医生出来说，手术很成功，叫家属进去把人推出来。

我跟着林妈妈进去，看见她的第一眼，她却在问：“妈，我爸呢？”

“林总有个紧急会议要开……”司机不说话还好，一开口就把林琳惹恼了。她愤然地说：“他答应我会守在外面的……”林琳话没说完，我看见她的眼角猝不及防地流下泪水。林妈妈赶紧过去：“妈妈在，我一直守在外面，还有你的好朋友，我们都陪着你。你爸开完会马上就会过来……”林妈妈看见流泪的林琳,急着解释。

我走过去,轻轻握着林琳的手,想把自己身上的脉脉温暖传递给她,想让她知道,我在,我一直都在她身边。

四

辩论赛我们队冲到了最后一轮,因为林琳不在,最后的总结由我说。我谨记林琳传授的经验慷慨陈词。在众人的欢呼簇拥中,我第一次在辩论台上成为焦点。这个场面,曾经刺痛我的眼,因为这些荣誉过去都只属于林琳所拥有。

我又一次去到医院,病房里只有林琳一个人。“你妈妈呢?”我不经意地问。“刚走,一会儿换我爸来。”林琳说。看她的表情淡淡的,我就知道自己说错话了,心里懊悔不已。

见我尴尬,林琳主动问起辩论赛的事:“怎么样?结果如何?没让我失望吧?”我坐在床边,把带来的奖状掏出来递给她。“真不错,又是我们班第一名。”林琳脸上露出可爱的笑容。“都是你的功劳,要不是你传授经验,我肯定搞砸了。”我夸赞她。

“你原本就很优秀,我知道你一定行。”林琳说。她的真诚,我能感知。她望着我,突然冒出一句:“知道吗?我一直有多羡慕你。”羡慕我?我一时愣怔,不明白她话中的意思。她才是我一直羡慕的女孩,甚至我都嫉妒她。

“你有温暖的家,你总是微笑面对每个人,你努力朝着自己的目标奔跑,不像我,所有的忙碌都只是为了掩饰内心的失落……家很大,却不温暖。”林琳说着,眼角濡湿。

我没想到，林琳竟然早就知道我曾嫉妒她，但她说：“我喜欢你，羡慕你，也希望自己能够像你一样。”我满脸通红，面对她真诚的话语，不知说什么才好——原来看似什么都不在乎的林琳，竟然也会羡慕我。

“你才是我一直羡慕的人，曾经我那么渴望能够取代你……”我不想再隐藏自己曾有过的想法，说出来后，心里轻松了。她真诚面对我，我又如何能不报以真诚？

“其实我们都有自己的光芒，不是吗？”林琳笑着说。我握着她的手，紧紧地，想让她感知我现在心里最真实的想法——我希望她拥有真正的快乐。

“原来，我们都拥有别人梦寐以求的东西却不知道珍惜……还好，我们都知道得不算晚，一切都会变得更好。”我不想劝导她，我相信冰雪聪明的林琳一定懂我的意思。

将往事酿成最美的琼浆

一

新学年开始，我们班转来一个女生。当我看到她的脸时，我简直不敢相信自己的眼睛——那是一张我非常憎恨的脸。

她叫游晓晓，是我还在县城读初中时的同学。在那时，她整整欺负了我近两年的时间。她的父母是经商的，家里有些钱，算是个小富二代。她怎么转学来市里了？

游晓晓站在老师身旁，一副低眉顺眼的表情，脸上挂着羞涩的浅笑，穿一套白色运动装，整个人看起来青春洋溢。

除了神情不同外，游晓晓没什么变化，所以我一看见她就认出来了，那些并不愉快的往事我原本已经淡忘，但在看见她后，所有的旧事都在一瞬间悄然浮现。我不自觉地抿紧嘴，目光狠狠地盯着她。

游晓晓并没有看见我，她在老师介绍过后，轻声说："我叫游晓晓，请大家多多关照。"看她一副乖乖女的表情，我简直想吐。

“这个女孩很漂亮哟！”同桌俞立凑近我的耳畔说。

“是很漂亮，心也很毒。”我愤愤地嘀咕。

“你怎么了？鹃子，你对她有敌意？”俞立一脸疑惑。

“没什么，见到了一个仇人。”

俞立不明白我在说什么，她好奇地凑过来：“难道你认识她？”我没有回答，此时我的思绪已经蔓延开来。

二

上初中的时候，我是个文静、害羞的女孩，平时跟同学鲜有交往。由于成绩不错，老师让我担任班级的学习委员。我说话很小声，更不会和人争执，班上的同学都说我“温柔似水”。

和我的文静相反，游晓晓是个爱闹腾的女生。可能是家里有钱吧，班上的很多女生都喜欢和她套近乎。她成绩一般，但很有号召力，老师就让她担任劳动委员。

原本我们“井水不犯河水”，但不知为什么，她对我总是一脸厌恶。后来，她甚至变着法子欺负我。她是劳动委员，分配任务时，每一次都把几个人的活安排我一个人干，还美其名曰：让我多锻炼锻炼。

下课时，她和那些跟她套近乎的女生一起在班级后面喧闹，时不时笑出声来。我知道，她们在说我。她的声音很大，指桑骂槐，甚至直接嘲讽我，完全不在乎我的存在和感受，但我忍了，我不想和同学发生冲突。

可是有一次，她趁我不在时，撕了我准备要交的作文稿。回到教室后，我看到桌子上的碎纸片，听到她恣意张扬的笑声，我心里第一次对一个人有了彻骨的恨意。我恨她，我不明白，她为什么总是欺负我？

“她说撕了你的稿件，你就没办法参加作文比赛了。”这是同桌后来告诉我的。

初二期末时，由于父母工作调动，我要离开那个小县城到市里上学。当班主任宣布我要转学，同学和我依依惜别时，我看到了她脸上的复杂表情，而我却瞥了她一眼，扬起一丝蔑视的笑……

三

“鹃子，你说什么‘见到了一个仇人’？难道——”俞立突然压低了声音，然后把目光转向游晓晓，“你们以前是情敌？”

“说什么呢？你和她才是情敌。”我愤懑地嚷。

“对不起！对不起！我瞎猜的，只是你能告诉我事情的原委吗？我糊涂了。”

俞立好奇心很强，熬不过她的追问，我对她说起了那段不愉快的往事。

“嗯，这个游晓晓当年太过分了，居然敢欺负我们鹃子。”听完我的述说，俞立马上替我打抱不平。

可能是太意外了，俞立有点控制不住情绪，她的声音有点大，被老师发觉了。

“俞立，你和杜鹃说什么呢？这么兴奋，难道忘记了这是在上课？”老师声音不高，但一脸严肃的表情。

俞立赶紧正襟危坐，我却是下意识地转头瞟了游晓晓一眼，没想到，她也正把目光转向我。乍一见到我，她整个人都愣了。我想，她是万万想不到，居然会在这里再次遇见我。

下课时，俞立亲热地拉着我的手走出教室。我又扭头看了眼游晓晓，她也正偷偷打量我。我收回目光，扬起头，昂首挺胸走了出去。我们一群女生在走廊欢声笑语聊得不亦乐乎。我想要游晓晓知道，在这里，她再也不可能像当年那样欺负我了。

整个上午，我的情绪都有些恍惚，一次次莫名地回想起当年的事，我真是恨透了游晓晓，我很想去问问她，当年她为什么要欺负我？为什么总对我一脸厌恶？

中午放学的时候，我收到了她的纸条：对不起！杜鹃。曾经过往，源自我的不懂事。那时，我嫉妒你的云淡风轻，讨厌你的温柔似水，更恨你的目中无人。被所有人巴结，却唯独不能引起你的注意……我做了很多伤害你的事，对不起！在这里能碰到你，我也很意外。当年你转学走时，我曾经后悔过，其实我一直都羡慕你。如果可以，希望你能原谅我，我想和你成为朋友。

看着素色信笺上娟秀的字迹，我整个人都乱了。我没想过要报复她，但也没有释怀，曾经的恨意依旧在，但看着她递纸条给我时眨巴的眼睛，我竟没法生起气来。

四

我有点恼怒自己的心软，强迫自己不接受她的道歉，两年被欺负的日子，哪能被她几句道歉的话就哄过去呢？

在班上我依旧对她不理不睬，就当作我从来都不曾认识过她。游晓晓似乎安静了很多，我不知道她是因为陌生的缘故，还是因为长大懂事了。她看我时，目光中总是充满了歉意，又似乎有渴望在波动。

“她似乎是想和你和好了。”俞立对我说。

我懂，她也在纸条中表达了她的心愿，可是我真的能够原谅她吗？

“我不知道自己能不能原谅她。”我回应俞立。

“其实你早已有了答案，不是吗？你没有报复她。”俞立搂着我的肩膀说。

我骗不了自己，虽然曾经恨透她，但在收到她道歉的纸条，看到她眨巴的眼睛的时候，我已经消融了对她的恨意。我知道，人是会成长、会改变的。有些人懂事早，她们更早懂得要珍惜一起旅行人生的伙伴；有些人懂事晚，但她肯放下曾经的幼稚，主动道歉，主动伸出友谊的手，难道我不应该再给彼此一次机会吗？

又一天放学的时候，我走到校门口时，游晓晓推着自行车走到我的身旁，她看着我说：“杜鹃，我能载你一起走吗？”我愣了一下，不知做何反应。

望着她真诚的眼神，我犹豫了一下后，还是肯定地应了声：“可以呀！”游晓晓涨红的脸庞立即笑了起来，她开心地说：“走哟！”

我知道我得释怀，如果我一直背负着满满的恨前行的话，我的人生将不会有真正的快乐，我得将往事酿成一杯最美的琼浆，跟过往干杯。

第七辑

再也回不去的年少时光

我想记住他，记住我们青春的模样，我知道，那些年少时光，我们是再也回不去了……

那年青涩

题记：那一年我上高三，在那段大家为了高考而忙得秣马厉兵的紧张时刻里，我却不可自拔地喜欢上一个大家眼中的“坏男生”。可是这一切都经不起时间的考验……

一

彼时我们都是高三的学生。父母觉得城里的教学质量好，特意把我从乡镇中学转学过来。虽然家境一般，但他们还是倾其所有，找关系办妥了我转学的事。

刚来县城的第一天，我就认识了陆子皓。他是房东的儿子。人与人之间的缘分，有时真是一件说不清楚的事。我时常在想，我的生命中如果没有这样一个人出现，会不会就变得完全不一样了？

我跟父母把行李搬到陆子皓家时，他正抱着吉他坐在阳台的栏杆上叮叮咚咚地弹奏，听得人心烦意乱。可能是我们搬家，摆放物什时，声音太响了，陆子皓很不友好地叫：“小声点不会吗？真是烦死人了。”

老妈叫我别吱声，毕竟是租住别人家的房子，哪能像在自己家一样方便。我撇撇嘴，大好的心情顿时沮丧起来。

我们家租住在陆子皓家三楼的房子，他们一家住在二楼，一楼是店铺。我不清楚陆子皓的父母是做什么的，感觉他们每天都在家。我的父母在附近开了一间小炒店，生意不错，除了正常的开销，还能有些积蓄。

二

我原以为，我和陆子皓"井水不犯河水"，可以老死不相往来，然而开学的第一天，我就在学校里见到他了。陆子皓不仅和我同校、同年级，他还在隔壁班。课间在走廊相遇时，他愣愣地看了我很久，我却是没有胆量和他对视，匆匆一瞥，然后低头，但我感觉得到，他的目光一直盯着我。

同桌女生见我状况有异，待陆子皓离开后，她偷偷问我："你认识陆子皓？你可要小心他，他不是什么好人。"我很诧异同桌的话，半信半疑地望着她。"信不信随你，他们班的同学都不爱跟他玩。"同桌见我怀疑的表情很不悦。

放学回家时，我没想到陆子皓居然会等在半路上，他一见到我出现就走过来问："你叫连娟子？"我瞟了他一眼，有些恼火，什么人呀，这么没礼貌。见我没吭声，陆子皓又说："哑巴吗？连话都不会说。""你才哑巴，明知故问。"我冷漠地应了一句。我虽对同桌的话有些怀疑，但初来乍到，我还是不愿意招惹别人眼中的"坏男孩"，即使他是房东的儿子。同桌已经一一向我列举了许多他的"光荣"过往，单单成绩最差这一条，我就不想搭理他。

我从他的身边绕道而过,然后是飞一般地跑回家,身后是一串他戏谑的笑声。

晚上在家写作业时,我总能听到从楼下传来一阵又一阵吉他声,有时根本就是噪声,烦得我静不下心思。如果不是租住房子,我早下楼去敲门了,但他是房东的儿子。我很奇怪,他都不用写作业吗?整个晚上尽传来那烦躁的吉他声。他故意的吗?

三

同桌告诉过我,陆子皓不是什么好人,别和他走太近。同桌还说,陆子皓几年前发生过车祸,他有一条腿是假肢,心里黑暗,还有暴力倾向。我的态度从半信半疑到完全相信只经过短暂的一天,从他放学后拦我去路,还有戏谑的狂笑都让我恐惧。

我胆战心惊地避开他,一回家就锁好房门。父母在店铺的时间很长,我每天晚上都要一个人在家,毫无选择地在他烦躁的吉他声中写作业,害我连连出错。在县城的读书生活并不像我想象得那样好,同学觉得我是从乡下来的,不爱理睬我,我的成绩在乡镇中学时是最好的,到县中后,强手如林,我再也找不到过去的荣耀。

我的烦恼无人可以倾诉,我想念过去的老师和同学,他们待我那么好,而在县中,我总能感觉到自己的格格不入。半期考时,我的成绩又退步了,居然排到了班上的二十几名,中游水平。这样的成绩让我惶恐不安,我知道自己愧对父母的期望。

有一天夜里,很晚了,父母已经歇息。我躺在床上翻来覆去睡不着,窗外皓月当空,如水的月光透出窗棂洒下一地清辉。想着周末没课，于是我穿上衣服走到屋外的阳台，想看看夜深人静时皎洁的月光，吹吹凉爽的夜风。

我倚在栏杆边，思绪如云，想着进城读书后成绩反而更差，心里就难过。突然，楼下的阳台传来深深的叹息吓了我一跳。“谁？”我警觉地叱喝。“干吗？大半夜的，想吓死人呀？”是陆子皓慵懒的声音。“你才吓到我了。”怕吵醒父母，我低声说，还把头探出去看。月色下，一点猩红的光明灭闪烁，陆子皓穿着背心短裤，靠墙坐在栏杆上，一条腿耷拉着。他居然抽烟！在我想着这个问题时，突然瞥见了他脚上金属的光泽，心里一紧，那是假肢。

我想起了同桌的话，一时不知说什么好。“我们到顶楼聊天吧，反正睡不着。”他发出邀请。“才不呢。”我回应一句，急急退回房中。我和他又不熟，再说了，大半夜地和一个男孩在一块儿，被人看见，成什么呢。可是躺在床上，我却一夜无眠。

陆子皓上了顶楼的天台，那天夜里，他在上面弹了一夜的吉他，叮叮咚咚的吉他声像低低的哽咽。

四

周围的邻居早就对陆子皓半夜弹吉他的事有意见，但谁也没吭声，对于一个在车祸中死里逃生而又少了一条腿的男孩，他们敢怒不敢言，打心里也可怜他。

我在陆子皓杂乱的吉他声中没有了学习的心思，也静不下来。那吉他声像一只只钩子，钩得我六神无主。我开始挺厌烦，但慢慢地，却也适应而习惯了。

陆子皓确实像同桌说的,有暴力倾向,我亲眼看见过他在校园里和别人打架,打得特别狠,连眼圈都是红的。他的脾气很坏,一句话不合,就会动怒。可我却感觉,在校园里看见的陆子皓和在月夜里的他有些不同。他很孤单,但他并不甘于孤单,他不是个蛮不讲理的人,却故意伪装得一脸蛮横。

在校园里,我不想跟他有任何的瓜葛,我怕自己因为他被别人孤立。虽然转学过来后,大家因为我是从乡下来的,不爱跟我玩,但这和被人孤立还是完全不同的。我的假装不认识激怒了陆子皓,他刻意在课间休息时过来找我,害我被人嘀咕了很久。没有人敢当面去耻笑陆子皓,但他们会对我指指点点,让我觉得如芒在背。

每次遇见他都要躲得远远的,但他却像瘟神一样,缠住我,脸上没有表情,却要命令我。我的性子拧,他想命令我,我却偏偏不听,还和他对着来。每次看见他,都不给他好脸色。可是,听到他在月夜里弹出的吉他声时,我的心弦却又莫名地被拨撩。我能感受到他内心的迷茫和烦躁。

我听陆子皓的妈妈说,车祸前,陆子皓不是这样的。望着那个有些苍老的女人,她眼中的痛惜像一把火灼伤了我的心。

五

父母的小炒店生意很好,让人眼红了。有一天傍晚,在他们忙得不可开交时,有几个小混混上门找碴儿,他们把自己带去的蟑螂放进汤里,然后说身体吃坏了,要求赔偿。生性耿直的父亲咽不下这口气和他们理论起来。才几句话,小混混就开始砸东西,吓跑了店里的食客,也把父亲打伤了。

刚好路过的陆子皓看见后，二话不说，直接跑进店里，抓起一把菜刀，挥舞着要砍那些寻事的小混混。陆子皓很拼命，父亲怕出事，赶紧拉住他。等到“110”的警察来时，那群小混混早已溜之大吉。

望着满地狼藉，母亲忍不住哭出了声。父亲在安慰母亲时，陆子皓一个人先离开了。直到他回来，我才知道小炒店发生的事。我不知道，如果不是陆子皓拼着命帮忙，事情到最后会闹成什么样子。

那时年关将近，父母处理好店铺的事情后，先行回了乡下。我很感激陆子皓，但我才说出一句感谢的话，他就转身离开了。他对我的态度很冷淡。我不明白，那他在学校时，为什么要一次次到我班上来找我，像个瘟神一样，让人烦不胜烦。

期末考前，有几天夜里没有听到吉他声了。我以为陆子皓良心发现，知道要考试了，不再打扰我的清静。可到考完试，我才知道，陆子皓在路上被人打了，是那几个到小炒店寻事的小混混。

我打电话告诉父母这事，他们专程来看望陆子皓。陆子皓最怕别人对他说感谢的话，他瞪了我一眼，没吭声。

六

高考前夕，大家的学习热情骤然高涨。

可是，我却在紧张的学习中发现陆子皓开始逃学了。他敢逃课？我大义凛然地跑去找他，本以为自己可以说服他，然而当我看见他那深邃的目光时，我却哑然。好一阵后，我嗫嚅：“陆子皓，干吗逃课？”“你管得真宽！我不想读了。”陆子皓没给我好脸色。

他上天台弹吉他时，我也上去，站在边上眼睛定定地看着他。他连看也没看我一眼，自顾自地拨弄手中的琴弦。“去写作业吧，不会的，我教你。”我哀求他。我也不知道为什么要去哀求他，一颗心仿佛不再是自己的，一直任他牵扯。

幽蓝的夜空，繁星点点。一阵夜风掠过，吹拂我飘逸的长发。陆子皓突然放下吉他，一把扯过我，把头探过来，在我脸上蜻蜓点水般轻轻吻了一下。我愣住了，仿佛泥塑一般。待我反应过来后，我抬手打了他一记耳光，然后转身急急地跑下楼去。泪水止不住地流淌，他怎么可以做出这样轻佻的举动！

我不再理会陆子皓，可是我没法控制我的大脑。写着作业时，莫名地就会想到他，想他这会儿在干些什么，他是不是生气我打了他一耳光？好些天没看见他了，我知道他在躲我。其实我也在躲他，我不知道再面对面时，自己会是什么感受。

他已经很久没在天台弹吉他了，我想，他是不想再打扰我学习。我看不见他，虽然住在一幢房子里，可是想碰个面都显得那么难。他的父母一直在家，我也不好下楼去找他。我们之间突然就横亘起一条无法逾越的鸿沟。

紧张的高考在我茫然无措的状态中来临，结果可想而知，我以两分之差与理想中的大学擦肩而过，为了毕业后能够找到工作，我选择去念二本师大。而陆子皓，我不知道他做出了什么选择。

高考后，我搬离了他家，再也没有见过他，就像我们从来不曾见过面一样。

我很好，那么你呢

一

收到林威的信时，我已经上高一了。

初中毕业后，林威随工作调动的父母去了大连。他走的时候，我正在外地旅行。那是父母对我中考成绩的奖励。其实就算没有去旅行，就算知道林威要走，我也不可能去送他，怕误会。我知道林威对我好，甚至可以说是喜欢我，但我不想过早陷入感情的旋涡，让自己将来后悔。

我是大家眼中的乖乖女，但我不是没有情感的木头人，林威那么明显的举动，任谁都能够看出端倪，我又怎么会看不出来？但一直以来，我佯装不知，在他面前装傻充愣。我对他也有好感，但我得克制自己的感情，我不想一时的冲动毁了两个人的前途。

表姐的前车之鉴对我有深远影响，她为了一个男生荒废学习，被抛弃后就割腕自杀，虽然被救回来了，但荒废的时光却无法倒流。高考落榜后，她匆匆步入社会。这不是表姐想要的生活，但她已经没得选择，曾经绚丽的梦想就永远只能是梦想了，她说她连活着的力气都没有了，还谈什么梦想。

望着表姐忧郁的眼神，我就慎重地告诫自己：就算我也喜欢林威，也要谨记保持和他之间的距离。林威很好，我也很好，我怎么忍心我们的将来一片黯淡呢？

二

林威是学习委员，不仅成绩好，再加上俊朗的长相，在班上颇受大家欢迎。我也想不明白，他为什么就单单对我另眼相看呢？难道就因为我是班长吗？毕竟长得比我好看，成绩也不差的女生比比皆是。

林威无论是公事还是私事，他都是站在我一边的。开班会时，我的提议，他总是第一个附和，而且会找出充分的理由加以佐证。偶尔，有同学提反对意见时，我还没搭声，林威就已经滔滔不绝地和对方辩论起来。口齿伶俐的林威，旁征博引，深入浅出，往往几句话就驳得对方哑口无言，只是赢归赢，在最后的胜利时刻，林威并不得意，而是会巧妙地补上一句话，给正陷入尴尬的对方一个合理的台阶下，皆大欢喜。

看着一脸真诚而又充满智慧的林威，我有时都很困惑，我真的能坚守住不对他动心吗？我所表现出来的对他的不屑，真的没有破绽吗？无论我怎么对他，他在我面前都表现出十足的诚意，害我被同学嘲笑是榆木脑袋。

我当然不是榆木脑袋了，好几次我都快撑不住，想痛痛快快就接受林威的告白，然后轰轰烈烈地喜欢一场，至于未来，那么遥远，谁知道又会发生什么事呢？但一想到表姐荒芜的眼神，我就只能硬起心肠。

我希望，我们都能够快乐地成长。虽然林威长得高大，已经有一副大人的架势，但我们稚嫩的双肩真的能够承担起感情的包袱吗？

三

面对林威的示好，我一如既往地装傻，在他表现出准备告白时，匆匆转移话题，不让他轻易把“喜欢”说出口。我怕自己不知如何回应，拒绝他，不是我真心想的；但接受，我又害怕最终伤害了彼此。

矛盾又惶恐的心情起起伏伏，我想看见他，却害怕面对。他总跟着我时，一颗心是雀跃的，但我却故意拉长脸，不用正眼看他。他和别的女生有说有笑时，我的心又沉沉的满是失望。我努力装作云淡风轻，努力表现出讨厌他的样子。没有人知道，在我装作一脸不屑面对他时，我的心里有多难受。

真希望他能够明白我的心思。看着他已经有些下滑的成绩，我开始担忧。我在考虑自己的行为是不是正确，是否像其他同学所说，我在用欲擒故纵的方式刺激他，或许，接受他，我们还可以一起进步。

我不知道，我要如何做才是最好的方式。“冷处理、逃避”是我仅能想到的办法，我以为这样才不会伤害他。但他是林威，一个张扬又骄傲的家伙，我的不回应反而更激起了他的好胜心，他采取的方式越来越多，也更明目张胆了。

我的优柔寡断最终使事情变得复杂起来。林威不仅给我写纸条，面对我的不回应时，他还变本加厉，居然在上课时给我写长信。信被老师缴获时，林威这个学习委员第一次和老师发生了冲突。

我不知道那些天，林威都想了些什么，会不会恨我，班上的同学都知道林威对我的好，各种版本的故事在学校盛传，很多喜欢林威的女生早把我看成了眼中钉。

四

一天傍晚，在放学路上，一个喜欢林威的外班女生带着一群人气势汹汹地拦住了我。

我想绕开，但那女生一把拽住我的书包，狠狠地推了我一把。躲闪不及，一个趔趄，我重重地摔在了地上。

围观的人很多，那女生高声喧哗："大家来看看，这只狐狸精的虚伪面目……"

其他几个女生跟着起哄。我低着头，倔强地爬起来，虽然手擦破了皮，正隐隐作痛，但我不管不顾了，一脸愤然地盯着她。

"你以后离林威远一点，要不然，有你好看的。"女生撇撇嘴，警告我。

女生的话证实了我的猜测，于是，我冷笑道："林威是你什么人？你这么厉害为什么不让他离我远远的？你有这个魅力吗？"

林威拒绝过很多女生，或许她就是其中一个，居然把怒气发泄到我身上了，于是在那女生骂我时，我不屑地说："林威算什么，只有你会喜欢，他的死缠烂打让我不胜其烦，拜托你，以后看好他。"在我转身想离开时，我没想到林威居然站在了我面前。

心里一阵慌乱，我支吾其词却解释不及了。林威怒视着我，说："对不起！原来我一直自作多情。"多想告诉他，我不是这样想的，但由不得我解释了，思忖片刻，我接着他的话说："好自为之。"

走远后，我还是不敢回头，我害怕看见林威一脸愤怒的样子。一直以来，他都是被人追着、捧着的，没想到我会给他一个那么大的打击。

五

一直到中考结束，林威再也没有打扰过我。

有时看见他落寞的背影，我会后悔，觉得不该那么伤害他，但看见他渐渐回升的成绩时，我又觉得自己没有做错。就算被他误会，但只要他能够把心思放回学习上，我无所谓了，毕竟这是我唯一能够为他做的事。

我没想到，林威去了大连后还会给我写信，信的内容很真挚，他再一次在信中询问我：当初为什么拒绝他。

林威真的不明白吗？他才是真正的榆木脑袋。

望着窗外幽蓝的夜空，我想着自己的美丽心事，偷偷乐了。我准备给他回复一封长长的信，我要告诉他，我不是没有感知的木头人，只是在不对的时间里，我不想让对的人错过了。如果他的喜欢够真诚，那么请给彼此三年的时间，相约在我向往的美丽大学校园。

六

林威，我很好，那么你呢？我希望你好，就像初相识一样。

这个约定，你能坚守并兑现吗？

我期待着。

你我之间最好的距离

小太阳，你从来都没有想过吧，有一天，我会给你写信。虽然随着毕业我们可能再也不会相遇，即使相遇，你也依旧不会认识我，但这有什么关系呢，就像这三年来，一直都只是我在默默地关注你一样。

你当然不叫小太阳了，这是我给你起的代号，是我第一次看见你后就在心里想到的，你的笑容那么温暖，虽然不是对我，却也在那一瞬间温暖了我。不管你喜欢不喜欢，我就这样在心里叫了你三年。

很傻吧，可是有什么关系呢，每个成长中的女孩，都曾有过这样的经历吧，会偷偷给自己喜欢的男生取一个只有自己知道的代号。这样重大的机密，只会深藏在带锁的日记本中，或许自己最最要好的闺密才有权分享。可是，我没有闺密。有一段时间，我被自己的秘密压得喘不过气来，想找个人倾诉，可是我不知道能够找谁。

你是我心中的唯一，至少在目前，还没有人可以替代。我知道我们不会有交集，就像三年的隔壁班同学，我们没有讲过一句话，可能你也从来没有注意过我的存在。我是那么平凡的女生，湮没在人群中就再也找不出来了。而你长相俊朗，目光清澈，笑容温暖，是举手投足都能引起众女生尖叫的“校草”。

我承认,为了吸引你的目光,我曾做过种种的努力。知道你成绩很好,我就努力追赶,一直渴望有一天,我的名字能够和你并排出现在红榜单上;知道你喜欢打篮球,我每天放学后都站在球场边的人群里,远远地看你打球,为你精彩的三步上篮喝彩而拍红了手掌。其实,好几次我也曾鼓足勇气,希望自己像那些喜欢你而且特别勇敢的女生一样,跑过去为你递上一块擦汗的小方巾,或是为你送水。可是我不勇敢,我只能远远观望;知道你喜欢“羽泉”组合,喜欢听他们唱的歌,我也就爱屋及乌喜欢听他们的歌。

我总是喜欢在下课时走到你们班的窗外,站在走廊上远远地看着你,看你和同学大声说笑;看你站在栏杆前,阳光下,迎着晨风一脸享受的样子;看你挺拔的身影,乌黑的碎发……每每这时,我就会感叹,如果我是一个漂亮女生,可能我会更加有勇气与你认识。就像学校里那些漂亮的女生,她们走路时总会高高地扬起下巴,昂首挺胸,目不斜视。我听别人说,你也喜欢她们其中的一个。听到这个消息时,我心里酸酸的。虽然我也知道,你喜欢谁都和我没有关系,可是我还是难过了,心不由己。

这三年里,因为体育老师调课,我们时不时会在操场一同上体育课。于是,上体育课对于我来讲就像过节一样开心,因为我可以近距离地看到你,可我又找不到借口,不知能够和你说什么。其实就是什么也不说,在灿烂的阳光下,在宽阔的塑胶跑道上,大步奔跑的你挥汗如雨,脸上洋溢的笑容,风鼓起的高高的衣角,一切美好得宛若一场电影。后来看电影时,看到类似的场景,我就会想起那些难忘的画面,你是唯一的主角。

你那么帅气，成绩又好，似乎什么比赛都少不了你的身影。我一直在暗中努力，以前只是想靠近你，能够被你所关注。天道酬勤这句话是有道理的，在你忙碌地参加各种活动时，我除了关注你就是在努力学习，有一天，我的成绩居然排到你的前面去了。我不知道，那个时候你有没有注意过我。身边的一个同学说我纯粹就是一个书呆子，除了读书，什么都不会。我不擅长反驳，只想用沉默应对。或许他是对的吧。我不知道你是不是也这样认为，我多希望你和那些说我是书呆子的人不一样。

随着最后一张毕业照的定格，我们注定要各奔东西。那是我和你仅有的一张合影，密密匝匝的人群里，我还是能够一眼就找到你。你在我身后第四排的位置，中间隔了三个人。明晃晃的阳光下，那一张张绽放的笑脸就如一朵朵怒放的花儿一样。那天的阳光很好，一如我灿烂的心情。我知道，那将是第一次也是最后一次，我们会出现在一张相片里。以后，我就只能在合影中寻觅你的笑脸；以后，我就只能在回忆中想起你，还有你存在的青春。因为你的存在，我的青春变得更加有意义了，我一刻都不曾松懈过。

随着毕业的来临，我犹豫过要不要去向你告白。后来想想，还是决定不让你知晓，就像这三年来一样，远远观望你，应该是我们之间最好的距离。三年里，隔壁班，那么多次的照面，那么多次的擦肩而过，已经足以让我的回忆变得生动精彩。每一个有你存在的画面都让我的青春变得更坚持和充实。小太阳，谢谢你的出现！谢谢你一直都那么优秀！谢谢你，成就了我青春时代所有美好的幻想。

· 怀念与你相遇的15岁

初识晨曦

我是个很笨的人，学习再努力也考不好。

我没有朋友，在家里也感觉不到什么温暖。我很羡慕那些成绩好的同学，自卑的我只能安静地躲在教室的最角落，看着别人呼朋引伴。

很长的日子里，我就像一个透明人。一直到我15岁那年，偶然的一次，我在校园里捡到了晨曦的手机，在还给她手机时，我们认识了。

晨曦是尖子生，在认识她之前，我并不知道，她就是那个每次都考第一名的女生，还是校舞蹈队的台柱子，众多男生心目中的“校花”。

晨曦的手机是她爷爷送她的生日礼物，对她来说特别珍贵。我把手机还给晨曦时，并没有想过她后来会把我当成朋友。她的出现会对我的人生有如此大的改变。

或许这是缘分吧。一个手机让彼此陌生的我们相识了。

第一个朋友

晨曦在一班,我在九班。

那天傍晚放学后,我才走出教室就看见晨曦已经等在走廊。看见她热切地朝我招手时,我的脸倏地涨红。我以为她只是客套说说,没想到,她真来找我了。

我注意到很多同学诧异不已。晨曦不仅仅成绩好,还长得非常漂亮。那些同学嫉妒而又疑惑的目光让我很开心,当然这一切都是因为晨曦的出现。

“子杰,我一下课就跑过来找你了,我们走吧!”晨曦说。我的心怦怦跳,连手掌都出汗了。偷偷瞟她一眼,我的脸也红了。

“你紧张什么呀?”晨曦逗我。我还是不敢说话,也不敢抬头看她,手一直拽住书包。下楼梯时,我的脚都在发抖。因为晨曦说了,我们以后就是朋友。

对于一个从来就没有朋友的人来说,晨曦的话就像一缕黑暗中的亮光,把我的心照得通透。在果汁店,晨曦开心地说个不停。我的心底掠起了一阵阵流沙般浅浅涌动的喜悦。

“子杰,你也说话呀。”晨曦说。

“嗯。”我回应一句。

在晨曦面前,我不想让她知道,我在班上那么招人嫌,在家里也不受父母重视,我的成绩有多糟糕……我不想说这些,怕她看不起我。我想说我喜欢听的音乐,喜欢看的书,还有我超强的模仿能力。

内心再卑微,过往再黯淡,我还是希望能给晨曦一个好印象。

做最好的自己

15岁的我，有自己的骄傲，即使之前我卑微如草芥。

我偷偷打听晨曦喜欢看的书和爱听的歌。我以前虽然成绩差，但在无聊的时光里，还是看过很多书，模仿过很多歌。我最大的天赋就是模仿能力强，模仿歌能以假乱真，这是我最为自己骄傲的地方。

一直形单影只的透明人突然成了班里的焦点，我很不适应。大家都很好奇，晨曦怎么会专程来找我，还表现得那么亲密？

有好事者，一再来向我打听。我不说，任由他们猜。见我不理睬，他们热闹一阵后也就失去热情。

我早就习惯在班上没人搭理的日子，在以前，心里会难过，但后来，我很享受。我开始不甘心自己是班上最差的那个男生，我暗暗努力，变得比过去更爱学习了。

在看《那些年，我们一起追的女孩》这部影片时，看见柯景藤为了自己喜欢的女生废寝忘食地读书、写作业后，我突然就想起了15岁的自己，为了在晨曦面前不那么自卑，我仿佛变了一个人。我的努力程度可以用“拼命”来形容，就连我的父母也以为我神经错乱，终于懂得要读书了。

我浑身充满了使不完的劲，脑袋也仿佛开了窍，每天学习到深夜也不觉得累，那些过去天书一般的难题，也能想出来。天道酬勤是有道理的，只用了三个月时间，我就把自己的成绩从班上最后一名提升到中等，令所有人大跌眼镜。

晨曦常在放学后等我一起回家。在她面前，我不再唯唯诺诺，虽然话还是少，但我也会告诉她，我在看的书和喜欢听的音乐。

有一次，晨曦的一个好姐妹生日，她们要去K歌。晨曦邀我做伴。为了给晨曦争脸，我铆足劲，唱了一首《死了都要爱》，那高亢的嗓音，以假乱真的模仿把大家镇住了。在热烈的掌声中，我看着迷离灯光下，晨曦一脸欣喜的表情，心中的自信一点点复苏。

回去的路上，晨曦对我说："子杰，你太厉害了。真是让我惊奇。"

"你那么优秀，当你的朋友，我也不能太差吧。"我说。

我说的是真心话，自从认识晨曦后，我一直在努力，要做最好的自己。我希望在我以晨曦为荣的同时，她也能够以我为荣。这是我在15岁那年最大的心愿。

晨曦说……

我的15岁，是我生命中最重要的一年。

晨曦的出现，她的肯定，她的友谊改变了我，让我从自卑的烂泥潭里走出来，走到阳光下，变得自信、勇敢。

我爱上了学习，因为晨曦说，只有爱学习才能有好未来；我学会了珍惜，因为晨曦说，别以为来日方长，其实人生很短；我学会了微笑，因为晨曦说，我微笑的样子更帅气，微笑着才会有好心情；我学会了宽容身边的人，因为晨曦说，宽容是美德，只有学会宽容才能让自己过得安宁和舒心；我学会了体谅自己的父母，因为晨曦说，一个连自己父母都不爱的人，没有权利去爱任何人……

15岁那年，我学会了很多自己曾经认为根本不可能学会的东西，但是因为晨曦，奇迹在我身上发生了。晨曦对我说过很多话，我都一一记得，我还记得她说话时，眼中闪烁的温柔目光，记得她微笑时脸上的甜甜酒窝，记得她讲起她爷爷时眼眶中噙着的泪珠……

我们在晌午的太阳下奔跑，在绿荫掩映的草地上一起听王菲的歌，在彩霞满天的黄昏游走在古老城墙上。我们对着天空高歌，一起吟唱《千里之外》，欢快的笑声回响在15岁的天空。

我怀念的

我以很好的成绩考上了重点高中，父母在看到分数的那天晚上，喝了很多酒，他们夸我给他们长脸了，自责他们以前不该骂我笨得像猪，不该对我漠不关心，他们不停地说着、笑着，突然就流泪了。我安慰他们，自己却忍不住泪流满面。

我知道，这一路艰辛地走来，唯有晨曦鼓励过我。她是第一个把我当成朋友的人，第一个没有骂过我笨的人，第一个真正关心我并且探访过我心扉的人。她盈盈的笑脸，她闪烁的目光一直停留在我的脑海中。

中考过后，晨曦随工作调动的父母去了遥远的北方。那之后，我们再也没有见过面。只是，我时常会想念她，想念我们相遇的点点滴滴。是她的出现，她的善良和纯真改变了我，让我从一个自卑少年变得自信开朗。

我一直在努力，如果有一天我和晨曦能够再相遇，我希望自己还能成为可以让她骄傲的朋友。

许多无眠的夜晚，我一直在怀念——怀念我和晨曦相遇的15岁。

再也回不去的年少时光

一

“栀子花开如此可爱，挥挥手告别欢乐和无奈……”闪亮的聚光灯下，一群白衣少年手抱吉他，正在舞台上弹唱《栀子花开》。

我的目光聚集在赵星辰身上，久久没有挪开。望着他干净的脸庞，深情的眼眸，我陶醉在清澈悠扬的歌声中，似乎整个舞台上就只有他一个人，他在为我歌唱。

毕业了，我们就将各奔东西。我知道，他已经提前被省里一所重点高中录取，过些天就要离开。我不知道，他有没有在密匝匝的人群中看见我，看见我泪流满面的模样。

台下的女生们都疯了，她们尖叫着、呐喊着，山呼海啸般的欢呼声一浪紧接着一浪席卷全场，偌大的场馆，屋顶都快被掀翻了。很多女生在哭，她们一个一个叫着台上男生的名字，炽热而疯狂。

“赵星辰、赵星辰，我们爱你！”

当叫到赵星辰的名字时，我也跟着高呼起来。这是我第一次不管不顾地大叫一个人的名字，什么优雅、什么淑女都见鬼去吧，此刻我只想宣泄自己郁积已久的情感。

这是最后的狂欢夜，或许以后我们就再难相见了。相逢是首歌，而歌必定有曲终人散的时候，就如现在的我们。望着舞台上的赵星辰，我泪眼婆娑，而思绪却飞扬起来。

二

我和赵星辰从小就是同学，还曾同桌过一年，如果不是我个头长得比他快，或许我们还可以同桌更长时间。小学时期的赵星辰，长得瘦瘦的，像豆芽菜。可别小瞧了这“豆芽菜”，他可是个捣蛋鬼，最喜欢揪女生的长辫子了。

赵星辰的成绩不好，又总爱捣蛋，老师很头疼，说他是“一粒老鼠屎坏了一锅粥”。屡教不改的赵星辰让老师束手无策，后来没办法，就把他安排成我的同桌，让我看住他。

那时我们已经上六年级了，我是班长。我的性格比较稳重，虽然话不多，但很有原则。老师喜欢我这样乖巧的学生，而我也一次次用满分的成绩回报老师的信任。

赵星辰搬过来和我同桌时，担心我每天都会向老师告状，一肚子不乐意。“你放心，只要你表现好，我不会告状的。”我对他说。

“真的？不能骗我哟！”赵星辰来了兴致。

我和他“约法三章”，如果他做到了，我绝不告状。“班长，我听你的，是不是也可以变得像你一样厉害？”看着我满分的卷子，赵星辰羡慕地问。“那当然！”我自信满满地说。

赵星辰很配合，他的聪明却令我刮目相看。很多很难的题，我稍加指点，他就能举一反三，而且解题方法比我简洁。看到他也考满分时，我比他还开心。我言出必行，一次都没告过他，因为老爱捣蛋的他变乖了，而且爱上了学习。

三

我们上同一所中学。去报名时，赵星辰早早等在校门口，看见我后，他兴奋地跑过来大叫：“班长，我们继续同班哟！”

我的脸莫名涨红。上初中时，我已经是个大姑娘了，个头比同一天出生的赵星辰高了一截，他依旧像个小孩。

活泼的赵星辰很快就和班上的同学混熟，而我因为长大了，变得敏感而害羞，在班上很少说话。我的位置排得很后，赵星辰却坐第一排。赵星辰开口闭口叫我班长，让我很难堪，其实上初中后，我再也没当过班长，倒是他，是老师钦点的学习委员。

赵星辰对我的态度跟小学时一样，而我却不再愿意总被他跟着，觉得他像尾巴，害我老被同学嘲笑。那时，班上男女生连说句话都会被起哄。

初中繁忙的学业弄得我焦头烂额，他却轻轻松松就适应了。我的成绩下滑得很厉害，我不知道问题出在哪，每天神经紧绷。开学后的第一次月考，我竟然只考到二十三名，而赵星辰名列前茅。我瞬间崩溃，禁不住哭了。

放学路上，他拦住我。“班长！我有话对你说。”心情糟糕的我根本不想听他说话，于是愤然道：“别再叫我班长了，我不是。”赵星辰吓了一跳，愣愣地看着我。

“不就一次月考，你一定可以的。”过一会儿后，他试图安慰我，没想到却惹得我更难过。赵星辰只好悻悻离开，望着他的身影消失在街角，我哭得更伤心了。

四

赵星辰又一次以“七科考试，六科满分”的成绩轰动学校时，他成了焦点人物。他是值得骄傲的，他从一个不爱学习的捣蛋鬼蜕变成了老师们最得意的门生。

在各科老师一次次表扬赵星辰时，我难过得不想去学校了。他原本是我辅导的差生，而现在我却被他甩得远远的，再也追不上了。

“我能取得今天的成绩都是你的功劳，你是我永远的班长，是我最好的朋友。如果你还把我当成朋友，放学后在香樟树下等我。”看到赵星辰夹在我书里的纸条时，我愣住了。

我们好久没说话了。虽然他一次次主动搭腔，但我不想理他。我觉得，无论如何我也不能输他太多，要不，我怎么有勇气面对他。

犹豫了很久，我还是决定赴约。一年的时光，就在我的逃避中匆匆而过。我有些后悔，赵星辰没做错什么，而我却为了自己所谓的自尊让友谊搁浅。

去到香樟树时，我远远地看到赵星辰正蹲在树下玩石头。“怎么还像个小孩子？”我暗暗摇了摇头。虽然他的个头已经蹿得和我差不多高了，但行为举止依旧没变。

我故意咳一声，他才立马站起来，双手在裤子上一边搓一边问我："班长，你来啦？"我实在想不明白，这个总考第一名的人怎么还爱玩石头？

"以后别把脏手擦在裤子上，多脏呀！"我瞥他一眼认真地说。以前我都是这样训他，但后来改变了。听见我再次这样说，赵星辰的眼睛亮了，他知道我没有放弃我们的友谊。

五

赵星辰变成个翩翩美少年是初三后的事，那时他的个头已经快蹿到1.8米了，长得清秀俊朗。全校女生集体评选他为"校草"，还说他"智商超群，颜值爆表"。

我把这些话说给他听时，他浅浅地笑了起来："那在你的眼中呢？班长。"我没应，脸却红了。我能说什么呢？面对优秀又帅气的赵星辰，我并不坦然。

他依旧叫我班长，但我早不是了。他已经不再蹦蹦跳跳，可我知道，他就是赵星辰，一个喜欢玩石头的小男孩儿。

赵星辰经常出去比赛，而我忙于学业，彼此间的交往渐少。当我听说他已经被省里的一所重点高中提前录取时，我为他高兴，却也黯然神伤。终究要分开了，或许以后，我们就将不会再有交集。

"栀子花开如此可爱，挥挥手告别欢乐和无奈……"

舞台上，白衣少年们依旧在弹唱。我的目光久久地聚集在赵星辰身上，一刻也舍不得移开。我想记住他，记住我们青春的模样，我知道，那些年少时光，我们是再也回不去了。

·我们之间单纯得像一首诗

一

“你是夏天有海风吹过棕榈的蓝天，让我忘记了眼泪有多咸，你一出现就是晴天，还想听你任性地说，要带我去环游世界，就算整个世界都改变，也不改变为你勇敢的自己……”

毕业晚会上，我第一次与柯威合唱可米小子的歌曲《青春纪念册》。柯威一改往日校服、宽边眼镜、运动鞋的装扮，穿上了拉风的绿T恤、牛仔裤，眼镜也摘了，还把帘子般下垂的刘海打了摩丝向上梳，露出饱满、光滑的额头。

朝气的柯威像棵挺拔的小树。“很帅哟！”看见他时，我笑着说。柯威有些腼腆，他红着脸低语：“别逗我了，好多人在看。”“看就看，反正都毕业了，以后能不能再见面还说不准。”我豪气地嚷，还故意牵起他的手。我早听到有些人在背后议论我们，可我们自己知道，我们之间单纯得像一首诗。

柯威的父母早已经帮他设计好未来的人生路线，毕业后他就要飞去新西兰，可能暑假都不会逗留太长时间。当初如果不是他吵着留下来陪爷爷，三年前他就要和父母一起过去。

关于柯威要去新西兰的事，我一直都知道。最初还哭过鼻子，觉得他离开后，我将要失去一个最重要的朋友，可后来他一直还在身边就习惯了。

二

“青梅竹马”指的就是我们。因为父母的关系，我们出生后就常在一块儿。听妈妈说，在我们都还在肚子里时，大人们就开过玩笑，说如果都是女儿就当姐妹，是儿子就当兄弟，一男一女就定娃娃亲。

只是玩笑归玩笑，在我们出生后，父母们并没这么做。他们都是文化人，哪能做“定娃娃亲”这样俗气的事。柯威比我大一个多月，可他从小就长得比我矮小，在我面前，就像个乖巧的弟弟。

我的性格像我爸，笃定大气，爱打抱不平，长得也比一般女孩儿更高壮，柯威正好相反，他长得像威妈，白皙秀气，性格内敛。小时候我们一块儿上幼儿园时，都是我保护他。

大人们常逗乐我们俩长错相貌，威爸还说柯威应该长成我这样才好，但我妈说，她喜欢柯威的秀气模样。老妈喜欢柯威，把他当成亲儿子一样待，特别是威爸威妈去了新西兰后的几年，她更是对他疼爱有加。

柯威爷爷过世时，威爸威妈都回国奔丧，那时，他们又想让柯威过去，但柯威说，他想参加完中考后再过去。柯威留在国内，他没有选择住到他叔叔、姑姑家，反而要住在我家，让我暗暗高兴了很久。我觉得，他是因为我。

三

读初三后，柯威长高了不少，但依旧安静、瘦弱。他不爱运动，整天喜欢抱着砖头厚的书看，我笑他是书呆子，柯威推推眼镜，一本正经地说：“书中自有黄金屋。”“书中还有颜如玉呢。”我怼他，然后央求他陪我去栈道跑步。

城市中央的天马山沿山腰修了条栈道，平时很多人去那跑步。我去过几次，真的很棒。一边跑步，一边吹着微凉的山风，鸟瞰山下的繁华城市，再加上沁人心脾的清新空气，令人心旷神怡。可是一个人跑步太孤单了，我想邀个伴。

柯威是最佳人选，我们生活在一起，每天作息时间一致，他什么时候有空我一清二楚，只不过这家伙太懒，最怕运动了。没办法，每次邀他去跑步，我只能先央求，再纠缠，然后连哄带拉。他真的好弱，第一次去时，才跑半圈，居然整个人脸色苍白，步履蹒跚。

我无奈地摇头，就他这单薄的身板，漂洋过海去那么遥远的新西兰，万一被人欺负了怎么办？外国孩子都长得壮实，柯威连自己都保护不了。一起坐在栈道长凳休息时，看着气喘如牛的柯威，我决心在他离开前，把他练得结实些。

初三功课忙，但再忙也得锻炼身体，劳逸结合，学习才有效率。我总是抓紧时间，在计划内把作业完成，然后拉上柯威，让他陪我去栈道跑步。柯威总是不乐意，但只要我装出一副可怜兮兮的模样，他就会答应。

四

在栈道跑步时,我们遇见了学校的同学。乍一看到我们,她们的眼睛都亮了,脸上流露出高深莫测的神情。没几天,风言风语四起。

我没太在意这件事,但柯威在意了,他顾虑我,建议我们保持一定的距离。“怕什么呢,要是她们知道你住我家,她们可能会疯掉。”我笑着说。“你呀,什么都不在乎。”柯威听我这样说,也就没再坚持。

只是一天傍晚我们在栈道跑步时,突然几个学生模样的男孩故意挤到柯威身边,趁柯威没注意,伸出脚绊了他一下。柯威踉跄几步,身体失去重心,一下栽倒在地。

“你们怎么回事?”我停下来,赶紧跑到柯威身旁,扶起他,然后瞪着眼厉声问那群男孩。没想到,他们居然嬉皮笑脸地说:“大姐,我们就是故意的。”

我一听,火腾一下冒起来,敢欺负到本姑娘头上,难道我八年的散打白学了吗?我一跃而起,首先抓住那个叫嚣得最大声的家伙,一个“扫堂脚”把他撂倒,转身的同时,我眼疾手快,又钳住另一个男孩的手,反背起来。

他们愣了,但缓过神后就落荒而逃。我没追,但大声吼:“下次再来,我就好好收拾你们。”“母老虎!母老虎!”他们边跑边叫。围观的人看见我干净利索的身手都鼓起掌叫好。

“你身手怎么这么好?”柯威惊魂未定,但他更惊讶我的身手。“你小时候都不爱学,我曾邀过你好多次。”我说。柯威没再吭声,但他眼中满满的都是佩服。

五

面对中考，我最担心的就是英语，也不知怎么回事，那些单词，我看着时都熟悉，但一写起来就漏字母，读也不行，结结巴巴，毫无美感。倒是柯威，英语学得好，讲得更好。

听我爸讲，柯威有年暑假过去新西兰时，他都是用英文跟别人交流，害我羡慕嫉妒恨了好长时间。柯威早就提议要帮我补习英语，但我坐不住。又一次英语考砸了，柯威在路上拦住情绪低落的我："我都接受了你的帮助，你还不愿意让我帮你补英文吗？"

原来柯威明白，我每次拉他陪我去栈道跑步，其实有部分是为了他。听他这样说，我找不到理由拒绝，只能听他安排。那之后，柯威不仅在家给我补习，每次去跑步时，他还一边慢跑，一边用英文跟我交流或抽背我单词。

我知道，他一直希望我能学好英文，但潜意识里我是拒绝的，我以为只要自己英文不好，他以后肯定就会回来……他是我生命中那么重要的好朋友。

他终究就要离开了。虽然知道会有这么一天，但面对时，心里依旧难受。在毕业晚会前，我决定和他合唱可米小子的《青春纪念册》，这是我们共同喜欢的歌，那些歌词早已把我们的心意表达。

我知道柯威懂，就像我懂他一样。

微凉的青春时光，有你相伴

一

九中是市里出名的“垃圾学校”，我根本不屑，然而中考发挥失常，我无缘自己心仪的实验中学，不得不到离家较近的九中。

我的心情就像腊月天没有阳光的午后，父母的长吁短叹更是加剧了我的负罪感。我宁愿他们责骂我几句，这样我也会好受些，但他们不骂我，只是叹气，让我不知如何是好。

漫长的暑假，每一天我都过得相当煎熬，为了减轻内心的焦虑，我向一个亲戚的孩子借了高中的课本自己提前预习。我以前的成绩不算拔尖，但也不差，正常发挥是可以考进实中的，也不知道我考试时怎么了，没办法，我只能接受现实，重新开始。

进入九中后，我郁郁寡欢，没心情与新同学结识。我想好了，我要以“悬梁刺股”般的努力，争取在高中的三年打个翻身战。

每天放学后，我并不急着回家，小区附近工地的搅拌机声音实在是烦人，我宁愿留在教室里继续看书写作业或是到校园运动场边上的小树林里背英语单词。

二

认识姜莹那天和往常一样，放学后我就抱着英语书过去，可是到那儿时，我常坐的石头上已经坐着一个女孩。

女孩背对我，长发披肩，璀璨的霞光仿佛给整个世界抹上了一层温润而明媚的光泽，道道霞光穿过稀疏的树梢，同样也在女孩身上镶上了一层耀眼的光环。我看傻了，那是一幅美妙的画面。

我愣愣地望着女孩的背影，一个远处飞来的篮球打破了这一切，女孩听到声音转过头，看到我时明显吃了一惊。我把篮球大力抛回球场，冲女孩笑了笑。女孩眉目清秀，她睁着一双好看的眸子望着我。

“你好！打扰了，我也来这背单词的。”我急着解释。

女孩嫣然一笑，她朝我点点头，没说话。

“我叫罗光太，一九班的。”我向她介绍自己。我觉得她是一个安静的女生，和我班上的女生完全不一样，她们都爱闹，成天呼朋引伴，让人不胜其烦。

“我叫姜莹，姜子牙的姜，晶莹的莹，一二班的。”女孩礼貌地回应我。

姜莹，好美的名字。在九中，喜欢读书的学生并不多，我猜想，她可能也是中考发挥失常才来这里的。一种同病相怜的感觉油然而生，我对她产生了莫名的好感。

不知过了多久，姜莹站起身说：“我要走了。”我也跟着站了起来，准备回家。

只是我的目光突然就呆住了，长裙飘飘的她，走起路时，居然一瘸一拐，我惊讶得差点叫出声。姜莹倒是如常地回头朝我笑了笑，走了，留下失神无措的我。我怎么都没有想到，这个长相姣好的女生居然是个残疾人。

三

周一回到学校，课间操时，我在操场遇见姜莹。我礼貌地打了招呼，她笑了笑算是回应。倒是站在我身旁的同桌在她走后，奇怪地问我："你认识姜莹？"

"你认识她？"我反问。

"她原来就在九中呀，明明成绩很好，考上了实中，却没去。"同桌说。同桌告诉我，姜莹是九中的学霸，人也长得漂亮，但腿脚不方便，让大家颇感遗憾……听着他絮絮叨叨的叙说，我心里有些为姜莹难过，小儿麻痹症留下的腿疾将影响她的一生。

傍晚放学后，我像往常一样去小树林背单词，没想到，姜莹居然比我早到。我主动过去搭讪，姜莹倒是比我想象得开朗，我问她答，两个人渐渐熟悉起来。

姜莹是个乐观的女生，她爱笑，笑的样子很可爱。她见我总是闷闷不乐，问我是不是有什么心事，犹豫了一阵后，我还是决定告诉她。我在九中过得很不快乐，我觉得这里的学风不好，大家都在混日子，努力读书反倒被人嘲笑……那些压抑在心里的话，我一股脑儿全倒了出来，心里反而轻松了些。

"学习终究是自己的事，好的环境当然很棒，但当环境不好时，我们就只能更努力，更要学会控制自己的状态。你原来的成绩不错吧，目标应该是实中？”姜莹问我。

我感觉自己的脸在发烫了，我想去实中却没考上，姜莹考上了却没有去。还好姜莹没有注意到我已经涨红的脸，她继续说：“下足了功夫，九中也可以创造奇迹的，也许努力三年后，九中就可以以你为荣了。”

“我哪有那么厉害，你还差不多，让九中以你为荣。”我谦虚地说。

“我确实有这么想过。我没有去实中，一方面确实是因为腿脚不方便，而另一方面我确实是希望九中能够以我为荣……”姜莹娓娓道来，一点都不掩饰自己的雄心壮志。她是这样说，也是这样做的，她通过优异的成绩，一次次为九中带来荣耀。

四

我的努力在班上总会遭到同学的嘲笑，班里一向嚣张的林洋说的话实在是难听，我一时没忍住竟然跟他动起了手。我并不想打架，但事情的发展由不得我。我和林洋一起被叫到办公室。

“姑丈……”林洋一进办公室就开始向教导主任控诉我。我浑身冰凉，心想这下完了，教导主任是他姑丈，我会不会被记大过呀？

“林洋，你搞什么呀？别人都告诉我了，这次是你先嘲笑光太，又是你先动手。”在教导主任喋喋不休地教训我们时，一个熟悉的声音响起，我没想到，在这尴尬时刻，姜莹竟然会来。

“表妹，你什么意思呀？我是你表哥，我被人打了，你还帮他说话。”林洋一脸愤然。我听蒙了，表哥、表妹、姑丈？原来姜莹是教导主任的女儿。还好有姜莹一番周旋，事情的结果是我和林洋各写一份检讨书。

对姜莹,我一直是充满感激的,倒不是说她"救"了我,也不是说她"大义灭亲",而是她激起了我学习的热情和昂扬的斗志。就像她说的,既然事情已经如此,何不面对现实,努力三年,让九中以我为荣。

我们一起背英语单词,一起探讨数学难题,一起聊遥远的大学校园。我们之间有说不完的话,面对她盈盈的笑脸,我浑身都充满了劲,再不会轻易向挫折低头。

我的成绩一直和姜莹不相上下,稳稳占据了九中的前两名,就是放在实中也是排在前三十名。这是我自己没有想到的事。我没有骄傲,还是一如既往地努力,希望在最后的高考能有个好结果。我有很多好习惯都是和姜莹认识后养成的,受她的影响,我改变了很多,以前的同学说我变得积极乐观了。姜莹也是这样,她说保持努力的状态是个好习惯,无论做什么事,下足了功夫总会有收获。

很多事情并非要刨根问底,就像姜莹说的,未来那么远,谁知道会发生些什么事呢?我们珍惜彼此间的友情,我们一起朝共同的目标努力,这样就够了。

微凉的青春时光里,因为有姜莹这个强劲的对手相伴,我的青春不寂寞,也从不敢懈怠。

第八辑

穿过青春斑驳的年华

走过布满荆棘的道路，穿过青春斑驳的年华，我一直在努力、在寻找——那个最好的自己……

胖胖的十五岁

一

十五岁了，我依旧是个矮矮胖胖的女生。每次照镜子，我都有把镜子砸碎的冲动。

有个男生嘲笑我："你长那么胖，还那么黑，真是丑爆了！"众人的哄笑中，我无地自容。我痛恨那样"当众打脸"的玩笑，但我又不能生气，还得假装大度地不去理睬。

我一直都是被嘲笑、戏弄的主角，后来可能是大家觉得我从不反驳，逗乐也没意思，慢慢地，就没人再作弄我，同时我也就渐渐被所有人忽视了。不过，我很感激那段被人忽视的日子，我可以像个隐形人一样，自由自在地独来独往。

我的世界里只有漫画和课本。中等的成绩有时连老师都记不住不爱说话，更不会举手的我。虽然我很努力，但成绩一直没什么起色。写作业累了，我就翻翻漫画书，让自己有片刻的轻松心情。无聊的闲暇时光里，我没有邀我逛街的闺密，我也不喜欢看电视玩游戏，唯有随心所欲地画漫画打发时间。

床底下塞着我收藏起来的满满两大纸箱漫画书，还有一大摞我画的漫画作品。很感激我的父母，他们从来没有干涉过我的生活。我的世界里，没有朋友，只有漫画。

二

新学年开始，我的后桌来了个新同学。那是个长相清秀、皮肤白皙的男生，很瘦，似乎一阵风就能把他吹走。可能是初来乍到吧，他总是一个人安静地坐在角落。

几个女生主动去找他说话，他似乎不愿意搭理人。几次后那些热情似火的女生就打起了退堂鼓，再不去招惹他。他叫简单，听同桌杨娟说，他是从其他城市来的。

杨娟是个对任何事情都兴致盎然的女孩，很活泼。我们刚坐在一起时，她总在放学后拉着我跟她一起去逛街。她相中一件衣服就指给我看，问我意见。我总说很好。她就有点烦了。我是说真话，杨娟长得漂亮，身材又好，穿什么衣服都漂亮，不像我，什么衣服套在身上都难看。

路上，杨娟热情洋溢地跟我聊起最近当红的偶像明星，这个"小鲜肉"，那个"老腊肉"的，我没一个认识。见我一脸茫然的样子，她质疑地问："你平时都不上网吗？也不看电视？你连张艺兴都不认识？"我摇头时，脸倏地涨得通红。我是太落伍了吧，但我确实没兴趣去关注那些与我毫不相干的明星，就算他们再帅也跟我没关系，毕竟我长这么丑，连班上的男生都懒得看我一眼，那些远在天边的明星，我去关注他们干吗呢?

我知道杨娟是好意,她想让我融入她的圈子。每天一下课,总有一群女生围在杨娟身边,她们讨论最新流行的服装品牌、穿衣打扮的心得,还有近期走红的明星。我也曾试着上网看一些娱乐新闻,但我总记不住那些面目相似的脸,都很帅,我分不清他们谁是谁。

慢慢地,杨娟就没再勉强我。我们同桌,却很少说话,她每天呼朋引伴从不寂寞,我也正好落个清静。

杨娟也对后桌的简单热情过一段时间,但面对简单的无动于衷,她也没辙。但我曾听到她对她的那群好姐妹说:“坐在那个角落,我真是烦透了,连个说话的人都没有。”

想想她曾对我的热情,我觉得很对不起她。

三

简单从不主动说话,别人问一句,他才答一句。

我是安静的胖子,简单是安静的美男子,这是杨娟说的,她还说,虽然都是安静地待着,但性质却迥然不同。

考试后,大家才惊觉,安静的简单居然是学霸,数理化全都满分的他,一时间成了学校的焦点人物。大家在夸他时,我却看到了他的不安和烦躁,或许他并不想被人关注。

我的日子依旧过得很安静,只是初三了,身上似乎被一种无形的压力压得喘不过气。我已经很努力了,但成绩还是保持在中等,心里莫名诚惶诚恐起来。

有一天放学后,我又绕道去南山公园。我不想回家,不想写作业。

一下午考了两门课，我觉得要累瘫了。我要去南山公园喂喂流浪猫。很多孤单的日子里，我都会去。我觉得，和流浪猫相处是件快乐的事，我不必讨好它们，只要带些猫粮就会有很多猫围过来。

在我专心喂猫时，不知道什么时候，我的身后多了一个人。是他的影子让我注意到他，转过身看，我呆了，竟然是简单。看我回头，简单羞涩地挠着头说："你也喜欢流浪猫呀？"他手里也拿着一包猫粮。

简单主动开口说话，我愣住了，直到他也蹲下来给流浪猫喂食。"你怎么会来这里？"我轻声问，并不敢看他。"我家住这附近，平时没事喜欢来这转转，这里空气好又安静。"简单说。原来离开教室后，他也不是那么不爱说话。

"我昨天来，发现有只猫可能生病了，想给它带些吃的。"简单在我还没回话时，又接着说。说起流浪猫，简单仿佛变了一个人，他的眼中是满满的关爱。

不知道为什么，我觉得和简单说话很舒服。虽然在这之前，我们几乎是零交流。十五岁的年纪，友谊的建立有时没那么多的规则和常理。其实我们都并非不要朋友，只是很多时候，我们不知道要如何与人相处。

四

我喜欢看漫画书、画漫画，却不爱上网，不热衷明星八卦，可能胖的缘故吧，对穿衣打扮毫无见解，也知道自己长得丑，对身边的人总刻意保持距离。

简单也是个不合群的人，他和男生玩不到一块儿，他不喜欢运动，不爱网游，只对漫画书有兴趣。可能是天赋吧，对学习不太热衷的他，却总能轻松考出好成绩。他不喜欢别人喋喋不休地问这问那，喜欢安静地想问题。

“在以前，我也曾觉得自己的格格不入很不好，于是努力想融入大家的世界，但很辛苦，表面是不孤单了，但我心里却更加寂寞。后来我想明白了，我是个怎样的人就怎么做，不伪装、不迎合、不勉强自己。我不喜欢被关注。”

在我和简单渐渐熟悉后，有一天他这样告诉我。其实我能明白，十五岁的我们并不害怕孤单，而是怕在迎合别人时，变得连自己都不认识了。我们都有自己的世界，只是和别人没有什么交集而已。

我和简单应该算是同一类人吧，就像同学说的，我们两个是奇葩。我们不懂得与人交往，不懂得为人处世，而是习惯待在自己的世界里。也曾感到寂寞，可是当我们试着融入别人的世界时，说着言不由衷的话，又觉得浑身不自在。

我们喜欢跟流浪猫相处，会把零用钱攒起来为它们买猫粮。在学习累时，翻翻漫画书就能得到片刻的轻松愉悦。我们都不怎么喜欢说话，安静地坐在公园一隅，看一片片闪着亮光的绿叶，仿佛那就是青春的绚烂，即使这样，我们也能平静地度过寂寞的十五岁。

嘲笑中走过的青春

一

我一直不大愿意回顾自己的青春岁月，那是一段黯淡而令人忧伤的日子。那时的我很高很胖，大家不约而同地叫我“大面包”，而最让我崩溃的是满脸的青春痘。

对着家里的穿衣镜，我总看见一个面容愁苦、无精打采的胖女孩，脸上最鲜明的是那一粒粒耀武扬威的痘痘，就算把头发放下来也遮不住。

1.76 米的个头让我在一群女生中特别突兀，又因为胖，更显得高大。女孩们都不爱跟我玩，她们说：“我们其实一点都不矮，但跟你站一块儿，我们就是一群矮子了，你还那么胖，占空间。”她们排斥我，又因为我脸上丛生的痘痘，叫我“烂脸疤”。

被嘲笑、被排斥，我感觉自己就是只过街的老鼠，招人讨厌。我拼命地想隐藏在人群中，弯着腰，耷拉着脑袋，不希望被人看见，但所有人的目光，第一眼总会停留在我身上。或许是看见了我脸上惨不忍睹的痘痘吧，他们的眼神中总会闪过一抹稍纵即逝的惊愕。

二

我惴惴不安，怕引人注目，怕挡住别人的视线，怕影响别人的心情，我远离人群，可即使是这样，我还常常莫名地招来各种谩骂。

有一次，几个女孩在走廊聊天，我经过时，在那停顿了会儿，就这么一会儿工夫，其中一个女孩警觉地后退了一步，她指着我努努嘴，傲慢地说："你什么意思？为什么你要站在我们旁边？显得你个高吗？大面包。你想成为那只'立鹤'，我们可不是那'鸡群'。"

女孩很漂亮，她瞪着我，满脸怒容。她的那群朋友，见她骂我，也围过来，你一言，她一语，数落我。我愣在当场，不明白自己做错了什么。

后来同桌告诉我，原来女孩是学校出了名的"袖珍美女"，长得很美，但个头娇小。她以为我是故意站她旁边，衬得她更矮小。我终于明白了她说什么"立鹤"什么"鸡群"，原来她指我想"鹤立鸡群"。

还有一次，几个男生围在一起比身高，争得面红耳赤。我以为他们要打起来了，就好言相劝："其实你们几个都差不多高……"我的话还没说完，其中一个男生不屑地瞟了我一眼说："我们高不高关你屁事？我们就爱吵，碍着你了？多管闲事。有这闲心，不如多想想自己的脸，你知道你那张脸看了让人想吐吗？烂脸疤。"

我只是想平息一场干戈，却没想到会被当众如此辱骂。他们还集体朝我翻白眼，做呕吐状，并大声起哄："烂脸疤！烂脸疤！"我的泪当场就涌了出来。

三

我没有朋友，陪伴我走过青春的唯有书籍。我看了很多的书，只有沉浸在书中时，我的心才能安宁。书籍永远不会嘲笑我，更不会嫌弃我是丑女孩。

我不敢去书店。去书店时，站久了就会有异样的目光盯着我，那目光如刀，仿佛要灭了我一般。站在旁边的年轻客人直接指着我窃窃私语："这女孩好胖好丑，看了她的脸，我晚上要做噩梦了。""就是，这么丑还出来吓人，真以为书看多了就会变成颜如玉？"

就连店员，也曾用心明显地走过来对我说："姑娘，我看你挑了半天，有什么书要买吗？我拿给你。"我知道，她是嫌我丑，影响了她店里的生意。

另一间书店的店员，更不客气，她直截了当地对我说："姑娘，你以后还是少来我们店吧，我看你很少买书，就是蹭书看，可你一来，很多客人都不愿意进来了，希望你体谅！"

我转身急急地跑出书店，不想停留片刻，也不想让她看见我眼中委屈的泪水。难道丑女孩就不能逛书店吗？就只能永远躲在家里吗？

学校图书馆成了我唯一可以常去的地方。虽然那里的书不多，那里的条件也不好，但坐在图书馆的最角落里看书时，没有人会盯着我看，没有人会赶我出去。

只是有一次我借回《资治通鉴》在教室看时，语文老师看见了，她好奇地问我："你看得懂吗？""看不懂。"我如实说。"看不懂还看，装什么高深呀？"老师噘噘嘴说。她的话让我很难过，但我却不敢反驳。

因为我喜欢看书,一个男生问我:“你想成为学问家吗?”“我想。”我说。“你一定要成为学问家呀,因为你成为学问家后就可以天天待在屋子里,再不用出来吓人了。”男生说完,径自哈哈大笑,而我早已泪流满面了。

四

各种各样的嘲笑充斥了我的青春,伴随我的成长,久了,反而让我渐渐习惯,甚至麻木。我知道自己很丑,又高又胖,但那又怎么样呢?书籍给了我勇气。看的书多了,我明白了一件事——我再丑,我也要走过这一生,我也要活出自己的精彩。

我的人生终究是我自己的,不能由别人来决定。既然我改变不了别人的目光,那就由着别人去,我只想做好自己,做好自己想做的事。

没有朋友的青春很孤独,但我庆幸我没有弄丢自己,我还有书籍陪伴,它是我最忠实的朋友。每一次沉浸在书中时,我依旧能感觉到这个世界的美好,我告诫自己要更加珍惜,毕竟生命不能重来,人生不能虚度。

看的书多了,我还爱上了用文字表达情感,爱上了文字构建起来的世界,它让我找到了久违的自信。我尝试着写,写自己理想中的美好与温情,写一切可以让我赞美和感慨的大好河山,写旅途中陌生人的微笑面孔……

一种奇妙的感觉在我写作时瞬间在心里涌起,我凭什么要自卑呀?我有必要一直忧伤吗?有必要一直耿耿于怀那段被嘲笑的青春吗?它终究是过去了,而我早已通过努力蜕变成一个高挑而温情的美丽女子。

穿过青春斑驳的年华

一

十五岁那年，读初三的我，个头猛蹿，我从一个小胖妞长成了体态窈窕的漂亮女生。

别人说，女大十八变，在我身上体现得淋漓尽致。我承认，我确实是从一只默默无闻的“丑小鸭”变成了人人羡慕的“白天鹅”。

原来我在班上没有朋友，每天课间都是一个人站在走廊尽头。我很少主动交朋友，也不敢在别人聊得热闹时凑过去，我害怕被生硬拒绝的伤害，那种冷漠经久难忘。

记得有一次，在别人聊得热火朝天时，我微笑着凑近，也想加入她们的圈子，没想到，一个女生看到我后，径直说：“去去去，你过来凑什么热闹呀，我们这边不欢迎你。”

我的脸唰地涨得通红，别过头，难堪地走开，身后是一群女生放肆而骄傲的笑声。那之后，我很刻意地让自己“隐身”，在班上极少说话，每天来来去去都形单影只。可是谁不需要朋友呢？青春年少的我一样渴望有自己的朋友，一样会羡慕别人三五成群，一样想长得漂亮，成为大家瞩目的焦点。

只是在个头猛蹿前，我只是个胖胖的被人忽视的平凡女生。

二

后桌的男生最先发现我的改变，他是班上我仅有能讲几句话的同学。他叫杨恩浩，班上的同学叫他“浩子”，但时常让人误会成“耗子”，不过，他从没在意过。

有一天课间，我埋头写作业时，浩子用笔捅了捅我的后背，我不明就里地转过身疑惑地望着他。我还没开口，他却先说了：“雨灵，你最近是不是长高了？”我没明白他的意思，一脸纳闷儿，我长高了？“知道吗？你现在都挡我视线了。”浩子接着说。

“我也觉得雨灵是长高了，以前平视她，看到她的额头，现在只能看到她的眼睛了。”同桌敏之接过话茬，说得悬乎。她看我愣神，又继续说：“我还发觉，你的圆脸变瘦了，更漂亮了。”说完，她伸出手在我脸上拍了拍。

“你们站起来比一下就清楚了。”浩子建议。“我才不要。”敏之拒绝。我一直在恍惚中，还没从思考难题的状态中走出来，但我知道，他们在讨论我长高的问题。

被敏之拒绝，浩子就对我说：“雨灵，我还感觉到你瘦了，以前觉得你的背影像一堵墙，现在好像变生动了。”“呦！甜言蜜语，不过，像堵墙这句要去掉，哪个女生爱听呢？怎么学的语文，一点不贴切。”敏之逗乐说。

浩子的脸微微涨红，他难为情地嚷："就你赵敏之语文好，行了吧？"他们你来我往说得热乎，我却像个局外人，一句话也插不进去。

三

我已经很久没量身高了，也不喜欢照镜子。学校规定女生只能留齐耳短发，每天起床后，我根本不用照镜子，直接把指尖插进头发拨弄几下就好了。不照镜子，还因为不想看见镜子中自己胖胖的圆脸。镜子从来都应该是漂亮女生的最爱。

我的所有心思都用在学习上，虽然成绩没有名列前茅，但靠前的排名，还是能够让彼时自卑的我找到些许的自信。人不漂亮，成绩总得拿得出手，要不我的青春也太黯淡无光了。虽然自卑、平凡，但内心深处，我知道自己是个不甘于被忽视的人。

突然间有人说我长高了，而且最最重要的是说我瘦了，等我回味过来时，内心的惊喜无法言喻。我高了？还瘦了？我真的瘦了吗？一回到家，我跑到镜子前，使劲端详镜子中有些陌生的自己。

眼前这个头发黑亮、眼神清澈的漂亮女生真的是我吗？我掐掐自己的脸，又用手摸了摸镜子，有种想流泪的冲动。或许青春的绽放、蜕变就是如此，虽然我一直不觉得长相是人生中最重要的事，但哪个女孩不希望自己可以变得漂亮一点呢？那些被伤害的过往，虽然已经过去，虽然淡忘，但那种被排斥的孤独感却是忘不了的。

我始终觉得以貌取人是很肤浅的行为，可是在彼此都不了解的情况下，外貌却是唯一直接的显示，如果外貌美、心灵也美，秀外慧中这样不是更好吗？这是我期待的。

四

别人对我的友善，我有感知。或许是因为变漂亮了，自信心也渐渐增强。当我主动融入别人的圈子时，再也没有被叱喝过。

我开始拥有自己的朋友，甚至于我还注意到很多来自男生的惊艳眼神。他们会主动找我聊天，不再视我为“绝缘体”。浩子对我的热情更甚，原本我们的关系就较一般同学好，那之后，他主动而频繁的搭讪连敏之都嘲笑他。

“怎么啦？我有什么不对劲吗？”浩子反问敏之。

“心知肚明，何必说那么明白。”敏之直截了当地揭穿他，窘得浩子涨红脸。

我依旧把心思放在学习上，并没有因为容貌的改变而有所懈怠。考试只看成绩，没有人在乎你到底长成什么样，这是我以前认真学习的一个理由，后来也是这样。我的目标一直没有变。有朋友后，我很珍惜与每个人之间的友谊。这是我以前渴望的事，拥有后当然倍加用心呵护。我理解平凡女孩最简单的渴望。

当赞美越来越多，甚至于有个别胆大、率真的男生给我递纸条时，我并没有欣喜若狂，反而有些莫名的惶恐。这不是我想要的。自信心的增强绝不取决于交友信的叠加。我要的只是友谊，不是那让人心慌意乱的爱慕。

我拒绝了所有“爱慕”的交友，就连拒绝，也诚意满满，诚惶诚恐，唯恐伤害了别人。

五

我很庆幸自己的蜕变，在变成漂亮女生的同时，我还依然拥有一颗善良的心。在后来的日子里，当我遇见一些长相不那么好看，而为此自卑的女生时，我都会主动伸出友谊的手，与她们建立起一份份真挚的友情。

我懂那种被人忽略、被人排斥的滋味，我体验过，所以我能够感同身受，我愿意主动付出，希望她们不再孤单，并且能够感受到些许的温暖，及时调整心态。

我养成了锻炼的好习惯，学习再忙，我也要空出一些时间去运动。运动让我找到了更多的自信和乐趣，大汗淋漓的感受非常美妙。那一刻，我什么都不去想，闭上眼睛，用心体验汗腺打开、汗珠滑落的舒爽。

天道酬勤从来都没有错，努力付出总会有好的收获，其实即使当时没有考上最好的高中，我也依旧感谢十五岁时自己一直坚持的不懈努力，努力的过程让自己充实，回忆起来心里总会充盈着满满的感动，为当年懂事的自己。

走过布满荆棘的道路，穿过青春斑驳的年华，我一直在努力、在寻找——那个最好的自己。

每个人都有甜蜜的回忆

一

韦晓麦是我见过最开心的女孩，她每天都笑脸盈盈，让人如沐春风。

韦晓麦的笑声悦耳，笑容明媚，就像春天里绽放的花。作为同桌，我觉得她的出现是上天赐给我的最好的礼物。我生性冷淡，平时话少，脸上更是漠然。曾有同学在背后说我是“面瘫”，我无所谓，觉得喜怒哀乐是自己的事，何必要表现给别人看。

每次韦晓麦笑得停不下来时，我却是毫无反应，根本没什么好笑的话，她怎么就会笑得一发不可收拾呢？就像是被人点了笑穴，而我的过分冷静也让韦晓麦诧异。

记得有次学校组织看电影时，她一会儿哈哈大笑，一会儿止不住地抹泪，而坐在旁边的我，却是全程平静。看见她突然又哭得稀里哗啦时，我疑惑地凑过去问：“你怎么了？”她连吸了两次鼻子，然后泪眼婆娑地指着屏幕，正想跟我说什么时，又扑哧一声笑得欢。

电影散场，我正想问她，你怎么看个电影都一会儿哭一会儿笑时，没想到，她先问了："懿灿，你怎么看电影都没反应呀？""反应什么？"我不明白。"哭呀，或是笑呀，那情节真是跌宕起伏，虐死我了。""明明知道都是假的，没什么感觉。"我如实说。"那也好笑呀，电影里的那个小A一出来，我就禁不住想笑。他太逗了。"

原来是电影情节惹的祸。韦晓麦真是个奇怪的女孩，我很好奇，她那么爱笑，可眼泪也是说掉就掉。

二

韦晓麦的人缘很好，大家都挺喜欢她开朗的性格，而且她不记仇，就算一节课前，还和她争得面红耳赤的人，下课后，她就能忘记不快，依旧亲密地与对方打趣。

我觉得生活中哪有那么多值得笑的事，她肯定是伪装的，刻意让自己大笑。其实我也没有什么惨痛经历，但我就是开心不起来，觉得任何事情都没什么可笑。我也很少悲伤，即使再难过，也只是用沉默应对，并非别人说的"装酷"。

我和韦晓麦的关系不错，只不过，刚开始同桌时，我对她的印象并不是很好。我的世界里，第一次遇见这样爱笑的女孩，我觉得她笑点低，像个"弱智"。有时她明明被人欺负，本应该愤怒还击，却依旧笑得花一般时，我又觉得她好虚伪，是个"心机 girl"。我不喜欢"戴着面具"的人，我觉得韦晓麦就是，对她疏远而生分。

韦晓麦哪知道我对她会有那么多想法，她也不管我是不是愿意搭理，一到课间，就凑过来跟我讲话，边说边笑，兴奋起来时，还会抓住我的手臂。我一脸莫名地望着她，明明什么事都没有发生，她在开心什么呢？

看到我脸上疑惑的表情，她更是喜不自禁："懿灿，你的表情好有趣，是不是把我当成神经病啦？"说着又径自大笑。我嫌弃地摇摇头，她还真是神经病，而且病得不轻。

韦晓麦总是这样打扰我，一来二去，我居然也习惯了她这种怪异莫名的兴奋。我有时也会因为一些事心情好，虽然表面上看不出来，但韦晓麦找我逗乐时，我还是会配合她露出浅浅的笑意。看我笑，她更得意："哇！最酷的懿灿也被我逗乐啦！"好像我被她逗笑是件"中彩票"一样值得狂欢的事。

同桌久了，我才知道，韦晓麦就是这样没心没肺爱笑的女生，并非什么"心机girl"，或许她是笑神经比较发达吧，也可能是上辈子没笑够，这辈子来弥补。

三

我的不苟言笑和韦晓麦的欢天喜地形成了鲜明的对比，班上的同学说，这是冰与火的融合。我想，我就是块冰吧，而爱笑的韦晓麦确实像火，她的热情让人难以抵挡。

面对总喜欢逗乐我的韦晓麦，我的心情很好，她的开怀大笑淋漓畅快，让我渐渐羡慕起来。她真的没有烦恼吗？面对烦心事时，她还能够笑得出来吗？

犹豫良久，我向她道出了自己的疑惑。"烦心事？当然有啦，我又不是傻子。"韦晓麦说。"那你为何天天笑得让人莫名其妙？""心里暗示呀。再难过的事，也要笑着面对，笑得越欢，心情就好得越快。还别说，事情就是这样，笑着解决事情总是容易些。”

这是什么歪理？我狐疑地打量韦晓麦，她该不会又在逗我玩吧。看我不相信，韦晓麦又继续说：“这是我以前在书上看来的，书上说我们每个人都有美好甜蜜的回忆，在自己不开心时，就多想想那些美好的往事，就能在最快的时间里调整好自己的状态……”

“真的？”我依旧保持怀疑的态度。

“不信就试试呗，搞得我好像要骗你一样。”韦晓麦笑容可掬。

“那看电影时，你为什么又哭又笑？”我一本正经地问她，这个问题埋在我心里好久。

“剧情吸引呀，我总会把自己置身在情节中，情绪紧跟情节走，好玩时乐，感动时哭，就感觉有了一次不一样的人生体验，这不挺好？”

听了韦晓麦的话，我受益匪浅，或许就像她说的，其实不必把生活、人生想得过于复杂，如果自己简单了，世界就会简单。我觉得自己就是心事太重，很难敞开心扉。

四

我一定是被韦晓麦感染了，有一次看到两只小狗互相追逐打闹时，我竟兴致盎然地站在边上看了半天，嘴角上扬，笑得一脸灿烂。

这个温暖的画面被韦晓麦偷拍了，她把照片发给我时，我都惊呆了，原来我笑起来挺帅的。“我就说过，你笑起来的样子超级帅，现在相信了吧，本姑娘从不骗人。”韦晓麦在微信中说。“那是，小爷我 360 度无死角，怎么拍都帅。”我轻松应道。

我是第一次这么调笑，心情似乎挺美。突然觉得自己以前那么严肃实在不应该，人生嘛，匆匆一场，能笑尽量笑，毕竟好坏都是一天，笑着过，总比哭丧着脸好。我那没有表情的脸其实就是自己没有找到可乐的心情。

我也有过许多美好甜蜜的回忆，我希望在以后自己不开心时，是不是可以多想想，让自己找到可乐的心情。我又不是真的"面瘫"，何必总以一副没有表情的面孔示人呢？青春期应该是朝气蓬勃的，而不应该像一株蔫了的植物，毫无生机。

我还注意到，我喜怒不辨的表情让人很难靠近，或许别人会觉得我傲慢，或许别人会觉得我正烦恼，不敢打扰，种种误会疏远了彼此的亲近。虽然生性冷淡，但我并非不需要朋友，只是以前，我不知道要如何做。

韦晓麦让我明白了，喜怒哀乐是得表现出来的，毕竟这才是一个真实的人，会有情绪的波动。但在生活中，完全不必要为一些鸡毛蒜皮的小事生气，一笑而过可以让事情变得简单，毕竟人生事不如意，十有八九，我们何必耿耿于怀每一件烦心事呢？

能笑就笑，在往事中找到可乐的心情，毕竟每个人都有美好甜蜜的回忆，我们一定可以找到。

我还欠他一句“对不起”

一

读初二那年，我从县城转学去了市里的一所中学。

初来乍到，我与班上的同学少有交往。我习惯独来独往，习惯下课后一个人坐在靠窗的位置静静地看着眼前绿荫掩映的校园。

班上的同学很热情，他们常常主动来找我说话。慢慢地，我和大家也就熟悉起来。

有一天，班上的两个男生打架了，老师为调解他们，把他们拆开来坐。我的同桌女生被调走了，而徐飞扬就成了我的第二任同桌。他坐过来时，我才注意到，在这之前，我们还没说过话。

“你要小心徐飞扬，不要去理他，他可是个坏家伙，班上的同学都不爱跟他玩。”前同桌女生一下课就把我拉出教室，趴在我耳边嘀咕。

“哦……”我欲言又止，不知说什么才适合。

“听我的没错，你去搭理他，也会被大家孤立。”女孩说，然后拍拍我的肩膀："多保重！也记得好自为之。"

我完全陷入蒙的状态，对徐飞扬却莫名地好奇起来，他会欺负我吗？他是怎样的男孩？为什么大家要孤立他？

二

徐飞扬很安静，铃声响后，他就趴在桌上睡觉。他的眼睛永远是惺忪的，就像怎么睡都睡不够。不睡觉的时候，他就歪着头，手支着下巴望着窗外发呆。

同桌一个多星期，我们就像陌生人。我以前上课一直很专心，但他坐过来后，我偶尔会分心留意他一眼，看他在干吗。我想不明白，怎么会有这样的男孩，他来学校不好好上课倒是来睡觉和发愣的。

我看出来了，徐飞扬在班上真的一个朋友都没有。我听同学神神秘秘地说起过徐飞扬的家庭，说他妈妈是开发廊的，不是什么正经人，还说他没有爸爸，但另一个同学马上纠正，说他有好几个爸爸……然后一群人哈哈大笑。

我愕然地四处张望，生怕被徐飞扬看见我正和同学一起八卦他的家事。虽然我什么都没说，但我听到了，我担心他会不高兴。

"别担心！就算在他面前，我也敢说。毕竟这是事实。"一个女生大咧咧地嚷。

"就是！难不成他想打架？他能打赢谁呢？瞧他那㞞样。"一个高个男孩接茬。

我哑然，尴尬地笑了笑，心里却依旧在担心徐飞扬。他在同学眼中，怎么跟在我眼中完全不同？同学都嘲笑他丑，说他坏，可在我眼里的他却是个清秀俊逸的孤单男孩，特别是他笑的时候，眼角微微上翘，温润而美好。

我看过他笑，在他盯着窗外看时，不知他那时想起了什么，突然就笑了。

三

徐飞扬常常和班上的同学打架，其实说确切点，他是被打，而且都是别人先招惹他。很多男生都以欺负徐飞扬为乐，有时连女生也会加入。

他们发作业时故意把他的本子揉皱，还趁老师不在，把他的本子往风扇上扔，把他的试卷折成纸飞机在教室投掷。最严重的一次，有个男生写了张“我是小乌龟”的彩色纸条贴在他的后背，毫不知情的徐飞扬就背着这张纸条在操场上玩耍。

大家都在嘲笑他，他很纳闷儿，不知怎么了，待他明白事情原委，愤怒地瞪着众人时，又有同学把他的书包扔到树枝上。徐飞扬爬上树想拿书包时，几个男生又围过去，把还在树上的徐飞扬按住，并一番羞辱。徐飞扬从树上摔下来时，大伙儿一窝蜂全跑了。

我站在人群中，远远地看着泪流满面的徐飞扬，心里很难受。虽然我不曾参与过欺负他的事，但我没勇气主动跟他说话，也没勇气制止别人欺负他。

回到教室，徐飞扬还在哭，他趴在桌子上，肩膀不停地耸动。我递了张纸巾给他，他接了，但依旧传来隐忍的抽噎声。我默默看着在我身边哭泣的男孩，直恨自己的胆小和懦弱。如果我出面制止，事情可能不会发展到这一步。

这是我第一次看见一个男生在我身边哭，他哭得伤心欲绝。可我却什么也帮不了。

四

班级组织郊游时，谁也不愿和徐飞扬搭伙。那天，他一个人走在队伍的最后，我几次回过头看他，他却避开了我的目光。

大家垒灶架锅煮东西吃时，徐飞扬背着个包，孤零零地跑到一座小山上。他在山坡上快乐地奔跑，任山风掀起他的白衬衣，吹得猎猎响。我避开人群把自己带去的苹果，挑了个最大、最红的给他送去。

见到我，徐飞扬愣了。我把苹果递给他时，他疑惑地问："给我的？""是呀，我们是同桌。"我笑着说。他有些窘迫，脸微微泛红。但我看得出来，他很高兴。说完谢谢后，他收下了苹果，还大口吃起来，直夸苹果好甜。

我们并肩坐在山坡上，望着眼前连绵起伏的绿色山峦，在凉爽的山风中，他轻轻哼唱起朴树的《那些花儿》。他的歌声真好听，纯净的嗓音脆脆的，犹如一股清泉缓缓流进了我的心田，让我精神大振。他采撷了一束野花，递给我时，晶亮的眼睛久久看着我，像要把我的模样印到心里去。很多年后，我依旧记得他当时饱含深情的眼神。

听到有同学喊我名字时，我不得不匆匆跑开，不想让别人知道我刚刚跟他在一块儿。后来回到学校，我也依旧不敢当众跟他说话，就算帮助他也是秘密进行，甚至带着一点惶恐。

五

徐飞扬邀请我去他家玩时，我有些心慌亦有些欢喜。我还没来得及答应，一群同学就围过来，他们邀请我去参加一个同学的生日派对。我答应时，无意间瞥见徐飞扬暗淡的眼神。

后来才知道，那天也是徐飞扬的生日，他想邀请我。知道这事时，已经过了一段时间。我原本想补一份生日礼物给他，但想到自己的生日马上要到时，我决定单独邀请他。

前同桌女生偶然看了我的资料，知道我的生日比她早一天，早早就嚷嚷着要跟我一块儿过，还说要邀请很多人。徐飞扬听到了这个消息，他在我和大家聊得欢时，一直偷偷地看我，但我什么也不敢说。

生日那天，我发现桌兜里藏着一份礼物。我刚拿出来就被眼尖的前同桌看见了，她飞奔过来，一把抢走："让我看看是谁送的礼物？"天蓝色的包装纸——我马上想到了徐飞扬。他说过喜欢天蓝色，而且礼物被抢走时，我注意到他整个神情都变了。

"给我吧！"我耐心跟前同桌周旋，我担心她追问送礼物的人。

"还她！我看见是徐飞扬送的。"一个女生走过来愤愤地说。

前同桌啪的一声把礼物摔在桌上，说："还你！"我愣在当场，窘迫得无地自容。想捡起礼物又不敢去捡。在众目睽睽下，只能不要礼物了。

好后悔自己的懦弱，我明明把徐飞扬当成朋友，却不敢承认。那次之后，徐飞扬再也没有理我。新学期开始时，他没再来，听同学说他转学了。

可是我一直一直很难过。我还欠他一句"对不起"，却不曾亲口对他说。

·寂寞流年里的悠扬笛声

一

初二那年，我得了一种罕见的疾病，浑身使不出一丁点儿力气，连坐也坐不起来，在医院一住就是半年时间。出院后，我也没能回到学校，而是回家静养。

父母为了给我治病，不仅花光了家里所有积蓄，还借了不少外债。为了早日还清欠别人的钱，父母和我商量，他们两人都出去挣钱，留我一人看家。我答应了。我有什么理由不答应呢？这个家都是因为我才一贫如洗。

同学、老师偶尔会在周末来看我，但大部分的时间里，我都是一个人。父亲不知从哪找来了一大堆的过期杂志让我打发时间，老妈给我买了部便宜的老款手机，让我有急事时就打电话给她。父母的辛劳我懂，他们出门后，我就独坐在阳台看书。

小区很旧，但绿化不错，到处都种着花花草草，几棵高大的梧桐树遮天蔽日，倒也给破旧的小区增添了些许亮丽的景致。我喜欢坐在阳台，看看高远的蓝天，看绿意葱茏的各种灌木，看楼下来来往往的人群……这样可以打发掉许多寂寞的时光。

有一天傍晚，我在阳台看书时，突然从对面楼里传来了一阵悠扬的笛声。我不知道那是什么曲子，是谁吹的，但在迷漫的暮色中，我伫立在阳台前，听得如痴如醉。那笛声仿佛是一只温柔的手，一下一下轻抚着我的心，让寂寞中的我得到了片刻的温暖慰藉。

二

第二天、第三天……每天傍晚的同个时间段，对面楼的笛声都会如约而至，我也就早早等在那里。在笛声响起的那刻，我的世界里什么都消失了，唯有笛声萦绕在耳畔。

我轻轻合上眼，凝神屏气，不想错过任何一个音符。我沉溺其中，感觉自己逐渐在明月升起的海上，轻轻飞翔，湿润、清静、单纯而又不失安详。而更多的时候，一种情绪会化在那悦耳的笛声中，仿佛舞动在阳光下的尘埃，在空气里荡漾开来。

我爱上了那笛声，也好奇心渐起。是谁呢？谁在为我吹奏？我知道，吹竹笛的人并不知道有我这么个听众，但我还是固执地觉得，这笛声是为我而响起的。毕竟在这漫长的寂寞时光里，只有听到笛声响起，我才不那么孤单。

我很仔细地聆听，终于寻找到笛声源于对面五楼一单元的套房。我装作很随意地向父母打听那套房子的主人，没想到，老妈认识那家人。在老妈的话中，我才知道那家人刚搬过来不久，家里有个比我年长一岁的男孩。

那男孩叫褚剑，和我同校，高我一届。褚剑在学校里是个出了名的学霸，许多老师都喜欢把他挂在嘴边，动不动就拿他给我们当榜样。只是我们从没打过招呼，我更不知道他还会吹笛子。

褚剑的爸爸早些年病逝了，家里只有奶奶和妈妈。他妈妈以前在我们小区门口卖水果，因为生意不错，而这离学校又近，他们就在我们小区租了房子。

无聊的寂寞时光里，我总会搜索记忆，回想着褚剑的模样。我觉得，他一定也是个孤单的孩子。我在他的笛声中听到了孤独的泪意，还有一点凄凉却触及心灵。

三

我扶着墙，停歇了几次，终于靠着自己的努力从三楼走到了一楼。我坐在路边的椅子上，等一个人。我知道褚剑放学后，一定会经过。

那么多寂寞的日子，我总是一个人度过，除了呆呆地望着天空外，我不知道自己还能干啥。看见别人活蹦乱跳的样子我就好生羡慕，原来我也可以的，但我不知道以后是不是还可以。想着，心里就沉闷得慌，觉得人生才开始就折了羽翼。

路过的熟人见到我后，纷纷围过来问好。我真诚地说着谢谢，感激他们在我住院期间来看我。

透过人群，我看见褚剑了。他比我记忆中的样子高了许多，清瘦修长的背影从我眼前一晃而过。我有点失望，如果他能走慢一点，甚至停驻一会儿，那该有多好。

人群散了,我转头往褚剑的方向望一眼,他已经不见。我耐心地等待着,我知道,再过一会儿,悠扬的笛声就会响起。夜幕下的小区影影绰绰,几盏昏黄的路灯突然亮起时,我眼前的世界似乎也亮堂了许多。

等了一会儿,笛声没有响起,而我心里却满是期盼。又等了一会儿,笛声依旧没有响。我静坐在暮色中,耳朵却一直竖着。怎么了?他今天为什么没有吹笛子?

看着已经暗下来的天色,我只好悻悻起身,准备回到楼上。可是费了好一会儿工夫,我才走出几步。坐太久了,腰一直在疼。我艰难地挪动脚,小心翼翼地向前迈。

“需要帮忙吗?”一声低沉的嗓音响起,转头看,居然是褚剑。我支吾其词。“我扶你上楼吧。”褚剑说着,伸手搀扶住我的胳膊。我的脸瞬间涨红,还好他没看到。

回到家时,我额头已沁满汗珠。“谢谢你!”我低头说,不敢看他的眼睛。“不用谢!我认识你,你是吴雨帆,对吗?你怎么了?”褚剑好奇地问。

“生病了,住了半年医院,现在家休养。”我如实说。面对他,我不知自己怎么了,总想跟他多说几句话。可是他回应我后,很快就走了。

四

之后我才知道,原来那天褚剑的奶奶生病了,他回家后忙着煮饭。下楼给奶奶买药时,他看见了正艰难走路的我,于是过来帮忙。

我住院时,褚剑妈妈就来医院看过我,只是当褚剑再来我家看我时,我吓了一跳。他说我妈妈以前经常照顾他家的生意,他很感激。知道我休学的事后，他想帮我。

“你是你们年级的第一名，我都听说了，你半年没去学校，还能考第一，真是太厉害了。”褚剑说。虽然听惯了别人的表扬，但这些话从他的嘴里说出来，我还是禁不住窃喜。

我话不多，但在褚剑面前，我却是愿意多说点什么。我感觉得出来，褚剑也喜欢和我聊天。我们都不是擅长说话的人，但这有什么关系呢？他说的任何一句话我都喜欢听。

“你什么时候开始学笛子的？吹得真好听！我是你忠实的听众，你知道吗？”我说。褚剑不可置信地望着我，好一阵后才说：“我还担心扰民呢？所以只敢在傍晚吹。”褚剑还告诉我，他的笛子是跟他爸学的，学了四五年，直到他爸病逝后，他就自己对着乐谱吹。

“笛声响起，我就感觉我爸还在身边……我妈、我奶奶也喜欢听我吹笛子，我妈还说，只要听到我的笛声，她的心就特别安宁。”说起家人，褚剑的眼神晶亮。只是提到爸爸，我在他的眼中看到了一抹泪光。

我明白了我为什么会在褚剑的笛声中听到孤独的泪意，原来他是想爸爸了。我能懂他，就像他懂我一样。

虽然他在毕业班学业繁忙，但每一个傍晚，我依旧能准时听到从对面楼上传来的笛声，那笛声陪伴我度过了生命中最黯淡、最寂寞的一段时光。

·那段被孤立的少年时光

一

上初中那年，爷爷生重病，花掉了家中所有的积蓄还借了外债，最后还是走了。爸爸因为长时间照顾爷爷，精神状态不佳，工作中出了差错，给单位造成损失，要赔偿不少钱。妈妈只是个服装厂的女工，收入也不高。原本并不富裕的家一夜之间更是一贫如洗。

为了谋生和还债，父母合计了一下，决定在菜市场开一家专门杀鸡鸭的小店。为了节省开支，增加收入，父母和我商量，把原来的住房出租了，一家人就住在店铺里。店铺很长，父母专门隔了一间给我住，他们就在外间铺了张大床。

我很不愿意，但我明白生活的艰辛和父母的无奈，不得不同意。菜市场里总是弥漫着一股怪怪的味道，很难闻。而我家的杀鸡鸭的小店，更是充斥着让人恶心的味道。刚开始时，我一直想吐，但强忍着，久而久之，倒也习惯了。

二

在学校里，同学们不习惯我身上的味道，他们看见我后都避得远远的，仿佛我是一个传染病患者。

上课时，周围的同学都用手捂着鼻子，一脸嫌弃。我知道，是那股难闻的鸡鸭腥味。我也不喜欢，可我每天都洗澡了，还用香皂一遍遍洗遍全身。我不知道我要怎么做才能彻底让自己身上清清爽爽的没有让人嫌弃的味道。

我不可能不住在店铺，不可能不在空闲时帮父母的忙。看父母每天早起晚睡，一双手被烫水泡得苍白变形，我不忍心。家里欠着外债，他们不得不经营这种没人爱干的低成本投入只要靠勤劳就可以挣钱的小生意。市场里人来人往，买鸡鸭的人很多，但纯粹用开水杀鸡鸭的只有我们一家，生意很好，但父母也累得连腰都直不起来。

我知晓父母的艰难，从不敢告诉他们，我在学校被大家孤立。我的成绩还不错，特别是作文，每次都能够得到很高的分数。我把自己的孤独和对生活的理解都化成文字，写在日记里充实自己寂寞的少年时光。

三

我并不是孤僻的人，也不是不爱说话，只是大家因为我身上的味道排斥我、孤立我，我没有了朋友。

同学们对我是避之不及，用同桌男生的话说是，他和我同桌，倒了八辈子的霉。我听后，很难受，但不知道如何回应。只能常常在放学后，一个人回家的路上偷偷抹眼泪。回到市场里，面对父母时，我还要尽量地掩饰，强颜欢笑，我觉得只有这样，父母才不会担心我。父母已经很累了，我不想他们再为我担心。

那段被孤立的时光里，我每天一个人来来去去，表面装作云淡风轻，其实很受伤。青春年少的我和大家一样，喜欢热闹，珍惜朋友，并不喜欢这种形单影只的生活。我很渴望和大家打成一片，渴望他们三三两两地玩耍时能够邀上我，渴望放学后和他们勾肩搭背一起回家。只是所有简单的渴望在当时都只是一种奢望。没有一个同学愿意接受我，更没有一个人把我当成朋友。我主动想融入他们的世界时，他们集体对我抛白眼，用一种少年尖利的冷漠横起了让我无法逾越的鸿沟。

我孤单地坐在教室里就像一个"恶臭物"，我害怕那些嫌弃的眼神，害怕这种孤立无援的校园生活，我一次次想过退学，一次次想过结束生命，这样活着，真是痛苦不堪。

四

班上的同学早就把我"浑身发臭"的事情告诉老师，希望老师能把我转到其他班去。

我猜想，那时老师也是从我身上闻到了点什么，她虽然没有明说，但后来有一次，我去办公室送作业时，她还是提醒了我要注意个人卫生。我听后，心里异常气愤，凛然地应了一句："我是交了钱来上学的，至于我身上的味道，和你们有关系吗？"丢下这句话，我走了。忍了很久的泪，终于在我走出办公室时倾泻而出。

我逃了一天课，一个人躲在公园里，坐在树荫下，看着眼前绿意盎然的花花草草，泪湿眼眶。我憎恨可恶的上天为什么这样折磨我们一家人，憎恨班上的每个同学还有不关心我的老师，他们凭什么嫌弃我呢？我那么想和大家成为朋友，他们却都孤立我。我的父母有什么错，他们只是为了谋生，为了挣钱还债，那些恶臭味是我们喜欢的吗？我们也不喜欢，但生活那么艰难，我们有什么选择的余地？越想越伤心，我又禁不住哭泣起来。

我没想到，在斜阳铺满整个公园时，我的老师会和我的父母一起出现在眼前。我以为是幻觉，直到父母扑过来抱住我哭时，我才知道是真的。老师连连向我道歉，说她无意间伤害了我，希望我能原谅。

五

原来老师见我一天没在学校，找了几个学生问到我家的住址，然后她去了菜市场找到我的父母，了解了我家的情况。

“希望你能原谅我，老师真的错了。我伤害了你，对不起！”老师又一次向我道歉。

她说话时，眼圈红了。

我能够感受到老师的真诚，在她并不了解事情真相时，她确实以为我是不注意个人卫生，她只是想好心提醒我，没想到无意中伤害了我年少的自尊。当她得知我在班上被大家集体孤立时，她才感到她的失职。

我不知道老师和班上的同学都说了什么，在我回到学校上课时，我感觉到一切都改变了。班上的同学再也没有故意躲避我，也没有嫌弃我，特别是同桌男生，他还真诚地向我道歉。

我在班上渐渐有了朋友，我和大家和平共处。老师也时常关注我，表扬我的作文写得好，夸我懂事和体贴父母。我的父母终于收回了出租掉的房子，让我住回家里。

一切似乎都回到了最初，只是只有我自己知道，这段被孤立的少年时光是一场寂寞的欢颜。我已经学着长大了，学会了坚强和忍让，也学会了原谅和包容。谁的年少不曾犯过错，我又怎么可以耿耿于怀拒绝掉自己需要的友谊呢？我不想孤单地生活。

我并没有因为那段被孤立的少年时光就不再相信人与人之间的真情和温暖，相反的是，在以后的人生中，我遇见不一样的人与事时，我会用心去观察和了解，始终保持尊重。我知道再卑微的生命个体也是需要尊重的。